U0152148

從跳格子到坐飛氈

西西基金會追思文集編輯委員會
主編：劉偉成
策劃：何福仁、羅樂敏
校訂：周怡玲、趙惠儀、謝彥文、蘇偉柟
資料搜集：吳君沛、陳澤霖、蔡明俊
影片後製：周怡玲
相片提供：何福仁、Fung Wai Sun、Ysa

西西基金會有限公司
香港九龍尖沙咀麼地道67號
半島中心3樓389–391室

The Xi Xi Foundation Limited
Room 389–391, Peninsula Centre,
67 Mody Road, Tsim Sha Tsui,
Kowloon, Hong Kong

從跳格子到坐飛氈

西西追思文集

西西基金會　編

香港中文大學出版社

《從跳格子到坐飛氈：西西追思文集》
西西基金會 編

© 香港中文大學 2024

本書版權為香港中文大學所有。除獲香港中文大學
書面允許外，不得在任何地區，以任何方式，任何
文字翻印、仿製或轉載本書文字或圖表。

國際統一書號 (ISBN)：978-988-237-318-1

出版：香港中文大學出版社
　　　香港　新界　沙田・香港中文大學
　　　傳真：+852 2603 7355
　　　電郵：cup@cuhk.edu.hk
　　　網址：cup.cuhk.edu.hk

From Playing Hopscotch to Riding Flying Carpets:
A Collection of Reminiscences about Xi Xi (in Chinese)
Edited by The Xi Xi Foundation

© The Chinese University of Hong Kong 2024
All Rights Reserved.

ISBN: 978-988-237-318-1

Published by　The Chinese University of Hong Kong Press
　　　　　　　The Chinese University of Hong Kong
　　　　　　　Sha Tin, N.T., Hong Kong
　　　　　　　Fax: +852 2603 7355
　　　　　　　Email: cup@cuhk.edu.hk
　　　　　　　Website: cup.cuhk.edu.hk

Printed in Hong Kong

目 錄

劉偉成

格物・點飛
—— 編者序

　　如果編者序是要交代「出版價值」，那麼只需亮出「西西追思文集」，便不明而喻，無須多作解釋。將西西的悼文合為一帙，如說純為了方便西西研究者，那大概不足以起動並促成這個編纂計劃；更重要的是想藉此立體呈現西西生平所輻射出來的生命能量和人格魅力。這在紛亂的現世就像明礬一片，讓人對澄明清通的精神境界猶有冀盼，從而頤養出克服困塞的勇氣。無怪西西的知己何福仁在追思會上說：跟西西五十年的交情，即使以讓他成為香港首富來交換，他也不換！

　　面對為數不少的悼文，編委會是以什麼準則取捨和編排呢？起初想過只要定個期限，就是西西 2022 年 12 月 18 日身後半

劉偉成，香港作家、詩人、資深編輯，香港浸會大學人文及創作系哲學博士。近作有散文集《影之忘返》、詩集《果實微溫》。曾獲香港中文文學雙年獎、香港藝術發展獎藝術家年獎（文學藝術）。

年內公開發表的悼文，都盡數收入，如此便發現文集內出現許多相近內容，變得「累贅浮腫」，而且篇幅也不可能沒有限制。於是只好選一些有親身經驗，能展示西西未為人識的一面，有助透現她人格魅力的；至於那些談西西作品的，則選有獨特見解、資料詳實且論述充分的。文集附錄全部悼文的篇目，方便研究者檢索。

至於編排方式，集內按內容性質分為六輯：第一輯為「西西追思會」，收錄了幾個重要的追思活動的資訊，這可說是此文集的緣起，故置於首輯，其中主要是2023年1月8日於西西母校協恩中學禮堂舉行追思會的講辭和相關報道。參加者都是西西生前的親朋好友，對她溘然長逝均表惋惜哀傷，大家都想記住西西在自己生命中的留痕。追思會最後一幕是播放拍攝西西紀錄片《候鳥——我城的一位作家》時的花絮片段，那是測試無人機操作的片段：西西站在天台上，對著逐漸遠去的無人機鏡頭不斷揮手，她的身影漸漸縮小直至消失，令人不無觸動。如果時間載著我們記憶的鏡頭，不要誤會，這本文集無法阻止時間遠去，只想那些給西西故事觸動過的心靈，知道她一直都在那高處跟我們親切揮手，沒有離開過。有感於此，此輯最後附上了追思會的分段錄影，讓讀者如果想從西西的揮手中得著鼓勵，只要掃描二維碼，便可以重新將記憶的鏡頭拉近。除了追思會，此輯最後也附上由「香港詩歌節基金會」主辦的「西西・春望」的三場講座和一次詩歌朗誦會的錄像二維碼，讓讀者可從不同維度認識西西精彩的一生。

文集第二輯「西西與我」和第三輯「詩悼西西」所記的顯然是以近鏡拍得的記憶片段，從詩文中我們可清楚見到西西親切的揮手——所記的都是西西對個人的影響，當中不無感傷，但正如西西在《哀悼乳房》自序中所言：「所謂『哀悼』，其實含有往者不諫，來者可追，而期望重生的意思。」西西應該想我們記住她的微笑多於病痛。第二輯以何福仁的〈人世匆匆，有什麼可怕的〉和〈西西，精彩的一生〉前後包抄，就是想表現西西克服困蹇、活得更精彩的重生歷程。跟著記憶的鏡頭拉遠了一點，在第四輯「西西與我城」中，我們可看見西西的影響如何在「我城」的歸屬感中盪漾著——西西筆下的香港幻化成「我城」、「浮城」、「肥土鎮」、「候鳥織巢之城」……與其說這只是喊法不同，我更想點出那其實是香港不同時代的寫照，突顯了城中人不同的思想特質和共有關懷，這些都是珍貴的「文學礦脈」，每一道均可導引新一代作者闢出新的思想進路，正如陳智德在〈與西西從容出入於浮城〉所言：「我還是最嚮往《我城》裡的麥快樂、悠悠、阿果、阿髮、阿游、阿北、阿探和阿傻，一個一個直面無根、特立獨行的青年，彷彿也就是我童年認識的、啟發過我的香港七十年代青年，忘不了那飛揚的生命情調，他們一定活在那自由鮮活的、以文藝或信仰或一切的理想作護照、從容出入於無邊境、無國籍的浮城。」

　　文集最後一輯「我城以外」，顧名思義，是收海外的報道，除了華文地區，遠至歐美的報章也有刊載相關消息，不少還是大篇

幅的專題文章，西西的影響力真的算得上是流傳遐邇。反觀，我城主理文化事務的局長的悼詞中，連「西西」這個筆名也沒有提及。「我城以外」本該置於「西西與我城」之後，但有感於可能需要刊載外文，如果放在中間位置，外文以後又轉回中文，轉折上可能有點突兀，故此輯改為置於最後。

第五輯「西西的多元宇宙」，這其實是 2022 年於香港書展中，何福仁、潘國靈、黃怡和我一起主講西西三本新書的發佈會主題，三部新作分別是詩集《動物嘉年華》、短篇小說集《石頭與桃花》和長篇歷史小說《欽天監》，作品橫跨不同文類和知識領域，可說是小宇宙的多元爆發，很難想像如此澎湃的生命力，是發自孱弱的病軀。如此小宇宙的爆發，西西在 1982 年時也表現過一次，那年她出版了首部詩集《石磬》、短篇小說集《春望》和長篇歷史小說《哨鹿》。由此觀之，西西的創作生命一直蓬勃，沒有衰頹過。所以 2022 年底傳來西西逝世的消息時，我是完全不敢相信的。2023 年 7 月的香港書展，何福仁、郭詩詠和我為西西三本遺作辦了發佈會，分別是詩集《左手之思》、散文集《港島吾愛》和電影評論集《西西看電影（中）》，她的小宇宙又有了新的爆發，兼及電影評論範疇。近期一套以「多元宇宙」的電影戲劇性奪得奧斯卡最佳電影，電影女主角須借助不同宇宙的自己來打敗強敵，但西西則是一個人分身爆發炸開了不同的宇宙，大大拓闊了香港文學的發展向度。記得在準備發佈會時捧讀三本剛印起的遺作，竟不自覺泛出淚來，除了惋惜西西原來一直忍受著如此大的病痛折

磨，更大程度是慚愧自己常埋怨生活的重壓粉碎了自己的創作夢。讀西西的遺作，我深切領悟到那是因我「愛得不夠」。

讀西西的作品，總會訝異於她「格物窮理」的能耐，她相當擅長耙梳資料，將冗長的資料轉化成有趣的故事。「格物」兩字又讓我聯想到「西西」二字所指涉的「穿裙的小女孩跳格子」的畫面，這個筆名已是一個頂級創意的演示──不單將「爬格子」的酸味變成「跳飛機」的愉悅，更提醒人中文字乃以「象形」為創作基礎，每個字本身就是一幅美麗的圖畫，彷彿是在提示華文作家不要妄自菲薄，該多欣賞探究自己文化的特點和精粹。另外將「西」字重複一次，除了演示了跳飛機的連續動作，更點化我該以玩樂的心情「持之以恆」無間斷地寫下去。西西就是憑著「愉悅、自重和恆心」，把那穿裙子的趾尖弄得像神仙棒一樣，只要點一下，文字便會飛起來，甚至將本來在「巨龍國」門外給訪客踩著擦鞋底的地氈都變成了魔幻的飛氈，這就是書名《從跳格子到坐飛氈》的含蘊。

可不可以說，一地飛機，一本飛氈，甚至一套飛氈博物館？如你覺得無不可，那麼請你繼續閱讀這本文集，它至少會帶你去逛一趟夢幻的飛氈博物館，不，西西應該較喜歡飛氈跳蚤市場，說不定她現在正跟班雅明談論著……

第一輯

西西追思會

二零二三年一月八日於協恩中學禮堂

左起：1930年代末兩歲，1946年初，1950年代就讀協恩中學，1970年代

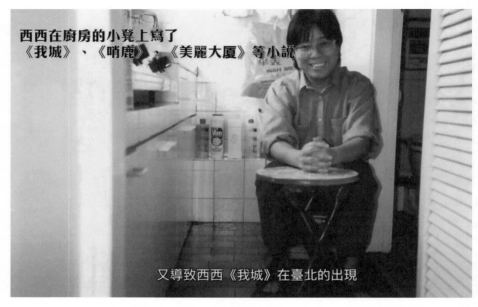

西西在廚房的小凳上寫了
《我城》、《哨鹿》、《美麗大廈》等小說

又導致西西《我城》在臺北的出現

在廚房的小凳上寫作(紀錄片《候鳥 —— 我城的一位作家》截圖)

1980年代，在黃河邊與羊皮筏子

1989年，學太極劍療病

西西做熊

2002 年，在德國參觀馬丁路德翻譯《新約聖經》處

2003年沙士期間，在貓咪花花家中工作

2005年，和黃飛熊坐「歐洲之星」火車

2007年七十歲，和十五歲的花花

2010年，在馬來西亞國家公園

2011年，前排左起：許鞍華、西西、張敏儀、小思
後排左起：張敏慧、關玲玲

2011 年 7 月 25 日，香港書展

2011年，西西和手造猿

西西和她做的紅毛猩猩

2012 年，東莞圖書館作品展

2015年，做玩具

2017 年，八十歲

2017年，西西八十大壽

前排左起：王家琪、西西、陳燕遐、黃怡、龍潔蘭

後排左起：何福仁、俞風、趙曉彤、羅樂敏、孟繁麟

2019年3月，在美國奧克拉荷馬大學接受紐曼華語文學獎

2019 年 12 月‧在家中校讀《欽天監》

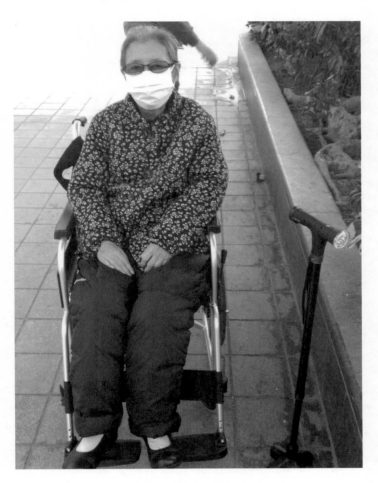

2021年，曬太陽

密切留意：西西紀錄片

《候鳥——
我城的一位作家》

出品：素葉工作坊、洪範書店

片長：160分鐘

《候鳥——我城的一位作家》紀錄片海報

西西繪貓

西西朗讀〈白髮朋友〉錄影片段

〈白髮朋友〉

偶然在書店裡
看見你
看見
你頭上的白髮
草地上的白菊花

近來我常常看見
白菊花
在喝下午茶的地方
在放映實驗電影的地方
在你們走來走去的地方

太陽還是那個老太陽

一切彷彿舊模樣

好像是

你們的孩子

長得比飯桌子

或者比你們自己

都高了，還有就是

在你們喜歡出沒的地方

你們全部

被稱為前輩

從前我等當然十分豪邁

那麼一大群人

做對了或許也做錯了不少事

畢竟曾經起勁過好一陣子

現在，似乎沒有什麼

叫我們大感動了

聽說最近

你們都失了業

怎麼辦？總有得

辦的吧

從跳格子到坐飛氈

42

隔著書的灌木叢

看見你

低頭看書

近來我也常常

看書

Fung Wai Sun 攝

張韻講辭

午安，各位朋友好！

我是張韻。西西是我敬愛的大姑姐。

西西的人生可以說是豐盛和精彩：多得天、地、人的配合，以及因緣際會而成。

感謝大會今日安排，讓我有機會為大家分享西西的家庭篇。

1　西西是一個怎樣的女子？

西西表面上是一個大方、文靜，喜愛看書寫作的女子。不過她哥哥張勇（我爸爸）就說：西西小時候在鄉下時都很「百厭」，經常跟哥哥去溪邊捉魚，上山放牛，都幾「男仔頭」！

張韻，西西的姪女（哥哥張勇的女兒）。

住鄉下時，女仔無書讀，幸好後來到香港入讀協恩中學，很快適應新環境，後來還順利完成中五會考畢業；期間西西已開始寫作，希望賺取稿費幫補家計。真的要多謝協恩培養出一位出色的作家！

2　寫作題材、靈感又哪裡來？

看來最容易都是由身邊人物埋手，包括她媽咪、細佬、阿妹、阿姨、朋友都人人有份，永不落空。曾經在作品出現的角色有：阿娥、阿果、素素、妍妍等。

不知當年她和家人一起到南非旅行看動物是不是啟發了她對動物的喜愛，而令她有靈感創造一系列以「動物」為主題的作品（包括文章和手造公仔）。

3　其他興趣：逛書店、看電影、玩玩具和看足球

提到足球，特別的是張家女子都鍾意看足球。可能受西西爸爸張樂（即我爺爺）的影響。原來爺爺在 1950 年代在上海已經是一名出名的足球裁判員，也是香港華人甲組足球以及國際球賽球證。難怪西西早期已寫足球專欄。

看足球和分析球賽成為姑姐和我最親近的活動。由細到大，她都好疼我，不會以長輩自居，但和她作為fans一起看心愛球隊Arsenal的精彩比賽，有她講解，看得特別興奮，當年這些都是我難忘的回憶。

順帶一提，西西筆名，另一解讀和足球有關。每逢有世界盃比賽，西西一定會捧兩隊國家隊，沒錯就是巴西和西班牙。

4　獨特的西西

西西從無間斷認識世界，探索大自然；學習不同歷史，研究不同文化，欣賞藝術，享受生活！

她懂得寓興趣於生活，又同時寓生活於文學創作，而她也一直將她的這方面長處發揮得淋漓盡致。

在我們家人眼中：西西是一個純樸、豪邁、學識廣博、多才多藝、想像力和創作力特別豐富的人。

對人真誠，關懷備至
對事專注，堅持臻美

她積極的思想，開明的態度，從來不畏艱辛，永遠保持童心，都是我的好榜樣！

非常感恩並多謝在場以至海外的所有朋友 —— 在西西人生路
上，在不同階段給予她的陪伴，無限鼓勵、支持、關懷和愛護，
令她一個平凡的女子有著不平凡的歷程！我們家人萬分感激！

5　向西西致敬

西西是我們張家的驕傲，我們以您為榮！

最後，代表家人用兩首短詩（一中一英）送給西西：

文學成就高，人品情操好，
創意顯特色，我城倍自豪！

In honour of my aunt Xi Xi, I'd like to present a short verse on
behalf of our family:

How to read Xi Xi?
Through prose and poetry
Creativity is key
Proud to be part of "My City"

Thank you! 多謝！

余漢江講辭

2022年12月18日上午，天晴，寒冷。我隨手打開手機，素葉群組有何福仁傳來的訊息，時間是上午8時24分，四個字：「西西走了」。後來我們知道，9分鐘前，上午8時15分，西西離開我們了。

過去兩年，西西每次入院，除了何福仁和梁滇瑛幫忙照顧外，沒有告訴其他素葉的朋友。出院後，如果身體情況許可，或者疫情減退，大家都會出來聚會，或者去西西家探望她。西西有時精神好，可以說好多話，有時又比較沉默。近兩年西西有早期腦退化，我們有時和她玩認人的遊戲，西西有時表現頑皮的本色，假扮不認識我們。去年她的健康明顯轉差了，我們都擔心。

余漢江，筆名俞風，《大拇指》、《素葉文學》編輯。著有詩集《看河集》、散文集《牆上的陽光》，由素葉出版社出版。

Fung Wai Sun 攝

我相信西西是預備好的,她已經完成她的工作,寫完她要寫的東西,但是她又掛念她生活過的地方、她的朋友。

　　2020 年 11 月西西寫的一首詩〈疲乏〉,後來在素葉工作坊的臉書發表,最後幾句是這樣的:

> 我會懷念我的朋友
> 我們一起生活過的地方
> 我們年輕健康的日子

　　而這幾句與《欽天監》結尾其中一句何其相似:

> 我會想念這個我們生活了許多年的地方

這些句子都很淺白，但當你讀了三百多頁的《欽天監》，然後出現這些句子，你會措手不及，感動落淚，你知道，這其實是西西向讀者、向朋友告別。

　　過去四十多年，西西的生活主要由四部分組成：讀書、寫作、旅行、素葉。素葉出版社由西西和幾個朋友在1978年成立，到幾年前結束，四十多年來，有人加入，有人離開，有些現在仍經常見面，無論如何，素葉的朋友始終是西西生活的重要部分。西西冷靜而熱情，低調而親切，博學而專注，她的堅毅、她的才華，我相信每一位素葉的朋友都非常欽佩，都有同西西一起旅行、聊天的美好回憶。

　　1981年冬天，我開始幫忙《素葉文學》的編輯工作。在蔡浩泉位於灣仔的圖騰公司，有一把快樂爽朗的聲音在我耳邊響起：

　　「你好，我是西西。」

　　我忘記我怎樣回答，當時我年輕，西西已經是前輩作家，我可能只是點點我的頭。好多年後的今天，我要向西西說，或者容許我代表素葉的朋友向她說：「西西，我們會永遠懷念你，懷念像你這樣的一個朋友，像你這樣的一個人。」

中國作家、編輯及設計師感言
—— 黃怡、陳澤霖朗讀

讀她的書吧，西西和她的城就會與你在一起。永遠懷念西西！

——李銳、蔣韻

西西走了，一隻在風風雨雨裡搖曳閃亮的蠟燭熄滅了。中國文學界又少了一個真誠的、毫無私心地熱愛文學的人。

——李陀

西西安息！

——王安憶、董秀玉等
敬悼

西西安息！

——張承志、韓少功、余華等
敬悼

從 2010 年到 2019 年，《縫熊志》、《猿猴志》、《看房子》、《像
我這樣的一個女子》、《哀悼乳房》、《飛氈》、《手卷》、《鬍子有
臉》、《傳聲筒》、《像我這樣的一個讀者》、《西西詩集》……您的
作品陪伴我走過了十年，它們構成了我此生最長久、最富啟迪意
義、最幸福的精神之旅。安息，親愛的西西，永遠愛您，永遠想
念您！

——雷淑容（內地編輯）

謝謝西西。能夠成為你的編輯，真的非常幸運。能夠認識
你，閱讀你的作品，比起不曾認識你的人生，真要幸福好多好
多。以前遇到抉擇困難的事，我常常在想，在遙遠土瓜灣的你對
這件事會怎麼想呢。因為你的善良、真誠與包容，我總能得到心
儀的答案。現在你化身更廣大的存在，可以看見世界的全貌了。
以後我會常常抬頭看天上的星星，努力學習，那些你始終相信
的，愛與慈悲。永遠懷念您。

——管小榕（圖書編輯）

如同遠在家鄉的外婆，只要想到西西就會很窩心，會希望她一切都好，身體健康。現在外婆去天堂了，和她的白髮朋友們相聚了。希望她在那邊依舊充滿童真，依舊爬格子，跳啊跳……永遠懷念您。

——劉盟贇（圖書編輯）

從少女到老奶奶，西西總有顆童心，與眾人分享簡單、無限可能的空間，玩具般的純粹、晶瑩剔透，像一個文字世界的導演，建構出透明磚牆的城市，到處是回憶場景，透過簡單生活，投射出龐大體積。循著西西的線頭，總會尋得靈魂核心，任由時、地、物充分雜燴，都是好戲。

——黃子欽（西西作品書籍設計師）

Fung Wai Sun 攝

陳潔儀講辭

今天，我是懷著沉重、感激和不捨之情向西西前輩道別的。

沉重，是因為自大學三年級第一次讀到西西前輩的小說後，從此她在我心目中的「份量」無可取代，她對我們一代人無論在讀文學、創作文學和研究文學的影響，也是無法估量，令我們一生受益。我記得，我第一篇讀的西西小說是〈肥土鎮灰闌記〉。那時候，因為老師在課上推介，而我又剛好導修抽籤分派到報告這篇作品。我從來沒有想過一部短篇在內容和形式上能夠如此複雜多義卻又配合得天衣無縫，能夠貫通中外卻又正正切中當時的香港社會處境，我至今仍然記得在深夜中讀到小說最後一句時的重力。當時我努力希望把這篇小說的精髓報告出來，最後卻還是因

陳潔儀，香港中文大學哲學博士，主修中國語
言及文學，著有《閱讀肥土鎮：論西西的小說敘
事》等。

為能力有限而表現欠佳，然而那次的挫敗反而令我開啟了一個全新的文學領域，漸漸理解到文學的「難度」和「高度」，這正是我要感激西西前輩的起點。

　　感激西西前輩不但以她的小說不斷刷新我的文學視野，而且通過她的散文、閱讀筆記、混合文類、譯介、編著，以及她和何福仁先生的對話集，讓我們吸收到中外古今廣博海量的知識。大家是不是覺得「上世紀九十年代」已經很遙遠呢？我就是那年代讀大學的。那時候，「香港文學」仍未獨立成科，電腦不流行，更莫說互聯網或其他電子平台，全球化並未開始，知識的傳遞主要仍靠實體的書刊。西西前輩的小說，立足此地，放眼世界，此地是她小說經常關注的題材，通過她的小說集例如《手卷》等，我不但提高了對社會的自覺意識，也認識到香港文學在多方面原來與世界同步；假如沒有西西前輩的著作，我也不會知道世界上有略薩、卡爾維諾、拉丁美洲的文學爆炸、布萊希特的疏離效果。此外，西西前輩的編著，讓我知道二十世紀八十年代中國小說原來也有過「文學爆炸」，我同時能夠按著她的編選有系統地讀起當時的優秀作品來。西西前輩的小說如〈浮城誌異〉、跨文類如《畫／話本》等文集，以及她跟何福仁先生的對話集，令我得益極大。沒有這些作品，我一定沒法那麼容易掌握到中外各類的知識及文學理論的要點。至今我仍然記得《畫／話本》第一篇說「解構主義」不是蘋果，是洋蔥，因為「去中心」；還有那幅代表「捍衛作者」的「守護天使」照片，真令人印象難忘。此外，無論在人生或什麼時

候，每當遇到關鍵時刻，我總不期然想起〈浮城誌異〉和對話集中所提過的「時間零」。

　　西西前輩的所有作品，於我而言，每一部作品都足以令文學「變天」，每一次出版都令人有新發現、新體驗。我年少時曾經疑惑過，每天究竟要讀多少書，要怎樣的不眠不休夜以繼日廢寢忘食，才可以累積如此深厚的學識？又要多少的能量，才能每一次都創作出獨一無二的作品？後來，我知道，智慧和識力是不能量化的。感激西西前輩通過她的智慧和識力，不但為我們在當代世界上留下豐富的文學遺產，亦讓我們這些後輩世世代代有所憑依，繼續傳承、學習、欣賞。

　　西西前輩一生對文學鍥而不捨，右手不能寫作時，用左手寫；親手縫製毛熊當作「物理治療」之餘，仍不忘文學，寫成《縫熊志》，直至近年仍創作不輟。西西前輩一生獻給文學，她的著作也將陪伴我們一生。西西前輩有一首詩〈父親的背囊〉是我很喜歡的，詩中最後一節說父親「臉上展開一個微笑／揮手和我划獨木舟的弟弟道別」。我彷彿也見到西西前輩的微笑和揮手。如今送別，依依不捨，謹以點滴回憶，致以哀悼思念之情。

趙曉彤講辭

　　西西一生專事寫作，我和大部分的讀者一樣，都是因為她的小說創作而認識、喜歡上這位作家。我比較幸運的是還可以通過西西的影評，接觸到年青時期的她。

　　在六十年代，西西曾經是本地相當著名的青年影評人，她先後在《中國學生周報》、《星島晚報》、《香港影畫》、《亞洲娛樂》等雜誌寫稿，包括電影專欄、影評、明星訪問，亦多次翻譯外國電影雜誌的稿件，在五、六年間寫了超過四百篇的影話。此外，她亦與羅卡、陸離等青年影評人成立二戰後第一個本地電影會，又用廢棄的電視台膠卷，製作了實驗電影《銀河系》。

趙曉彤，香港中文大學中國語言及文學系哲學博士，喜歡文學、電影和舞蹈。曾獲香港藝術發展獎藝評獎，編有《西西研究資料》（合編）、《西西看電影》（上卷、中卷）。

我自己也很喜歡不同的藝術形式，很喜歡看電影，但覺得自己真正開始懂得看電影，是在研究她的影評以後。我甚至愈來愈覺得，西西的電影時期不但折射了她一生對於寫作的虔誠態度，還對讀者示範了應有的待人和處世方式。

　　對我來說，西西的文字寫作猶如一幅尚未完成的地圖，而西西就是我寫作文藝評論、甚至生活旅途上的導遊：她知道很多，介紹了很多；她循循善誘，但絕不遷就；她會給我提示、指引，但不說教，而始終鼓勵讀者自行探索，期待他們有一日能繪製自己的旅行路線，發現新的風景。

　　西西對自己喜歡的事物相當執著，她在六十年代為電影著迷，至於拿著筆記簿，在電影院摸黑記錄場面調度、畫面轉位等細節的程度。她寫作影話的時代，也是香港文化空間相當開放的時代。在六十年代，香港可謂擁有兩岸三地最開放的文化空間，例如大會堂就有專門引入外國小眾電影的「第一映室」。西西當時除了大量接觸最新的歐洲電影潮流，看到電影大師如費里尼、阿倫雷奈、路易馬盧的電影，還通過書刊仔細研究十九世紀末以來的世界電影發展歷程。

　　西西喜歡創新的形式，但她對電影大師的景仰，未妨礙她作為評論家的專業，所以她欣賞但不鼓勵費里尼後來個別作品走向偏鋒，而始終對那些能夠堅持創作、執著求新的導演如差利卓別靈、高達、路易馬盧等，表示尊重。即使偏好新鮮的技巧和形式，西西仍虛心追溯早期的電影敘事剪接技巧，兼及荷里活和俄

國的蒙太奇理論，觀影的眼界亦從本地國、粵語片，廣及日本等亞洲後起之秀，也會回看四、五十年代的戲曲電影。

對外國新潮亦步亦趨，除了個人喜好，最終是為了推動香港本地電影文化的發展，這是西西那一代青年影評人有過的夢想。但西西對電影工業、明星制度的認識，反而使她嘗試包容本地電影製作，對本地新晉導演如龍剛略有瑕疵的處女作，寄予厚望。

集百家之大成，方能成一家之言。西西當年抱持著這樣的態度，逐步建立了自己評論電影的獨特眼界，亦肯定了創造新鮮的講故事形式，對於成就跨時代藝術作品的價值。而隨著西西接觸更多的電影新潮、累積更深廣的電影知識，我讀到的是她愈趨謙卑的筆調，愈趨開闊的眼界。

反覆讀了她的影評、小說多年，西西教會我：潮流總會過去，能擇善固執，以開放的態度面對流變，持續學習，堅持寫作，才是文藝愛好者不負天賦的表現。而身為渺小的個體，面對時代、世界的外在變化，我們總會不斷發現現實與理想之間存在種種限制，與其苛刻求外，隨波逐流，不如包容體諒，認清自己的追求，在感到舒服的領域，執著求己。一直以來，她引領讀者遊覽別樣有趣的文藝世界時，也無意中用文字為我們示範了做人處世的方式。

西西離開至今，我其實仍然非常不捨，但只要翻開她的書，那種不慍不火的語調、廣博開闊的眼界、虛心而堅強的身影，其實並沒有改變。

最後，她一生淡泊名利，成就早不是任何獎項、評論可以概括的了。多年前，西西面對差利卓別靈不甚起眼的晚年之作，曾經以燭光作為比喻，提出文學與藝術作家的追求，那是我至今非常喜歡的座右銘。西西說：「燭光的作用在於不斷發光，至於燭是否美，是否偉大，對燭來說，並無意義。」如今，我大膽為她的說話補上一句，作為致敬：燭終究熄滅了，但它曾經有過的光芒，早在燈火傳遞的時候，轉化成更多自我燃燒的能量；它留下的溫暖，亦將在黑暗中帶來信心。

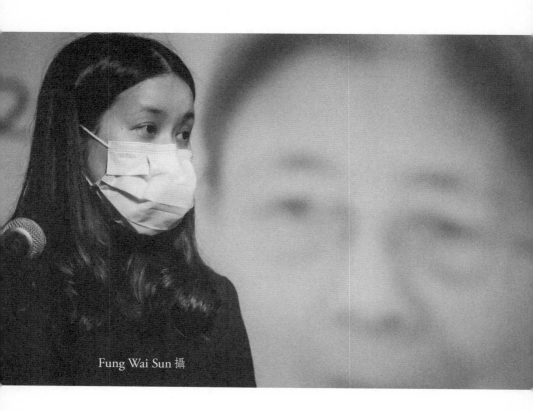

Fung Wai Sun 攝

黃怡講辭

　　我和西西年齡相差超過半個世紀，能和她成為朋友，是最幸運最幸運的事。2017年，我和西西同時在《明報周刊》連載作品，有一日我收到朋友傳來的訊息，說西西想見我。得知有機會見到我的偶像，當下我拿著手機在街上忍不住大叫出聲。第一次去西西家玩，我帶了一盒朱古力當作見面禮，到第二次見面，她告訴我，其實她因為健康理由不能吃朱古力，但是，她很喜歡那個朱古力的紙盒，原來那是復活節特別版，盒上印了給小朋友剪出來摺成長頸鹿手指玩偶的紙樣。她從放玩具的木櫃中取出她摺好的長頸鹿，套在手指上玩給我看，我就覺得，西西真是好可愛，像貓一樣，喜歡紙盒多於裡面的禮物。

黃怡，香港作家、《字花》編輯、香港電台《開卷樂》主持。曾獲香港藝術發展獎藝術新秀獎（文學藝術），入選台灣《聯合文學》「20位最受期待的青壯世代華文小說家」之一。

在往後的日子，我久不久就會和西西一起吃飯聊天、一起玩玩具，從來都不覺得有代溝。2018 年，她約我一起到中大圖書館組裝喬治亞屋，然後她送我一個軟綿綿的大布袋，叫我回家才可以打開，我問她裡面是什麼，她說，你把它當玩具吧。當下我想，難道是西西手縫的熊仔？回家一看，原來是她以前去旅行時買的少數民族長裙。另外一件她送我的玩具，是一盒適合三歲以上小孩玩的積木，她說，喏你啊，你不過是兩歲罷了。西西很有幽默感，對我這個只有兩歲的後輩亦很包容：她介紹我和作曲家盧定彰認識，我們合作把她的小說〈像我這樣的一個女子〉和〈感冒〉改編成歌劇，在創作過程中我們一直想知道西西對我們作品的感想，但她總是說，不宜事前干擾我們的創作，最多只幫我改過幾個錯別字，讓我們沒有壓力，自由創作。能得到西西這樣的信任，真的是改編者的福氣。

不時有人說在我的作品中看到西西的影子，我總把這樣的說話當作讚美。我在中學的創意寫作工作坊中第一次接觸到西西的作品，從此對文學產生興趣，西西的作品可以說是我的文學啟蒙。我喜歡西西對世界的不亢不卑，她對微小弱勢事物的關懷，她的作品讓我看見浩瀚的知識與藝術世界，以及她本人傳奇的一生，對創作和生命的熱情。看著西西，我也想和她一樣努力閱讀、寫作，尋找說好每一個故事的獨特方法，學習當一個像她那樣好的人。她對寫作和生命的態度對我的影響非常深，而且，在她的身邊，我認識到一群和她一樣溫柔、大方、喜歡文學的朋

友。西西在悼念她父親的詩〈重陽〉中說過，自己有一群美麗的朋友，他們都像父親一樣對她很好，叫她已離世的父親不用擔心她。我會嘗試像西西一樣，在一班好朋友身邊，慢慢習慣不能再和她一起吃紅豆冰、玩玩具的世界。西西，多謝你。

Ysa 攝

何福仁講辭

我讀《欽天監》的校稿,至容與閎最後的對話:

「我會想念這個我們生活了許多年的地方。」
「我也是,但天下無不散之筵席。」
「我不怕,只是有點擔心。」
「對,我們並不怕,人世匆匆,有什麼可怕的。」

　　我讀到這幾句,有很大的感慨,素葉的朋友余漢江也有這種感慨:這是西西向讀者,向朋友告別。寫作可算窮盡了她一生的心力。但她是高興的,在文字語言裡面,遊戲、舞蹈、散步,這裡看看那裡看看,看各種不同,有趣的房子;她偶爾也小跑,像羊駝那樣,——她喜歡這種動物,因為和氣,友善,可以跟牠走入秘魯和智利的高原。

何福仁,香港作家、詩人,作品甚豐,例如詩集《如果落向牛頓腦袋的不是蘋果》、《花草箋》,散文集《上帝的角度》,評論集《浮城 1.2.3 —— 西西小說新析》等等,主編西西《動物嘉年華》獲香港出版雙年獎出版大獎(2023),即將出版文集《西西,這樣的一位作家》。

Ysa 攝

　她其實喜歡所有動物，貓、狗，喜歡所有生靈，尤其是弱勢，環境困難的生靈。希望牠們能夠好好地生活，她做毛熊、做布偶，除了當右手的物理治療，就是要表達這個意思，一種民胞物與的精神。

　她有時也走進商場，當是現代化的園林，看看新出的玩具，店員問她是不是買給孫仔孫女玩，她答：買給我自己。她說遊戲有兩種，一種是消費生命的遊戲，另一種是積極的遊戲，從其中可以參加創作，文化就是從這種積極的遊戲誕生。她因此永遠保持青春，永遠二十七歲。

　她當然更會坐上飛氈，和黃飛熊一起在空中轉悠，但她不會擺出俯看眾生，高高在上的姿態，而是平視，不高也不低，謙恭

的眼光。她不過將時間和空間縮短。很少人知道，其實她也會游泳，包括在文字裡。

總之，回到年青好奇的歲月。那些美好，沒有病痛的歲月。

不過，她畢竟疲累了，知道自己再不能夠寫下去，儘管腦袋裡還有許多許多東西。她完成了自己的工作，向太陽，向草地，向讀者，向朋友告別。

人世匆匆，的確是這樣，這方面我也開始有所體會。不過如果不求名不求利，的確沒有什麼可怕的，西西老早就看穿名和利是怎麼一回事，她的寫作不走討好、媚俗的路。她為人處世也是這樣。寬容，從不得罪人，即使遇到惡意的批評，她會說：多謝意見，並不反駁。但她會堅持自己的原則，自己的選擇。她要過一種有趣同時又有意義的生活。一以貫之，她做到了。

人世的生命有限，但創作的生命，有成就的生命，就不能以歲數來衡量。

她並沒有離開，她不過擺脫了疲累的肉身，走開一陣，走入她的書本裡面，開始另一種生命，更健康，更活潑，更恆久，的生命。

她離開前一年，開始有認知障礙，經常失眠，睡得不好時會問：我在哪裡？我要回家去。我答：你不是在家裡麼，看看這些書櫃，這些玩具，不都是你的麼。她會很乖地說：「係嘅（是啊）。」

她在香港成長、寫作，香港是她的家，她另一個家在台灣，她的書，泰半在台灣由洪範出版，從1984年《像我這樣的一個女

子》開始，差不多四十年，一直到最近的《欽天監》，她和瘂弦、楊牧、葉步榮父子，因為寫作、出版，成為好友。她惦記著香港，同時惦記著台灣。

她現在真的回到她永久的家：她創作的書本。只要敲門，現在，將來，她就會接待大家，用她獨特的方式，往往扮演不同的角色，為大家，講小說，讀詩。讓我們知道，我城，幸好有過像她這樣的一個女子，在看護，在保佑我們，並且啟發我們，同樣可以嘗試過一種有趣又有用，同時是有創意的生活。

認識西西，是我一生最大的幸運。給我做香港首富交換，我也不願意。差不多半個世紀，我們一起閱讀、看戲、旅行，——我們總算去過許多想去的地方，我們無所不談，會討論世情、人情，交流對文學藝術的看法。她經常提醒我，令我不致成為一個一無是處的人。

感謝西西。

西西作品誦材
——謝曉虹、潘國靈、劉偉成朗讀

〈故宮貓保安〉

你好嗎？你好像

生病了

毛都鬆起來

眼睛朦朧

難得曬曬太陽

先伸伸懶腰

依偎一下我的腳

然後蹲坐著，不動

你是宮貓的後代還是

自己流浪到來

還不是一樣嗎

貴族和平民

看到你，就看到我自己

我們同樣經過年輕的日子

成為了長者，別問我

日子都溜到哪裡

你的一年，等於我五歲

你守護故宮

多少年了

鼠竊都不敢猖獗

牠們會破壞樑木

你不當是責任，很好

可十分重要呵

多麼希望我可以再來

再看到你，雖然

恐怕機會不大

我其實不知道能否再來

舟車太勞累

但我會記住這次邂逅

多麼美好的聚會

記住就夠了

我們互祝平安

珍重吧

2017年，西西遊北京故宮，遇見故宮貓

〈一枚鮮黃色的亮麗菌〉

且在這裡陳述陳述

一枚鮮黃色亮麗菌的近事

竟有這樣子的一個春天

雨啊雨啊

恰恰是下在港島

恰恰是一九八四年

雨啊雨啊

一枚鮮黃色的亮麗菌

自肥土鎮史冊的封面

破書脊而出

這正是馬孔多的傳說揚散的季節

魔幻或是寫實

任憑你詮釋

不過馬孔多

肥土鎮的市民說

馬孔多什麼都不是

只是雨

這樣子的春天

是怎樣的春天啊

前輩們的骨節痛

他們那些沒見過胡同

與運動的兒子們

繼續咕噥，難道

仍披一件風衣出外緩步跑嗎

疫症

隱潛在雲層的峽谷

密雲密雲

驟雨驟雨

恰恰是下在廣島

恰恰是一九四八年

雨啊雨啊

點點滴滴地溶蝕

黑雨的後事如何

二十年後分曉

那樣子一枚

亮麗無比的閃光菌

前輩們剛說著

鮮麗的菌都是毒菌呢

雨就落下來了

綿延的雨

落在前輩們

還沒有乾透的懷鄉網上

落在他們那些沒見過

刺槍與炸彈的兒子們

二十磅重的背囊上

整個冬天

只有前輩們

才記得古詩人的句子

什麼的季節來了

什麼的季節還會遠嗎

以及不知道雪將怎樣

知更鳥和狗子們

以後將怎樣，以後

不知道前輩們那些

沒見過皇帝

與革命的兒子們

二十年後，將怎樣

春風輕輕吹

吹到草叢裡

草兒欣欣都長起

甲子年揮春上的行草

是禍還是福呢

奇詭的春天

那麼鮮黃色的亮麗菌

雨啊雨啊

我可不是在這裡講故事

《我城》選段

　　剛才，穿著一雙白色涼鞋的悠悠在大街上曬太陽，曬太陽的
地方，是海港大廈門口的空地，叫做肥沙嘴。人們在那裡走來走
去，除了曬太陽，還可以看海，或者，看船。船上的水手，會擎
著好長的水龍喉，在距離數丈的遠程外，表演如何洗擦錨上的泥
沙。有時候，船的四周是小艇，忙著替船洗臉。此類事，在家裡
站在窗前是沒得看的。

　　悠悠去散步的海港大廈是冬暖夏涼大廈，形狀如機場的海
上跑道。它三面臨水，一邊連著陸地，臨水的場所，可以泊
船，著陸的地面，伸展成廊，繁發著店。樓下的大堂，又喜歡
展覽花道，擺些和古典吵嘴的桌椅，以及汽車。有時，還偶然
舉行一次大家聽音樂會。所以，一到星期天，人們即在此滿
溢了。

今天，海港大廈的大堂裡正在舉行美術展。悠悠一進去即碰見一個滿身塗著白漆的空電油桶，它就站在大堂的柚木地板上，桶邊有幾個顏色不同的字，亦是以油漆塗寫的，字們説：我肚子餓了（電油桶的肚子餓了，又不是電油桶的錯）。

在電油桶的旁邊，是一個扭開了的水龍頭，開關掣已經鬆開了，看得見接駁處一圈圈凹凸的圓圈。這個水龍頭鑲在一幅畫裡，畫裡浮著一個白色的氣泡，氣泡即是普通漫畫本子裡那種説白的引號。畫裡的氣泡，浮在水龍頭的嘴邊，裡面寫著：我口渴了（水龍頭口渴了，又不是水龍頭的錯）。

在電油桶的前面，是一地的草，不過，這些草都是黑的（這些草都是黑的，又不是草的錯），黑得如烘焦了的麵包。草上一角豎著一塊長條子的橫木牌，本來寫著：請勿踐踏我們，現在卻變成：還我草綠色。

草地的末端，是一列通往二樓的樓梯。樓梯底下，坐著個小孩，手裡拿著一本簿子，第一頁已經翻開了，露出了裡面印刷的內容。

小孩並不是美術展的一部分，而是來協助保護兒童會銷售獎券的，當悠悠經過他的身邊的時候，

——幫我買一張好嗎

他説。他顯然非常疲倦，所以才坐了在大堂的梯級上。

今天，在海港大廈的門口，有幾個正在笑、不打算把笑嘴巴合攏起來的亂頭髮青年人，手拿著紙，送給大家看。有的人，因

為不喜歡和印著天使吹喇叭的紙做朋友，老遠即踏起了之字步，避過了。有一個人卻搶著說，他已經知道：因今天在大衛的城裡，為你們生了一位救主，就是主基督，你們將會看見一個嬰孩，包著布，臥在馬槽裡，那就是記號了。

　　有的人沒有時間看，就把紙塞在口袋裡。後來，又塞了給廢紙箱。悠悠沒有把紙塞給廢紙箱，她看。她看見了這樣的一堆句子：

　　太陽白色太陽

　　白色太陽白色

　　如果早上起來看見天氣晴朗，我高興

　　如果早上起來看見天氣晴朗，牛在吃草你在喝牛奶，我高興

　　如果早上起來看見天氣晴朗，牛在吃草你在喝牛奶，大家一起坐著唸一首詩，我高興

　　如果早上起來看見天氣晴朗，牛在吃草你在喝牛奶，大家一起坐著唸一首詩，就說看見一對夫婦和十九個小孩騎著一匹笑嘻嘻的大河馬，我高興

　　高興我高興

　　我高興我

——《我城》，頁 17–19（台北：洪範書店，1999）

〈石磬〉

石磬

是我喜歡的一種樂器

我所遇見的石磬

是石編磬

春秋時代

生於郢

所以姓楚

灰青色的肌膚上

有隱約的彩繪鳳紋

住在

花園口附近

一所博物館裡

我們本來是去看鼎

看盂看爵

我可不知道

磬也在那裡

直到看見它

短短又長長

倨句微弧的形狀

由一根長索

貫串曲頂的圓孔

懸起來

好像動態的雕塑

對於

三彩駱駝

花鳥銅鏡

龍紋尊

白陶砵

我就通通不管了

在博物館裡

我還看見石獅石犀牛

秦皇的步兵和將領

昭陵赫赫的駿馬

他們都在巨石陶土中

慢慢沉睡

不再醒來

複製的生命群

即使有嘴

不會說話

有腿

也沒有能力奔跑了

只有磬

你聽

你甚至可以看到

它即興時候

樸素的文舞

這天地的風鈴

長歌它自己

朗朗鬱穆的南音

湮遠而又古老

透過戰國的隧道

仍然那麼

年輕

真奇怪

不過是幾塊石頭吧了

〈土瓜灣〉

下課時恰巧碰上一位乘搭飛機專程來港
到書院來聽牟宗三先生講課的作家
一同步出校園後在土瓜灣天光道上
替他截取的士趕時間赴機場回台北
他匆匆對土瓜灣橫掃一眼說道：
你怎麼能夠住在這樣的地方
而且住了這麼久？我的確
在土瓜灣一住住了將近四十年
書院對面的中學是我的母校
書院旁邊的小學是我教書的地方
以前這裡是種瓜種菜的農田
遠些是港灣；同樣的問題

大概不會問這裡的印裔，以及越來越多的
新移民，我也曾是新移民
我們恰恰經過一條橫街叫靠背壟道
抬起頭來我可以看見附近一幢沒有電梯的舊樓
四樓上有一個窗口打開了一線縫隙
那是牟老師狹窄幽暗的小書房
他老人家長年伏案瞇起眼睛書寫

長年思索安頓生命的問題

無論住在哪裡總是飄泊

但牟老師畢竟在土瓜灣住了許多許多年

土瓜灣就有了值得居住的理由

〈長臂猿〉

非常矛盾。總是想去看你

又不想看到你生活在

那樣狹窄的鐵籠內

地上沒有一條青草

頭上沒有一片綠葉

名叫動植物公園的公園

對於你們，何嘗有

山林的氣息

沒見你又過了一些日子

你是一歲一歲地長大

還是當年的金髮少年嗎？

我可是老去了，一年會變五年

上次見你時，你的鄰居

搖擺起環尾，在樹枝上舞蹈
紅毛猩猩在架空隧道中穿行
都不再出現？

我已經多次呼籲，希望
在你們的籠頂上蓋
搭一層明瓦，鋪一層樹葉
讓烈日不會灼傷你們
籠內的石灰地面散置枯木
讓你們有些停歇的驛站
但我人微言輕
哪有人聽得見？

隔岸罷了，似近
還遠，閉目仍憶起
你與雙親在鐵絲網上的姿態
一家三口，不同的毛色
那樣地飛騰，那樣地回旋
像盪鞦韆，左手換右手
右手換左手，再穩健地
降落網架上

我記得多年前在長江三峽旅行

聽過你的前輩的歌聲

遼遠，高妙，此唱彼和

唱活了空靈的畫面

失去了，大地會多麼寂寥

你們本是隱者終生

和伴侶生活於幽谷

帝力無擾

一年又過去如今你我

分隔兩岸，中間一個海港

逐漸也陌生起來

林立的是高樓，想見你已微茫

力不從心哪，親愛的長臂猿

你還安好嗎？等一個風和日麗

平安的日子，再上公園看你

我也嘗試運走回旋，在輪椅上

「虛詞」編輯部

再見白日再見，再見草地再見
—— 西西追思會紀錄

香港作家西西於 2022 年 12 月 18 日早上安詳離世，享年八十五歲。為紀念這位一生摯誠寫作，以創作回應世界，為香港塑造出豐富文學形象的作家，一眾文壇友好於 2023 年 1 月 8 日於西西母校協恩中學舉辦追思會，其間一眾海內外作家朗讀西西的詩文，並播放西西生前片段，一同緬懷這位「作家中的作家」的精彩人生。

姪女張韻：西西是好榜樣，也是張家的驕傲

追思會上先由主持陳澤霖和黃怡講述西西生平。西西原名張彥，1937 年在上海出世，1950 年隨父母移居香港，並就讀於協

「虛詞」屬「香港文學館」的網上發表平台，刊登文學、電影、劇場、視覺藝術、音樂等等文藝範疇的文章。

恩中學，及後入讀葛量洪教育學院，畢業後任教於土瓜灣農圃道官立小學，四十一歲時提早退休全職寫作。西西的筆名是象形文字，「西」是一個穿裙的女孩子，兩腳站立地上的方格子，「西西」就是跳飛機的意思。在西西六十多年寫作生涯中，總共出版了四十五本著作，文類橫跨小說、散文、新詩、評論和劇本等，而她亦致力尋求形式和內容上的不斷創新。在七、八十年代，西西和友人合辦《大拇指》和素葉出版社，成為香港文學上發表和培育作家的兩大園地。1989年，西西確診乳癌入院，經手術和化療後康復，但手術導致其右手在十年間逐漸失去功能，從此須改用左手寫作，不過患癌和後遺症並沒有令她停止創作。而在1992年，西西更將其治療癌症的過程寫成《哀悼乳房》。在2000年後，她開始學習製作布偶和毛熊，視為右手的物理治療，將縫製布偶的經歷寫成《縫熊志》和《猿猴志》。在2008年，西西更用左手書寫完成遊記散文《看房子》和長篇小說《我的喬治亞》。直至晚年西西仍不倦寫作，在八十高齡完成最後兩部長篇小說，包括2018年出版自傳式小說、《候鳥》的姊妹作《織巢》，並於2021年出版共十六萬字的長篇小說《欽天監》。西西的作品為香港塑造了豐富文學形象，她的一生如素葉工作坊所言，是精彩、愉快並且有益、有意義的。大會準備了錄影片段，展示西西童年時代照片、青年時期手執結他的黑白照、與貓相伴的生活照，以及晚年時獲頒授紐曼華語文學獎的留影，以投影片的方式回顧西西生前點滴。

西西的親友聚首追思會，先由西西姪女張韻講述西西的家庭篇。西西是張韻敬愛的大姑姐，其人生可算是豐盛和精彩。表面上，西西是一個大方、文靜、喜歡寫作和閱讀的女子，不過西西的哥哥張勇說她小時在鄉間一起到溪邊捉魚，上山放牛，也有「百厭」和「男仔頭」的一面。後來西西移居香港入讀協恩中學完成會考，期間開始寫作賺取稿費幫補家計。西西的興趣眾多，包括逛書店、看電影、玩玩具、縫製玩偶，更喜歡看足球，早期有撰寫足球專欄，或許是受到當球證的父親張樂影響，張家女子都愛看足球，成為張韻與西西最親近的活動，尤其是看心儀的阿仙奴，有姑姐的講解，看得特別興奮。西西愛看世界盃，其心儀的球隊西班牙和巴西，正好與她的筆名呼應。西西一生從不間斷去認識世界，探索大自然，學習不同歷史，研究不同文化，欣賞藝術，寓興趣於生活，同時寓生活於文學創作，在家人眼中是一個淳樸、豪邁、博學多才，想像力和創作力特別豐富的人，從不畏懼困難，永遠保持童心，一個平凡的女子有著不平凡的歷程，是晚輩心目中的好榜樣，也是張家的驕傲。

素葉悼故人：像西西這樣的一個朋友

素葉同人余漢江在12月18日在素葉群組收到何福仁傳來的消息，只有「西西走了」四字。在過去的兩年來西西出入醫院，主

要由何福仁和梁滇瑛幫忙照顧，每當西西狀況許可，素葉同人都會安排聚會或上門探訪，西西生前有腦退化的跡象，友人有時會跟她玩認人遊戲，她會展露其頑皮本色，裝作不認識他們。余漢江說素葉同人並沒有預計西西於短期內離開，但相信她已經完成其在世的工作，把要寫的東西都寫了。余漢江唸出西西在2020年11月寫的新詩〈疲乏〉的最後三句，「我會懷念我的朋友／我們一起生活過的地方／我們年輕健康的日子」，正好與《欽天監》尾聲「我會想念這個我們生活了許多年的地方」相仿，淺白而平常的句子，是西西向朋友、讀者的告別，令人措手不及，感動落淚。他說在過去的四十多年，西西的生活主要圍繞四個部分，分別是讀書、寫作、旅行和素葉同人，她的冷靜而熱情、低調而親切、博學而專注，令每位素葉朋友相當欽佩。最後，余漢江代表素葉同人致意：「我們會永遠懷念你，懷念像你這樣的一個朋友，像你這樣的一個人。」

陪伴西西直至最後的何福仁，說認識西西是他一生最大的成就。他提到《欽天監》最後一段容兒和阿閎的對話，「天下無不散之筵席」，為她校稿時相當感動。寫作窮盡西西一生心力，然而她在文字語言中玩遊戲、跳舞、散步、看房子，是一件愉快的事。他說西西偶爾會小跑，像一頭羊駝，因為她喜歡羊駝，彷彿能帶她走回秘魯的高原。西西喜歡動物，晚年新詩常以動物為題材，去年結集成《動物嘉年華：西西的動物詩》，何福仁說西西喜歡動物的友善、和平，也喜歡所有的生命，尤其是弱勢的、遇

到困難的；西西做毛熊、做布偶，除了是物理治療，也是民胞物
與。她的遊戲是積極的，參與創作，並不是一場消費生命的遊
戲，她在其中創作，產生文化，令她永遠保持青春——永遠的
二十七歲。何福仁說，西西當然能坐上飛氈，跟黃飛熊在空中轉
遊，但她不是以一種高高在上的姿態，而是帶著謙虛的眼光，在
空中俯瞰世間。當西西寫作的時候，她就返回年青好奇的歲
月，那些歲月並沒有病痛。西西寫作近七十年，腦袋一直充滿奇
思妙想、很多有趣的故事，何福仁認為，她已完成在世上的工
作，可以向太陽，向草地，向朋友，向讀者告別。《欽天監》語
「人生匆匆」，何福仁指西西一生不求名利，她的寫作不走討
好、媚俗的路，做人處世也從不得罪人，遇到批評會接納意
見，一以貫之。他說創作的生命不能以歲數衡量，「西西沒有離
開我們，只是擺脫疲累的肉身，走開了一陣，走進她的書本之
中」。

韓少功：塵旅匆別，再聚有期

　　西西的著作過往主要由台灣洪範書店出版，因此洪範書店主
編葉雲平特地來港致意，唸出洪範書店創始人葉步榮的悼文，
回憶西西借地利之便，幫助洪範選編《八十年代中國大陸小說選》
四冊，並推薦大陸作家作品，例如莫言的〈紅高粱家族〉、李銳

的〈厚土〉等，在兩岸不相往來的時代，西西和素葉同人親赴大陸連結作家，並以香港為第三地穿針引線，指出西西為中心的素葉同人才德兼備且不求名利的作風是難能可貴的。最後，葉雲平感謝西西為華文世界帶來美好的文字、才華、眼界、友誼和信任。

身在台灣的作家馬世芳為追思會準備了錄影發言，表示一切要從1989年他打開《我城》開始說起，這部小說改變了他的生命，令當時自以為世界蒼白虛無的文藝青年，發現明亮溫暖的文字亦同樣深刻、迷人。西西教會他在這個世界保持對知識的天真和好奇，對一切美好的事物保持感激，用溫柔的眼睛看見世上的各種不完美，同時相信人性的善良，因此形容西西是他素未謀面的恩師，借此機會感謝她以文學讓世界變得更美好。

西西的影響力遍及兩岸三地以及整個華人世界，一眾未能到場出席的中國作家、編輯及設計師均有寫下悼文緬懷，由兩位主持代為讀出。李銳和蔣韻寫：「讀她的書吧，西西和她的城就會與你在一起。永遠懷念西西！」李陀則形容西西的離去，是「一隻在風風雨雨裡搖曳的蠟燭熄滅了，中國文學界又少了一個真誠的、毫無私心地熱愛文學的人」。韓少功則寫「塵旅匆別，再聚有期，相認如昨，溫欣恆遠」，送別好友遠行。《候鳥》、《織巢》書籍設計師黃子欽，則寫出西西的童心，有著玩具般的純粹和晶瑩剔透，像一個文字世界的導演，「循著西西的線頭，總會尋得靈魂核心，任由時、地、物充分雜燴，都是好戲」。

趙曉彤：西西文字是一幅尚未完成的地圖

著有《閱讀肥土鎮：論西西的小說敘事》的學者陳潔儀，表示懷著沉重、感激和不捨心情道別西西，自從大學時期讀到西西的小說，從此作家在她的心目中的份量無可取代，對一代人不論是閱讀、創作、研究文學的影響也無可估量，令她一生受益，至今亦難忘深夜時讀到〈肥土鎮灰闌記〉，感受到最後一句的重量。她感激西西不斷在創作中刷新其文學視野，通過散文、閱讀筆記、對話集等文類令讀者吸收到中外古今廣博海量的知識，短篇小說集如《手卷》提高了讀者對社會的自覺意識，也認識到香港文學在多方面也與世界同步。她讀出〈父親的背囊〉一詩：「然後我父親揹起背囊繼續上路/臉上展開一個微笑/揮手和我划獨木舟的弟弟道別」，表示彷彿在字裡行間感受到西西的微笑和揮手，「她的一生獻給文學，她的著作亦將陪伴我們走過一生」。

《西西研究資料》編者之一、《西西看電影》編者趙曉彤表示自己比較幸運，能夠通過影評接觸到青年時期的西西，在六十年代，西西是香港著名的青年影評人，先後在《中國學生周報》、《星島晚報》、《香港影畫》等雜誌寫稿，涵蓋影評專欄、明星訪問、翻譯外國電影雜誌稿件等，在五、六年間寫下超過四百篇文章，亦與羅卡、陸離等青年影評人成立了二戰之後首個本地電影會，更曾以廢棄膠卷製作實驗電影《銀河系》。趙曉彤認為西西的電影時期不單折射了她一生對於寫作的虔誠態度，亦為讀者示範

了應有的待人處世方式。西西的文字就似一幅尚未完成的地圖，給予讀者提示、指引而不說教，以始終謙卑的筆調，鼓勵讀者自行探索，期待他們有天可以探索自己的旅行路線，發現新的風景。西西教會她潮流總會過去，能夠擇善固執，以開放的態度面對流變，而多年前西西以燭光為喻，提出文學和藝術的追求，是她至今亦非常喜歡的座右銘。

　　主持之一、作家黃怡表示自己與西西年齡相差半個世紀，能夠跟西西成為朋友，是一件非常幸運的事情。二人在2017年因同在《明報周刊》連載而相識，她憶述初次登門拜會西西，帶了一盒朱古力作見面禮，當時西西因健康理由不能吃朱古力，但她喜歡那個復活節特別版紙盒，上面印有摺成長頸鹿玩偶的紙樣，當時她把玩偶套在手指上把玩，足見西西愛玩的一面，從此她們成為好友，時常一起吃飯、玩玩具、吃紅豆冰，二人全無代溝，西西亦曾以旅行時買的少數民族長裙，以及一盒適合三歲以上兒童玩的積木相贈，笑言「喺你呀，你不過係得兩歲咋嘛」，足見西西的幽默感。曾有人指黃怡作品中有西西的影子，黃怡視之為讚美，因為西西正是她的文學啟蒙，自從她在中學創意寫作工作坊中初次接觸到西西的作品，從此對文學產生興趣。她喜歡西西對這個世界的不亢不卑，對微小弱勢事物的關懷，其作品讓讀者看見世界浩瀚的知識和藝術，以及她對創作和生命的熱情。她感激西西讓她認識到素葉同人，他們猶如〈重陽〉詩中美麗的朋友。

原載於「虛詞」，2023年1月10日。

附錄一：追思會程序表

日期：2023年1月8日（星期日）下午二時半
地點：協恩中學禮堂
主持：陳澤霖先生、黃怡女士

項目		錄影片段
西西照片		
母校代表發言	• 協恩中學校長梁少儀女士 • 協恩中學學生代表	
家屬感言	• 張韻女士	
友好感言（一）	• 余漢江先生 • 葉雲平先生 （代葉步榮先生唸出紀念文章節錄，全文見「第二輯：西西與我」葉步榮〈寒夜悼西西〉）	
中國作家、編輯及設計師感言朗讀	李銳、蔣韻、李陀、王安憶、董秀玉、張承志、韓少功、余華、雷淑容、管小榕、劉盟贇、黃子欽（排名不分先後）	

項目		錄影片段
友好分享片段	• 《素葉》朋友 • 鄭樹森教授	
西西朗讀〈白髮朋友〉錄影片段		
友好感言 (二)	• 費正華 (Jennifer Feeley) 博士 • 陳潔儀教授 • 趙曉彤博士 • 黃怡女士 • 何福仁先生	
西西作品展演	• 《哀悼乳房》選段讀演:「所謂『哀悼』,其實含有往者不諫,來者可追,而期望重生的意思。」(浪人劇場,表演者:譚孔文先生、毛嘩穎女士;音樂:陳沛熙先生) • 西西詩作朗讀:〈故宮貓保安〉及〈一枚鮮黃色的亮麗菌〉(謝曉虹博士) • 西西逛海運大廈(錄影片段)及《我城》選段朗讀(潘國靈先生) • 西西詩作朗讀:〈石磬〉、〈土瓜灣〉及〈長臂猿〉(劉偉成博士)	
西西談猴子		
西西告別		
致謝辭	• 羅樂敏女士	

附錄二：
「西西‧春望」香港國際詩歌之夜系列

活動		活動片段
「西西與世界」 座談會	日期：2023年3月4日（線上首播） 嘉賓：費正華 (Jennifer Feeley)、 　　　石江山 (Jonathan Stalling)、何麗明	
「西西與翻譯」 座談會	日期：2023年3月11日（線上首播） 嘉賓：王家琪、唐文、黃峪	
「純真博物館‧ 憶西西」座談會	日期：2023年3月18日（線上首播） 嘉賓：黃念欣、何杏楓、黃怡	
西西‧音樂 詩歌之夜	地點：藝穗會賽馬會劇場 日期：2023年3月28日（星期二）晚上八時 嘉賓：何福仁、廖偉棠、黃怡、劉偉成 主持：黃念欣、陳寧 音樂：李勁松 表演：盧定彰、曾麗婷、張吟晶、黃歷琛 　　　（室內歌劇《兩個女子》節選）	

西西 · 春望

香港國際詩歌之夜系列

西西與名家書信手稿展
2023年3月1日至2023年3月31日
香港中文大學圖書館二樓香港文學特藏區
參展：西西、余華、莫言、韓少功、王安憶、史鐵生

「西西與世界」座談會
2023年3月4日（線上）｜20:00
嘉賓：Jonathan Stalling、Jennifer Feeley、Tammny Ho

「西西與翻譯」座談會
2023年3月11日（線上）｜20:00
嘉賓：王家琪、唐文、黃峪

「純真博物館 · 憶西西」座談會
香港中文大學圖書館二樓香港文學特藏區
2023年3月18日（線上）｜20:00
嘉賓：黃念欣、何杏楓、黃怡

西西 · 音樂詩歌之夜
香港中環下亞厘畢道二號藝穗會賽馬會劇場
2023年3月28日（線下）｜20:00
2023年3月31日（線上）｜20:00
嘉賓：廖偉棠、黃怡、黃念欣、劉偉成
音樂：李勁松
表演：盧定彰（團隊）

主辦：香港詩歌節基金會 🅿 協辦：香港中文大學文學院 🛡 文學院 🔥 鳳凰網文化 culture.iteng.com

合作夥伴：香港中文大學圖書館、香港中文大學文化研究中心、香港浸會大學傳理學院、
《今天》雜誌、《聲韻詩刊》、南京先鋒書店、武漢車庫書店、廈門紙的時代書店、
杭州再望書苑、深圳閱讀人文美學玉泉亞開、長沙城中書店
場劇：香港藝術室內歌劇《兩隻女子》（節選）🎭
查詢：hkpoetryf@gmail.com｜詳情：ipnhk.org

🌿 香港藝術發展局
Hong Kong Arts Development Council 資助

「西西 · 春望」香港國際詩歌之夜系列活動海報

第二輯

西西與我

何福仁

人世匆匆，有什麼可怕的

　　西西 2022 年 12 月 18 日清晨離世，我們難過不捨，可並非太大的意外。15 日入院時，醫生已說她心臟衰竭，親人商量，下一個決定吧。決定的結果，她要去，就讓她寧靜地去。他們也問我的意見。我極力反對，但每天看著她插了氧氣管，喉邊開了洞，當她真的離去，也不得不接受，不要受更多的苦痛。早幾年，曾有兩三次，半夜兩三點鐘，印傭來電，說大家姐要你快快來。我連忙趕去，然後再致電急救車。在車上知道會去哪一所醫院，馬上致電她的弟弟。因為倘要做手術，還得親人簽署。一夜，我見到她，她躺在床上，竟然對我說：我差不多了，是時候了。不！我答，還有大把日子！她總能逢凶化吉。她從不抱怨，但我知道，她一直受著疾病的折磨。

何福仁，香港作家、詩人，作品甚豐，例如詩集《如果落向牛頓腦袋的不是蘋果》、《花草箋》，散文集《上帝的角度》，評論集《浮城 1.2.3 ── 西西小說新析》等等，主編西西《動物嘉年華》獲香港出版雙年獎出版大獎（2023），即將出版文集《西西，這樣的一位作家》。

2019年，她從美國回來，本已不良於行，只能走很短很短的路；年底，再不行了，印傭就扶她離開輪椅，來回走十多二十步。她還是思想清明的，《欽天監》寫完了，可以讀讀校刊本；在紙上，在簿上，寫了不少詩。在寫作《欽天監》期間，她一直感覺眼睛不適，有一天突然眼前模糊，以為沒戴眼鏡，原來早就掛在鼻樑上，帶她去看眼科，醫生說是黃斑裂孔。手術很快，但復原期很漫長，必須低頭俯伏四五個月之久。她又撐過了，繼續校完《欽天監》，還寫了後記。

2020年，她午睡醒來，告訴我自己在船上，要回家去。為什麼是船上，你不是在家裡麼？我在，一艘海盜船上。這分明就是一篇趣妙的小說的起句，裡面一定有好些有趣的念頭，但她再沒有說下去。另一次，她忽然問，坐在她對面的人是誰？然後問：阿芝呢？印傭答：我就坐在這裡，我就是阿芝。她年來睡得不好，經常睡得不好，不好就迷迷糊糊，不知身在何處，不認識人。深夜，阿芝偶爾會起來看看她。她會說：去睡吧，為什麼還不睡。有時，她忽然會問：你是誰？我在哪裡？我要回家去。

醫生說，這是認知障礙。說起往事，她倒還清楚記得，我帶來旅行的照片，誤記了地點，她會糾正我。但認知障礙，再不好，會逐漸腦退化。所以我一進門，就問她，我是誰？她背向門，坐在輪椅上，聽聲音已會說：阿叔。說我是阿叔，許多年了，這是跟隨後輩的叫法。一次，我問她，她沒有回答，坐到她

面前，再問。她看著我，沒答。我很難過，連我也不認識了。然後她說：「我詐家依唔認識你。」

　　2021年4月住院整整一個月，才知道她曾經中風，而且缺鈉缺鉀，嚴重營養不良。回來後，身體反而好了，但吞嚥困難，需言語治療師幫助。言語治療的姑娘來了十多次，終於可以好好吃東西了，而且開始喜歡吃，早餐慣常吃麥片加蛋、麵包。她最喜歡吃麵包，分成小塊，塗一點蜜糖。好吃嗎？她會說：好吃，多謝，你也吃吧，一起吃。姪女探她時帶來好些不同的蛋糕，她每一樣都要試試。每天量度她的血壓、血糖，紀錄起來，總是正常的。我囑咐印傭，每天早上起來，要問問她：大家姐，開心嗎？開心，很開心。有不舒服嗎？沒有，謝謝。阿芝照顧西西姊妹起居飲食八年，初來送走了妹妹。她自己的女兒在印尼讀書，由中學到大學。西西說到大學畢業時招呼她來港，看看母親工作多麼辛苦。西西不良於行後，對阿芝說，喜歡任何衣物，就拿吧，寄給女兒。阿芝高大，聰明，能幹，自己穿不來，果然就寄了一些回印尼。她也問問我，我說大家姐給你，就是你的。十月間天氣仍然很暖和，買了兩件短衣給西西，很喜歡，也要我買兩件給印傭：帶去，自己揀。樓上樓下住客都認識她。這一帶，住了許多長者。一次竟有不認識的女士向我查問，這印傭做得很好啊，可否介紹，或者她有些姊妹哩。我心裡吃驚。連忙加了她的薪酬，並且說，從五月開始，看護大家姐一年，額外給她三萬港元，兩年六萬，三年九萬。如是順推。我並不富有，全賴工作許多年的

存積，不過無兒無女，兄姊早移民外國，自忖十年八年，也還是足以應付的。西西走後，阿芝好快另外找到東主，不過工作一月，就來電向我訴苦。我想，她沒可能找到比西西更好的僱主。有些人，一生難得一遇。

西西一般很少說話，即使年輕、健康的歲月。從醫院回來，她開始說話有時模糊不清。但我想，她的心思還是很細密的。她不說話，卻時而奇怪地要張口吱啞，睡覺時也張口，以為是肺有問題，氣量不足，看了老人科醫生，說肺沒有問題。疫症猖獗期間，為策安全，我們都打了四針復必泰，加上流感針，她完全沒不良反應。

今年2022年初，藝術發展局要頒她終身成就獎，讓她不用上台接受獎座，也不用受訪。不過我覺得私下說幾句也好，請阿芝用我的手機，分兩次拍了給Now電視播出，一共四五分鐘。她的說話很清晰、周到，只是緩慢些，畢竟年事已高。這算是她最後公開的說話了。我從沒留神她的年齡，直到她在2017年到北京，攀上古觀象台，石階梯傾斜，沒有扶手，她竟不用我攙扶；問題在，還得走下來，那是更大的艱難，這次我走在前面，摸著左邊石牆，一步一竭。我算一下，原來她已經八十歲了。她還提出要再去長城走走，我當然反對，說不是她不行，而是我走不了。

我習慣早上和下午四時左右去看她，晚飯後偶爾也去。早上有陽光，下樓曬曬太陽，在少人的地方，除下口罩，捲起衣袖。這時候，她是最精伶的，神色也變好。問她下午茶除了乳酪，還

想吃什麼，會買給她。她會説叉燒酥，會説各種各樣的甜品。都淺嚐而已，意思意思，因為對血糖不利。有時，她會説，由你決定吧。

西西離世，有媒體訪問，要我概括兩句，我想到的是：她首先是非常非常好的人，然後是作家中的作家。

追思會（2023年1月8日）之後，我寫了一首短詩〈花圈〉：

她沿著圓圓的竹藤從容地走了一圈
一路編織菊花、白玫瑰、黃槐⋯⋯
有無數發現，無限欣喜
也有哀愁，一點點
不然，就像壞了的寒暑表
度數固定，還有什麼樂趣呢
她回到了起點了
我們一時跟不上
捨不得也只好説再見
然後深切地懷念

2023年2月

亦載於羅國洪、朱少璋編：《人・情・味》
（香港：匯智出版有限公司，2023）。

王無邪

藍子與我

　　我所認識的西西，當時她的筆名是藍子，我們曾是筆友，都有投稿各報學生園地版發表文章。當時《中南日報》學生園地主編李影先生，舉辦文友遠足活動，我與西西都有參加，那是我們首次會面，之後我們常有約晤。我在那次遠足亦結識不少其他文友，心儀另一女文友，因而沒有與西西發展更深友誼關係。我與崑南出版《詩朵》期刊，銷量不暢，停刊後我轉向繪畫發展，漸覺自己畫才勝於文才，遂棄文從畫。與女友申請美國的藝術專校，竟同獲取錄免費入學。我們留學四年返港，回港後我在藝壇十分活躍，但不見西西參觀我的畫展。我不想猜度什麼，她在文學創作獲致的成就，我一直都有注意。在我所處的文友圈中，我與她都曾獲頒香港藝術發展局的終身成就獎。這使我特別高興，不過我們始終沒有再會過面。

王無邪，原名王松基，香港作家、畫家，與葉維廉、崑南被稱為「詩壇三劍客」，曾辦《詩朵》、《新思潮》、《好望角》。曾獲頒銅紫荊星章（BBS）、香港藝術發展獎終身成就獎。

蔣芸

永遠不能忘卻的
—— 給西西

正在給《城市文藝》寫稿償還欠梅子的稿債；耳機中傳來女作家西西辭世的消息，心中一緊，禁不住淚流滿面；湧上心頭的是萬般不捨、悲痛莫名，也是一些這五十多年來和她有關的片片斷斷回憶。

認識她很早，1968 年前後，那時彼此正當少年，她是一位教師，我則是一名初到貴境的小編劇；未見面前已讀過她的作品，記得是她首部小說《東城故事》，後來才陸陸續續在《大拇指》、《素葉文學》上讀到她的散文。還記得當年初讀時的那份驚豔，與我之前所讀過的其他同代作者作品的差異之感，後來才認識到那正是她的不同凡響早已超越了地域性別等等尋常觀感，她筆底展

蔣芸，出生於上海，畢業於台灣政治大學中國文學系。1969 年應聘來港，曾任電影機構編劇、電影公司編審、總編輯等職。

示出一個神奇卻又不尋常的境界，還充滿了個人無意間流露的獨特見解而卓然自成一體一格。西西就是西西，就是這樣一個文如其人的女子，有著無人能企及的才情和文風。等到和她見了面，自是滿心歡喜到不知道該說什麼才好，她是山遠路遙的從市區到清水灣影城宿舍來看我，而當時才二十多年的生命中，從未遇到一個似她那般令人親切又感動的人，不言不語中那份真摯自然流露著的種種是我此生人從未感受到過的。最奇怪的是先讀作品才見了她的真人，一剎那間居然有一種自慚形穢的自卑感，當時想到的是同屬於寫作人，而她的高度與深度，是我此生永不可企及的吧，這種感覺直到今天也未改變過。

是的，當初的感覺在此後的五十多年也從未改變過，尤其每一回讀她的作品，掩卷長嘆後仍如初見般的自愧遙不可及。此後的這幾十年，她也曾來看望過我幾次，每次都送給我一份當年的我買不起的貴重禮物，在我眼中那可真的算是奢侈品吧。一次是一頂美麗無比的帽子，比影城中我所見到大明星戴的那些款式更別致可愛而且獨特之至；另一次是一個黑棕色相間的麂皮袋，柔軟而輕盈，我用了它不下十年，她的餽贈可算是當年的我所擁有的名牌貨吧。

後來我到了報館夜間工作，如今已老邁的我記憶有些模糊，大約是1975年的某晚，西西和她的兄長前來我工作地點柴灣的報社找我，託我為她哥哥被冤枉的一件事澄清，詳情已不記得，但我也十分認真的把事情辦妥，對她有了交代也就心安了。寒夜中

的兄妹來訪，究竟為了什麼，如今已近五十年，向記憶中追尋不果，只是因此知道她對手足情的重視以及對我的信任。當年的我也的確好打不平，何況是我的偶像西西家人的事。

就這樣在兩個不同的世界中漸行漸遠，後來的她退下教職，也許一直過著比教書時更忙碌的寫作編書生涯，而我轉換跑道，做起了通俗的出版編輯工作；為了討生活也不斷的在報刊寫專欄，也仍然關注著她，讀她偶然在港台報刊發表的作品，更為她不斷的擁有識貨的知音人、又獲得這麼多大獎而高興。尤其四年前來自美國的紐曼華語文學獎及來自瑞典的蟬文學獎，兩個獎她都是第一個榮獲的香港人。今年5月香港藝術發展局給了她終身成就獎。凡此種種榮譽，對於她真正是實至名歸，為她的成就受到中國及異地各國的肯定而歡欣不已。

而我此生的大獎是西西頒給我的，那令我喜出望外的大獎是她託快遞寄來的西西熊。讀過《縫熊志》的讀者都知道，1989年，西西不幸患上乳癌；康復後右手失靈，寫字只能用左手，堅強的她為了訓練自己的右手而重拾針線活縫起西西熊來。那本《縫熊志》詳細寫下她和親手設計縫製的熊布偶之間的感情，那製作過程的種種艱辛她都用堅強的意志克服了，不言不語中她成就了無與倫比的多方面才華的西西。

她寄給我的那隻是暗紫紅色的西西熊，是用安哥拉羊毛一針一線縫成，兩隻黑色玻璃眼，人造纖維填料，手、足、頭部都能活動栩栩如生，似有靈性的看著你任你擺動。這麼貴重的大獎，

出自病癒後舉手維艱的她那麼辛苦的製成，收到禮物後怎能不叫我熱淚盈眶，激動得不知如何是好呢？

也曾兩次託公司職員上土瓜灣美景街西西數十年來未變更的地址給她送上我所熱愛也一直熱銷的金花油，是我在2000年後自創的品牌，她也特別為此寄上精美的感謝卡，還簽上她的名字，這些我都視若珍寶的收藏著。

時序進入了2018年，我與她都屬於古稀之年的長者了，心想總要見一次面吧，終於鼓起勇氣找到西西的知己好友何福仁，在電話中一再央求他給我一個機會請西西吃頓午餐，經商討後他也爽快的答應陪同西西一起來，我更特別約了小思老師作陪。西西一直獨居不喜應酬這大家都知道，但老友見面千難萬難也要勉為其難吧，那是五十年來的幾次見面之後由我特別相約的一次，更是從少年略過中年壯年直奔長者階段的首次相逢。那天的她仍是何福仁陪同而來，一別半個世紀，她還是少年時的那張清水臉，再相見一點也沒有陌生感，她的親和力與真摯誠懇的顏面恍如初見之時。彼此都在歲月中老去了，相見不易也還是要見，經歷太多不知從何說起，也就不如不說，只願歲月定格停留在那一時一刻。如果知道那一次睽違半世紀之後的約會過了竟成永訣，今天的我又如何安置我這一份揮之不去的傷心？但願用盡我此生的一期一會來換取那天的重逢。

雖然是淡然的君子之交，但她的那一份愛心從未吝嗇對我，對她的了解除這數十年有限的幾次見面外，大部分來自她的作

品，有些是帶自傳體的寫生平往事，她有本事把一個人一件事閒閒幾筆就讓你如見其人如聞其聲如歷其境，看得趣味盎然又莫名傷感，她的文字魅力無人能及。

還記得她曾在一篇文章中提及當年到影城訪我，看到我所住的影城宿舍單間，用的是一個大大的木頭製成的書櫃來間隔，免去了一開門就見床的尷尬，這樣的間隔為藏書頗多而又想節省空間的她帶來了靈感，去裝修一住了幾十年的地方，想不到當年的她是那樣細心又上心，不言不語中的那份關懷與惦記讀起來真貼心。

取出那隻西西熊，十三年了，完整如新，她愛每一隻她親手縫製的西西熊；還曾帶著他們去旅行，待他們一如有生命的小寶貝。我擁有的這一隻，全身也灌注著她的愛也賦予了生命，此刻西西熊一臉的哀傷與我相視凝望著，西西熊有靈，彼此感覺到了。

接著下來的四年多，疫情肆虐下約相見已是不可能的了，但心中仍一直惦記著，只是不敢打擾她，也慶幸她身旁有一位永遠忠誠的陪伴者，也是詩人作家及她的知己好友何福仁，因為有他在也就叫人安心了。何福仁說未見過像她這麼好的人，而我想對何福仁說相信西西也想對你說同樣的一句話，這句話也正是她所有的朋友包括我想對你說的話：我從未見過像你這麼好的人，尤其是對西西，而只有她這麼好的人才能有幸遇見一個像你這麼好的人，她的有生之年有你的陪伴豈不是一種福份。

人生中有些感情比愛情婚姻更悠遠而深邃，有些感情比知己好友更忠誠更保護也更貼心而持久，平常人一生不遇，只有兩個這麼好的人有幸而遇見了，志同道合的相濡以沫的走著人生的道路已是一種幸福。西西走了，留下太多的未完，而她這位一生知己仍有太多要為她完成的事。西西成全了他，他也要生死不渝的成全我們敬愛的西西！

　　差一點忘了說，中華書局曾出版了《西西研究資料》，由何福仁、樊善標、陳燕遐、甘玉貞、王家琪、趙曉彤聯手編輯，共四大冊，慶幸是在西西仍在世之時編成出版的，跨越了大半個世紀，探討了西西的作品與成長，幫助讀者更能從各角度去認識一位不世出的才女作家。感謝這四大冊的及時出版，四年後西西離開人世，她的作品已是永恆。

　　天上人間，親愛的西西：我永遠懷念你永遠愛你！

2022 年 12 月 19 日

原載於《城市文藝》第 122 期，2023 年 2 月 20 日，略有增補。

葉步榮

寒夜悼西西

今年最冷的寒流來襲，上午在陽明山上徹骨冷風中，收到鄭樹森教授告知西西在今晨別離的來訊；隨後何福仁先生說她走得安詳，沒有痛苦。傍晚，《文訊》封社長邀寫一篇西西與洪範的因緣，情難推卻；思緒起伏中，憶及四十年交往，錄下幾則片段，聊以應命並誌緬懷。

西西初由瘂弦介紹得識，不久交下《像我這樣的一個女子》小說集，風格新穎，繁富多樣，為之驚豔。之後陸陸續續供應書稿，前後在洪範出了三十多本書，本本精彩，形式各異，趣味盎然。她在自傳小說《候鳥》後記裡說：1989年香港政府出版《香港年鑑》，在文化藝術項下有「除了台灣的西西以外……」之句，令

葉步榮，台灣洪範書店創辦人之一，為西西出版
不少作品，使西西最早先為台灣文壇所知。

她吃驚；她說之前在香港已出過五、六本書，但還是洪範出得最多，由此而說她是台灣作家，倒是美麗的錯誤。

　　西西不僅自己的創作給洪範，還藉地利之便，主動編輯《八十年代中國大陸小說選》四冊，並推薦多位大陸各別作家作品，後來都成名著，例如莫言的〈紅高粱家族〉、李銳的〈厚土〉等等。當時兩岸隔絕不相往來近四十年，解嚴初期仍互不認定對方公文書，須透過第三地認證。西西和《素葉文學》諸友，不但為洪範親赴大陸，一一拜訪作者交付稿費，並以香港為中介地代為邀書簽約，找律師公證，向台灣駐港單位申請，再由台灣當時主管出版的新聞局審查；莫言的書審核未過，遭到退件，經往返說明申覆才得印行。想起當年西西等友人的熱心相助，感激不盡，也交雜了不少感慨。

　　由於西西才和《素葉》的許多同人認識，他／她們各個才學兼備，熱情、友善一如西西；在以商業為重的香港，能有一群如此熱中文學、不求名利的文友，真是難能可貴。《素葉》同人以西西為中心；每次赴港，大家相聚，歡欣無比，連兒輩亦蒙照顧，受惠良多。

　　西西和洪範合作出書，常未簽約，彼此互相信任，往往是因轉授權需要才補簽合約。大陸地區以及香港本地業者要求授權使用其部分作品，她總說版權屬洪範，須向洪範取得授權。如此豁達、信賴，正是西西的本性、風範。

　　西西熱情親切而低調。有一次與隱地兄赴港，旅店同住一室，西西等人來訪，那時西西未見過隱地，門一開，見有陌生人在內，

1988年6月，左起：辛其氏、葉步榮、西西（洪範書店提供）

她急忙退躲在幾位《素葉》友人身後，猶如小孩般的羞怯，顯現她的童心和純真。她在洪範陸續出書，一些通路如誠品等，和洪範都想邀她來台做宣傳，卻總婉拒，坦言面對大批讀者，很不自在。她本愛旅行，在洪範出書前曾來台灣遊覽，出書之後，竟不來了。十多年前，她為寫《我的喬治亞》，專程來台北參觀袖珍博物館，竟未告知，回港才說臨時決定，匆忙不好打擾，讓我既愧且憾。

西西博學、好奇，喜深入探索，把單調刻板的物事變得鮮活雋永。出版《飛氈》一書之前，我提了台灣習稱「地毯」，引來三千字的〈說氈〉，詳為考證解說「氈」和「毯」，並將之作為書序。後來楊牧寫了〈「氈」的補注〉函寄西西，是為知識趣味交流的一則佳話。

1989年西西罹患癌症，治療過程複雜辛苦，她總勇毅面對，右手因化療失了作用，勤練左手編織、寫字，初試左手來信說：「我的字愈寫愈大……」。在「他們在島嶼寫作」紀錄片《西西：我

城》裡，她以左手用筷子助力擰乾毛巾的鏡頭，叫人不忍，但她從未抱怨說苦，遭遇困境，總是朝向正面、樂觀。

《候鳥》姊妹篇《織巢》序中，西西寫織巢鳥常在河邊樹枝末梢築巢，以防走獸飛禽入侵，但河面垂枝仍可能受到噴水躍魚的襲擊，的確沒有絕對安全的地方。西西幼年為躲避內戰，舉家南遷香港，歷經多少苦難辛酸，她多麼期望能有沒爭鬥戰亂的世界，人人過著和平安定的歲月。西西作品舉重若輕，任何素材都能化腐朽為神奇，筆法百變，玄思奇妙，意涵深邃，一直走在前端引領讀者。她的文學光環應不僅在台灣、香港或某地域而已。

素葉工作坊在臉書上訃告發文：「西西一生，精彩、愉快，並且有益，有意義。我們都會懷念她。」簡短扼要。她留下的豐富著作，及四十年的交往，正是：「……有益，有意義。我們都會懷念她。」

今晚世界盃足球法國和阿根廷爭奪冠軍。五十年代剛讀中學即迷足球，常到圖書館搶看香港報紙的足球賽況，姚卓然、何祥友、黃志強等當時明星球員是心中偶像。西西說那些名將從小熟識，她父親當年是足球教練。她是高段內行的球迷，每屆世界盃足球賽，總和同好文友們夜聚觀看實況轉播。然而今天她走了，今晚香港盛會不再，我在台北也無心觀戰。

2022 年 12 月 18 夜

原載於《文訊》第 448 期，2023 年 2 月。

辛其氏

任白雲舒卷
—— 淡彩西西

1

今年1月8日，去西西母校協恩中學禮堂參加追思會，座上
靜聽來賓發言，都情真意切，懷念西西。份屬素葉中人，素友的
講辭無可避免最觸動我心，在俞風傷感低緩的語調中，往事縈
迴，不覺眼熱鼻酸。

追思會後返家，想起座中朋友問：你不上台發言麼？我當時
回答，有俞風和何福仁就好，我是一切在心中。幾十年友情，成
員早期活力充沛，往來密切，隨世情心境與生活型態的轉變，後
期雖漸少見面，但細水長流從未中斷，那些數不清的交會時刻，

辛其氏，原名簡慕嫻，香港作家，「素葉出版社」
成員。著有散文集《每逢佳節》、《閒筆戲寫》、
《藝情絮語》，短篇小說集《青色的月牙》、《漂移
的崖岸》，長篇小說《紅格子酒鋪》。

點滴存留，需時沉澱，一時要用幾句話概括，既怯於大庭廣眾，亦不知從何說起。

　　回想與西西相交，從不覺有壓力，她安靜、溫厚、幽默。她的幽默感、俏皮話，偶在言談間閃露，筆底下且更見揮灑流瀉，使人忍俊不禁，會心而笑。她感情內斂，默默關心朋友，對久不出席聚會、與我仍保持來往的友人，常問及她或他的安好。縱使友儕間生誤會，則從旁關注，嘗試了解，知悉錯結一時難了，只皺眉苦笑，講幾句中肯話或作兩三聲唱嘆，從不火上添油。若各方高士有批評或言論涉及她本人和創作，有識見道理者虛懷感納，無理者一笑置之。她性格雖隨和，並不一味老好人，凡與處事原則有扞格或違背意願心性，也不會委屈迎合。

　　西西待人以誠，盡在行動，不尚多言。八十年代中，她為台灣洪範書店編選《八十年代中國大陸小說選》，除花精力閱覽大量著作和文學期刊，選取文章寫評議導讀外，還與何福仁和張紀堂山長水遠，親送版稅和書樣給內地作者。「解款」行動以外，更要在第三地的香港，費神處理內地創作交台灣出版的法律認證文件。在何福仁陪同下，西西曾去中環律師行委託朱楚真介紹的關律師，辦理相關法務事宜。關律師自中文大學離職後，仍為中大職協和儲蓄互助社任義務法律顧問多年，有感眼前訪客的文學熱誠，為表支持，只象徵式收費。

2

1984年五個朋友作南歐行，因旅行社安排失當，中途由開羅飛樂蜀的機位不夠分配，全團人需抽籤，結果紀堂和我落了單。西西認為我要上班，告假不易，看不成樂蜀神廟太可惜，堅決讓出機位，神情凝重趕我去登機閘口。那一刻心情複雜，只覺憤懣、無奈、感愧，幸而紀堂不甘心，自費買機票，當日下午與西西飛樂蜀。老天眷顧好心人，他們不單趕上尼羅河落日，還欣賞了樂蜀神廟的聲光晚會。依原定行程出發的團友，即日來回，這黃昏美景和星空下的聲光表演，反而無緣得見。

西西對朋友給予的關懷，時刻感念，適時致意。1989年，她在九龍城聖德肋撒醫院做乳癌手術，妹妹要留家照顧年老的母親，就由楚真陪她醫院度過術後第一晚。其後為放射治療做準備，又陪她去沙田威爾斯醫院相關部門，見醫生做檢查，讓護士在皮膚畫上放射符號、拍彩照。1992年《哀悼乳房》出版，我和楚真同時收到有她題識的力作，在給楚真的書上，西西寫「多謝你照顧我」，簡單六字，表達深深的謝意。而當我打開這本出版社譽之為「奇書」的著作，一眼瞥見扉頁上西西的字跡「多謝你對我好」，竟感到不好意思。印象中除照顧過朋友口腹之欲，我抓破頭皮，完全想不起幹過什麼實事，擔當得起這句贈言。有段日子，朋友常來我家吃大閘蟹，西西喜甜，我把薑糖茶調得甜甜的，縱容她高興。西西病後休養，蝦蟹不宜，素友蟹會從此落幕。

相識以來，實情只有她待我好。1981年初，我在《香港時報》副刊，學人寫專欄「織字集」，出於前輩愛護，欄名是陸離給起的，西西為我設計版頭，兩枝肥肥的織針，纏上波浪紋毛線，織針左右呈八字形態，中間吊著一幅波浪紋織品，下面織出幾行字，「隨便看／白白／羽毛一般／好罷／暖著手／是啊」，聊聊數筆表意，畫出幾分童趣。1984年南歐行，突發情況下二話不說，讓出機位，實難忘她的友愛高義。1994年做腹部手術，為免磨擦傷口，她縫製鬆身裙褲，方便我穿著。那時候，她的右手仍未完全被放射線廢掉武功，但絕對不是運用自如，針線縫接的是印花紗籠布，串連起的是我受之有愧的淡淡溫情。

3

西西與病共舞，深居簡出，精神和健康狀態良好時，就與朋友結伴旅行。多數時間讀書寫作，砌建她的模型娃娃屋，或者散步會友，看病複診。2000年初，為了手部物理治療，又跟老師學做毛熊布偶，樂在其中。2006年1月，老師所屬熊藝協會舉行第二屆毛熊製作展及頒獎禮，囑學生帶功課去九龍富豪酒店凡爾賽廳擺展，素友為西西去捧場，付費參加自助餐晚宴。宴會尾聲，西西收拾展品，她帶去的布偶有心思，又具創意，幾位學藝小同門與家長問她可否選贈，西西說：「喜歡就拿去吧。」結果隨手送出的布偶至少有十個八個。

從跳格子到坐飛氈

118

素友覺得西西單手製作，消耗不少體力心力，成品不好太隨意送人，如果布偶太多，家裡存放不下，建議考慮送去慈善機構。西西其後整理出一箱布偶娃娃，以張彥名義，交楚真捐去病童療養家舍。家舍在沙田威爾斯醫院隔鄰多石村，供病童和家長短暫居住，屬香港麥當勞叔叔之家慈善基金的核心計劃之一。

　　西西從不吝嗇付出，她的猿熊布偶，造型生動，一身有趣的配飾與文學意符，而且材料「毛海」成本不輕，但只要來客欣賞，她會毫不猶疑地講：「送畀你吖（送給你吧）。」如受者不好意思，怕缺了一個，會破壞她的布偶族群，西西馬上回應：「我可以再做嘛」，神情自若，彷彿説何須多慮，不過小菜一碟，手作我優為之，渾忘自己是新晉的單手觀音。

4

　　西西右手，還未被放射治療後遺症嚴重影響之前，有好幾年仍有精神與朋友講「長氣」電話，有時互問近況，有時講東講西，興致好時談及早年認識的朋友和樂此不疲的投稿生活。1994年10月，小思的中文系學生做研究功課，以西西少作為主題，曾託楚真送學生影印的《星島日報》1957–1960年間剪報給西西，核對求證多個筆名。西西返家細閱後回電，先肯定「藍子」筆名，再否定「百合花」和「丹丹」，楚真續問：「序曲、皇冠、店主、藍馬店、

藍尼羅河、小紅花、青鳥、十行，都是你？還有凱旋門、莎揚娜拉？」西西愉悅地回應：「對，全都是。」並解釋當時所以起這許多筆名，是因為每日投稿，怕編輯收稿件時嘀咕「又係（是）你！」，還希望有稿費可收，買更多書。

西西十幾歲已到處投稿，從五十年代的《人人文學》、《星島日報》「學生園地」、《詩朵》，到1960年11月創刊、第一份全彩印刷的《天天日報》，在「兒童版」寫「童話」專欄，她非常喜歡嚴以敬的彩色配圖，可惜早年搬家，弄丟所有「童話」底稿，曾不無遺憾地講，如果小思學生有辦法找回《天天日報》創刊後第一二個月的舊報就好了。

當時有幾位老親戚寄住西西家，一屋十口，家事有親戚幫忙打理，弟妹亦有人照料，她只須顧著唸書。有時父親午睡，怕弟妹吵鬧，就帶他們外出閒逛，這差事也不算忙。餘暇就看大量課外書、寫作、思考，以致學校課本無心用功，還諸多旁騖，學速寫、木刻、膠印。賺得稿費買書，讀罷又寫作，周而復始，日日如是。除了高興讀到報上自己的文章，投稿另一重要原因是當年《星島日報》「學生園地」版編輯胡輝光，很有使命感，常刊登旅行、茶會的時間地點，讓文友和當時流行的筆友參加，希望投稿的朋友能夠認識，交談心得。

吳俊雄博士苦心經營十五載的「黃霑書房」網頁，在「文化新潮」項下的「寫作演劇一切從拓墾開始」圖片區，見到一張1955年1月4日《星島日報》「學生園地」版的影印件，刊出參加該年元旦

旅行的同學文章,還把出席者的簽名製版,上列標題「星島日報學生園地同學旅行古松谷簽名」,其中就有青鳥,依稀還見藍子,西西可能頑皮地簽上兩個筆名。青鳥同學在協恩中學名下,為這次古松谷郊遊,寫出散文〈旅行交響樂〉。

5

西西開心參加這類活動,因為各自寫作,本不知對方存在,但通過旅行敘會相識後,間中可見面聊天,不見面時,就關心文友報上刊登的稿件,想了解對方寫什麼和如何想事情。五十年代的香港,生活樸素,經濟環境不太好,但精神生活豐富,年青人公餘或課餘旅行、閱讀、交往,追求知識學問,做有意義的事,對事物有看法就投稿報刊,互相切磋,是當時文青的一種普遍風氣。

西西回憶,崑南、王無邪、葉維廉、張國標(木石)都在那個年代認識,前三位是《詩朵》同仁;木石則是「流星社」三位成員之一,其餘兩位是桑白和蔡浩泉。西西小說〈醒喲,夢戀的騎士!〉,在1955年8月《詩朵》創刊號上,以筆名藍子發表。為什麼叫藍子呢?她笑說當時喜歡與男孩子交往,認為他們性情較爽快,學校雖有女同學,但似乎合不來。她在校報寫過一篇文章,關於她班上的同學,主角是班長,以為談談別人的短處,希望可

以改善，誰料同學知道作者是她，全班十五人不願與她親近。西西後來反思，每人有自己的性格和作風，是她年少氣盛，沒顧及同學感受，自以為真話直說，想別人好，卻可能被視作人身攻擊，得了教訓，日後再不重蹈覆轍。

西西自言第一位較談得來的朋友姓何，強調是朋友，不是同學，但已忘記怎樣認識。何女士比西西年長，家庭背景複雜，有幾位本地男友和美國男筆友，感情和愛情有煩惱，視西西為知己。看西西常讀書寫作，應該很有見地，經常向她傾吐心事，連哪一個男朋友較好也問意見，西西沒好氣地說：「其實我點識喫（我怎麼曉得呢）。」她還談到那個時期的創作，有些新詩是被何女士的感情事觸發靈感。

與西西同期成長的朋友，蔡浩泉、張國標，都認識何，他們常一起玩樂。西西開始教書的時候，阿蔡與阿標尚未畢業，兩個看來髒亂的長髮青年，夜裡不回家，坐街邊欄河，聊天吸煙飲啤酒，被人看作壞份子。西西不以為然，有時故意桌面留下兩塊錢，曲線支援他們買煙酒。當年普通勞工階層月薪只有數十元，兩塊錢對兩個窮小子來說，是及時雨。

何女士完成小學，出來工作養家，一天跟西西講，她想再讀書。阿蔡在南華中學唸書，有一點考試心得，在他幫助下，何後來也順利考進該校插班，但沒錢交學費。西西求學期已投稿極勤，有大概兩年時間，用全部稿費資助何唸書。1959年，西西葛量洪師範專科學校畢業，官校教職薪金不錯，更義無反顧，繼續

支持。其後何向西西表示改唸夜校，當時年青人為家庭經濟，白天掙錢，晚間上夜校的比比皆是，西西不改初衷。直至朋友相告，在應該上課的時候，看見何街上躑躅，資助才終止。何女士後來嫁去美國，初時與阿蔡還有通信，慢慢再沒有聯絡。

6

藍子時期的西西，年紀輕輕，已有孟嘗風，喜見朋友讀書，亦曾資助阿標唸夜校。而阿蔡則是西西經常念掛的朋友，嘆惜他長期身兼數職養家，多少壓抑了他的繪畫天份。據何福仁講，阿蔡後期離開工作多年的「星島」報系，西西擔心老友生活，每次去探阿蔡，總要他預約買阿蔡的畫，阿蔡其實內心明白，是朋友變個法兒幫補他。西西癌病後俠性不改，又為外地來港聽哲學課的朋友交月費。後來的廣贈毛熊布偶，與人為善，都是她一貫慷慨喜捨精神的延續。西西慨嘆，從前朋友相交，感情純樸真摯，愛講義氣，幫人毫不計較。事隔半個世紀，時移風易，伸出援手前，先搞清楚對方想法，不知人家可願接受，甚至會被懷疑你做好心的動機。

1994年前後，西西閒談中，講到自己做人處世，以牟宗三大師為典範，認為他有知識氣度，是個真正讀書人。八十多歲帶病在身，錢又不多，但泰然自處，毫無憂懼之色，眼神像稚子一樣

天真。精神好就扶杖步上四樓（農圃道新亞研究所）教書，講哲學義理，怡然自得，現世似難再有這樣胸懷的老學者。牟先生的學問與智慧，使養病期間旁聽大師廿一節課的西西，寫出精彩的〈上學記〉；並自言寫《哀悼乳房》，是學習牟師對人生的看法，老病既是必經的自然過程，與其愁苦，不如順應接受。她以別開生面的文本結構，陳述自療過程，剖析癌變，開導病者，不負依然才思敏銳的病後身。

西西心靈澄定，一雙慧眼靜觀世界，任白雲舒卷，風雨侵尋，她自泥絮不沾，歸然不動，罹惡疾難改其志，躍動的是那奔流不止的善念與創意，一生寬厚待人，為布偶天地和文學世界，留下獨特的猿熊身影及意涵豐富的奇妙篇章。

2023 年 5 月 10 日定稿

——
黃怡

訪問西西的家務助理
—— 阿芝眼中的「大家姐」

　　阿芝是誰？到土瓜灣按西西家的門鈴，來為訪客開門的人，曾是阿芝；打開西西詩集《左手之思》，〈魔法師〉裡每天上街為西西取報紙的「吾家家務助理」，就是阿芝；八年半以來每天與西西同住、一同吃飯逛街，由西西住院至離世一直陪伴在側的，亦是阿芝。那麼「大家姐」是誰？「大家姐」就是阿芝對西西的稱呼。阿芝來自印尼，每次在西西家中碰見她總是笑容滿臉，高高的額頭垂著黑色中長髮，陪在瘦小的西西身邊，顯得阿芝更加壯實。阿芝在西西離世後仍常常回到土瓜灣來，還應邀和我們一起在西西有時會去的連鎖茶餐廳吃豉油雞飯，分享她熟悉的西西日常生活。阿芝說起話來常常用「哈哈」當句號，愛以一人分飾兩角的方

黃怡，香港作家、《字花》編輯、香港電台《開卷樂》主持。曾獲香港藝術發展獎藝術新秀獎（文學藝術），入選台灣《聯合文學》「20位最受期待的青壯世代華文小說家」之一。

法複述自己和西西的對話，講到她用廣東話難以抵達的概念，又會以表情、動作等協助。聽阿芝說起她與西西的相處，比起一般香港僱主與家務助理的關係，總覺得西西待她的方式更像家人。

　　阿芝自2014年起和西西同住，照顧西西生病的妹妹，阿芝叫西西「大家姐」，西西的妹妹是「細家姐」。面試時西西和妹妹一起在僱傭公司和阿芝見面，西西問她為什麼想轉工，阿芝說她想找新的事頭，因為她為上一個僱主打工差不多四年，對方卻表明不打算給她長期服務金，她就和公司說想再找別的工作。公司很快就打電話給她，說有老闆看了她的資料，叫她去面試。阿芝對西西的第一印象很好：「大家姐都好好，細家姐都好好。叔叔都好好，姨姨都好好。」阿芝口中的「叔叔」是西西多年好友何福仁、「姨姨」是梁滇瑛，遇到煩惱阿芝會和二人聯絡：「有咩事我就嗌叔叔，哈哈，叔叔好近啊住得。半夜三更有咩我就話，你過嚟啦，我搞唔掂啊。」居所和西西的家只隔幾個街口的何福仁說：「大家姐叫佢搵我㗎。」為什麼不找西西的血親呢？阿滇笑著對何生說：「你住咁近，梗係搵你啦。」在疫情期間，為避免感染，西西和阿芝盡量留在家中，買餸購物多由何生代勞、付錢；西西生病住院時，阿滇也會帶住家湯水飯菜去探望，兩位老友和阿芝，是西西日常生活圈的重要成員。

　　西西的家有兩間睡房，一間給妹妹住，另一間給西西和阿芝住。三年後妹妹過身，阿芝搬到「細家姐」的房間去睡，「跟住大家姐問，『你唔驚啊？』做咩驚？我唔驚啊。『阿芝如果你驚，你過

嚟啦。』我唔驚。『你係咪驚啊?』好啦如果你驚我過嚟啦,我陪你啦。『你陪我好啲喎。』」最後這一句,還不知道是西西還是阿芝説的呢。「阿妹冇喺度,大家姐問我,『阿芝,你仲鍾唔鍾意喺呢度做?』我鍾意,大家姐呢?『鍾意。如果你鍾意,你照顧我啦。』好。」每逢阿芝放假或落街買餸,何福仁都會陪在西西身邊,有時西西會去何生的家看貓、看書,但有時也需要召喚阿芝提早回家:「我放假阿叔打畀我,『阿芝你返嚟啦,大家姐唔舒服』,哦好啦,我一陣落車先,我返屋企啦。」回到家裡,阿芝馬上幫西西量血壓、驗血糖,幸好沒有異樣,大概是西西看見阿芝就開心,身體情況也好轉。對西西來説,阿芝似乎是重要的安全感來源:「上次病之後咁樣:『阿芝啊。』做咩啊?『你幾時返印尼,同我一齊好唔好啊?』好。冇問題。上次病,好驚我走,『阿芝啊,如果你返印尼,我同你一齊啊。』好,得,我同阿叔講啦。我屋企大啊嘛,唔緊要,屋企有三隻貓貓啊!」我自私地想,幸好阿芝不喜歡回印尼,不然西西很可能早就跟著阿芝搬去印尼看貓貓了。阿芝也樂於在香港和西西相伴,還和西西開過玩笑:「我話,大家姐,畀唔畀我返印尼,『如果你唔返印尼,咪同我一齊囉!阿芝啊,你唔好返印尼得唔得啊?』我話得,我陪你啊,呵呵。」

　　阿芝説西西從來不會罵她,也不會發脾氣,聽過阿芝抱怨其他僱主的何生和阿滇都對她笑説,她不會再找得到像西西那麼好的僱主了,以後在香港找工作可得要降低自己的期望。香港僱主對家務助理常常不甚信任,家務助理買餸要取單據回家供僱主查

核有否「打斧頭」是常態，阿芝說西西不是那樣的僱主：「大家姐唔鍾意！以前有（帶單據回家），『阿芝我唔駛，唔好咁麻煩』。如果仲有錢剩我畀佢睇，佢話『你收埋啦，你唔夠錢話畀我聽』。跟住大家姐話，『你鍾意食咩、飲咩，你鍾意煮乜就煮乜啦』。」

　　阿芝看電視的煮食節目學習不同菜式，遇到看不懂的內容，就拍下電視畫面問西西食材的名字、用印尼話寫筆記，成功煮出讓西西讚許的美味菜餚。那麼，西西喜歡吃什麼呢？「乜都喺佢㗎，『我唔諗啦，我畀錢買餸，你自己諗啦，我唔識煮飯啊，我買餸都唔識啊。我讀書我叻，我買餸我唔叻，我唔識煮嘢』。」西西在〈快餐店〉一詩中，一口氣寫下十九個常常走進快餐店而不自己煮飯的理由，其中不懂又不愛煮飯的原因佔了三分一。阿芝說她煮的餐單每天都不同，有魚有雞有青菜，只要不辣也不太鹹太酸太甜，無論阿芝煮什麼西西都吃。阿芝喜歡吃煮得比較硬的蔬菜，西西喜歡吃比較軟的，阿芝就在煮蔬菜時先撈起自己要吃的一份，給西西的那份留在鍋裡煮得更軟才上碟，菜心、西蘭花、芥蘭等西西愛吃的蔬菜，全都如此料理。西西的早餐常有雞蛋煮麥皮、亞麻籽，後期加入蛋白粉補充營養；魚和肉則有何生去街市買來的鱸魚、阿滇在西西家附近發現的無激素雞肉，何生還會每天在附近買糖水給西西當下午茶，喳咋、合桃糊、紅豆沙、豆腐花，看西西當日心情選購，但因血糖管理，每次西西只能吃幾口，剩下的糖水總由阿芝包辦，阿芝笑說：「所以我肥得滯啦，阿叔成日買嘢，佢唔食晒，我又食㗎囉，哈哈。」

西西與阿芝

何生還會買來雪糕、乳酪、生果、麵包等，提起雪糕，這可是讓西西乖乖吃飯的法寶：「有時佢問，『有冇雪糕食啊？』有，你唔食完我唔畀。『阿芝啊』，食嘢先，唔食嘢唔畀啊，阿叔又買好多，『係咩』，我攞畀你睇，跟住呢，食完飯先去食雪糕。唔食飯我唔請你啊。『咁啊？』係啊。見到麵包好鍾意！一陣食完飯先，我請你，咁樣。」比起吃飯，西西更關心寫作，常常在兼作書枱的餐桌上邊吃飯邊寫，食物都擺到涼了：「佢好鍾意寫嘢，如果食飯咁樣啊（扮出一邊看書寫字一邊吃飯的樣子），大家姐你食飯先啦，『唏你唔好理我啦，你走啦你走啦你走，要寫嘢』，所

以我唔理佢㗎，佢冇嗌，我冇理，如果佢嗌我，要攞乜，我就去。大家姐你食嘢先啦，『唏你唔好嘈我，一陣間我全部唔記得啊你知唔知啊』。如果瞌一陣咁樣（扮出突然醒來的樣子），『阿芝，快啲攞枝筆同埋紙』，好，跟住呢又寫嘢，跟住呢又諗（構思寫作），我比啲紙同埋枝筆擺喺床邊咁樣，佢一陣又寫低，如果有咁樣佢話唔記得。夜晚瞓覺，九點我叫佢，大家姐，食藥先啦，『好啦你瞓啦』。我擔心佢唔記得嘛！你食藥先啦！『好啦你唔好理我！』如果瞓覺，佢咁樣（忽然醒來的樣子），又寫，擺喺側邊咁樣又寫，『我唔記得啊頭先，所以我特登擺喺度，你唔好郁呢啲紙啊，如果我記得就寫，跟住我又瞓覺啦』。」她如此專注地寫作、寫到廢寢忘餐的那段日子，到底在寫什麼呢？從旁聽著的何生說：《欽天監》。

西西一般都會早起，看見同樣是晨型人的阿芝起來摺被、抹傢俬，反而會叫阿芝再多睡一會，不用常常抹這抹那。阿芝並不覺得抹傢俬很煩，還說西西自己也常常更換家裡的擺設，買了新的公仔、想改變書架的陳列方式，心情好就把家居當作娃娃屋，把收藏品換來換去。西西每天的時間表都不太一樣，但大致上都是吃完早餐（或正在吃早餐時）就寫作、看書、擺弄家中陳設；健康許可的話午飯後就出門逛街至傍晚，有時甚至會和「阿叔」一起去深圳、廣州、成都等地逛西西弗書店、鍾書閣等，或者早上由紅磡出發，在當地吃完午餐就去少年宮的書店買書，當場把書寄回香港，晚上又回到土瓜灣。

西西在香港逛街，必定由阿芝陪同，因為西西不愛帶手機，有次一個人上街失去聯絡，從此阿芝就變成了她的人型手機。兩人常從九龍城碼頭外的巴士站坐5C號巴士去尖沙咀，那裡曾有位於海港城樓上的英文書店Page One、九龍公園旁的辰衝書店，也有西西喜歡的各種名店，讓她買衫買鞋買帽買手袋買銀包。西西喜歡在店內試穿不同的美麗衣飾，何生裝個鬼臉：「如果我喺度我就慘囉，我要畀錢！」只要是漂亮的東西，西西都喜歡，有些買來自己收藏或是送給朋友，還有許多買來送給阿芝和她的女兒。西西常常在購物時叫阿芝自己選想要的衣物，還叫她不要看價錢，反而是阿芝嫌貴。「同我shopping啊，『你唔好嘈啊，畀你阿女嘅』，『好多衫啊，快啲寄啊』，『唔係畀你啊，畀你阿女啊』，知道啦。」阿芝說，她的女兒和西西一樣，不喜歡穿女性化的衣服，把頭髮剪到很短、愛穿男性化的服裝，西西買給她和女兒的禮物，她們全部都喜歡。「如果佢買衫啊，返到屋企，佢試吓試吓（皺眉），『咁樣嘅』，頭先喺嗰度你都有試，你話靚嘅，『畀你啦』，大家姐擺低。做咩啊！你著啦！『我唔著』，買嗰時問我，我話啱，夜晚佢試，『唔，咁樣嘅，拎走！』喺嗰度有試，返到屋企再試就唔啱。」何生笑說：「佢特登買畀你嘅！」阿芝也笑：「所以我話大家姐啊，我好少會自己買衫，全部都大家姐買落，全部新嘅，『我唔著』，我話大家姐我有好多衫，『我畀你你著，我畀阿女你唔好著』，哈哈。」仔細一看，阿芝戴著漂亮的金耳環、兩條長短不一的頸鍊、紫色水晶

手鍊，還穿著西西買給她的Adidas白波鞋和綠色拼布長褲，真是漂亮呢。

　　西西還和阿芝去過旺角兆萬中心和中環太子行買公仔、去朗豪坊買耳環、去銅鑼灣買衣服，旺角的樓上書店大多要行樓梯，也就不常上去。在土瓜灣，有時西西會去「紅蘋果街市」樓上的公共圖書館、到牛棚藝術村看展覽並介紹內容給阿芝聽，還會到海洋自助洗衣店探望〈土瓜灣敘事〉內提到的黃貓Gigi。後來西西身體不好、不再常常逛街，每天下午四時左右何生會帶下午茶上門探望，吃完晚餐就由阿芝陪同在附近散步，土瓜灣的小狗街坊之中，不用主人牽繩的小啡狗波波最得西西歡心。在家時阿芝也會和西西聊天，西西會叫她學廣東話，也教過她做公仔，但阿芝笑說自己學到頭暈，西西還是說她做得不對。

　　「佢提我嘛成日，『阿芝啊你有冇掛住屋企啊？』做乜掛住，宜家有手機嘛，唔同以前啦大家姐。跟住呢我唔鍾意返印尼啊，佢話，『你想返就返先啦』，我唔返，我唔返，哈哈。」有時候阿芝用手機和女兒視訊通話，也會問西西想不想和女兒聊天，然後把手機放在桌上讓二人用英文對話，不會英文的阿芝就去做家務。「我要搵錢畀阿女讀大學。大家姐話，『唔緊要，宜家你好辛苦，阿女大咗，佢搵錢，你開心』。跟住呢我阿女話，『大學畢業仲要讀書』，你讀書咁你自己搵錢啦，『我知道啦媽媽』。」〈魔法師〉一詩中提到「女兒的父親可是無所事事/飲酒、賭錢，玩女人/她上次回鄉就把他休了/我要讓女兒上大學讀書/她說，讀書很

重要」。在阿芝來到西西家裡以前，西西也請過另外一位年輕的外籍家務助理，但她工作不久後就回鄉結婚了。「以前大家姐問我，『阿芝，你有冇諗到想結婚』。嗯 —— 自己一個仲好，結婚一次咁衰，唔愛啦大家姐，自己一個鍾意買乜就買乜，鍾意點就點啦。唔好啦大家姐，我好驚啊，哈哈。」

西西晚年身體漸漸變差，2018年4月，她在寫《欽天監》期間患了黃斑裂孔，手術過後的三四個月內必須整天伏著休息、不能抬高頭，等眼睛有時間慢慢好轉，之後她又繼續寫下去。自2019年起，西西偶然需要使用輪椅，往美國奧克拉荷馬大學接受紐曼華語文學獎時也需請機場人員準備輪椅代步。2021年4月，西西因病入院、住了一個月，阿芝在醫院留宿陪同，當時正值COVID-19疫情期間，因應防疫要求，阿芝每兩天做一次昂貴的檢測。西西出院後必須使用輪椅，家中的不少傢俬為便利輪椅出入而重新擺設，有一段日子更同時請了另一位外籍家務助理住進家裡，和阿芝一起照顧西西，也讓阿芝可以休息。坐輪椅的西西仍喜歡上街散步，但不能再跨區購物，只能在住處附近活動筋骨。西西不喜歡用拐杖，阿芝就推著輪椅帶她到土瓜灣運動場的緩跑徑，和西西繞著手散步、活動雙腳，何生也會一起來。到後來西西的身體變得更弱，連運動場都不能去了，只能坐著輪椅在樓下轉一圈，因為她坐得久也會累。

在生病的日子，西西有時心情不好、諸多掛慮，阿芝就會打電話叫「阿叔」來陪伴西西，排解煩惱。就算足不出戶，大家都會

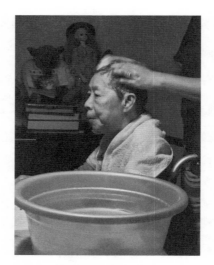

阿芝幫西西在家中洗頭

想辦法為西西的生活帶來一點樂趣：在疫情前，阿芝會推著輪椅帶西西到髮廊；疫症襲來，阿芝就在家裡幫西西洗頭、剪髮，把髮廊體驗帶到家中。每星期阿芝在客廳為西西洗髮三次，舒服到西西有時會睡著；阿芝又會化身開心果，為喜歡拍照的西西拍下她理髮後的樣子，大讚她靚女，逗她開心。有時西西會在洗髮後叫何生給阿芝貼士，因為她以前上髮廊也會給髮型師貼士；何生掏出二十元，西西卻笑他貼士給得太少，「唔好咁孤寒啦」，原來她去髮廊時常常給一百元貼士呢。

西西於 2022 年 12 月最後一次入院，阿芝每天在醫院陪伴，西西臨終時也和她在一起。「大家姐（過身）嗰時，我喊到嘩，冇命啊。跟住呢，我喊到冇水（淚水）啊。真啊。我揸住佢嘅手，大

家姐捉得我好實。凌晨三點咁樣，（醫院說）『姐姐啊，打界屋企人啊』，我打界叔叔，你快啲過嚟啦，大家姐唔得，我收線，好啦，我搵阿叔先，『我唔得啊』，我同大家姐捉住咁樣（阿芝捉住阿滇的手），好實好實捉住手，我話唔駛驚啊大家姐我喺度，叔叔快啲過嚟啦宜家搭的士啊。『叔叔呢？』叔叔宜家搭的士嚟啊。『你唔好走啊阿芝。』我冇走，我陪你，跟住我hug佢，一陣阿叔差唔多嚟到啦。『阿芝。』做咩啊你講啦，你講啦，你慢慢講啦。『阿芝。』你係咪想飲水啊？『阿芝，你唔好走。』我冇走，我喺度。捉到好實好實，捉到我手好實。其他啲姐姐問我，我話係啊，呢個我婆婆，對我好好㗎，我同佢都好好。跟住我唔識講唔識喊，滴又滴唔出啲水（淚水）。想講好難講㗎，跟住我hug咁樣，跟住我抹佢隻手，我話唔駛喊啦大家姐，阿叔到啦，阿叔到啦。」阿叔到後，她轉而捉緊他的手。阿叔和她說話，她慢慢閉上眼睛。

西西最終於 2022 年 12 月 18 日早上 8 時 15 分離世。離開醫院後，阿芝在回家的路上一直哭。「夜晚我瞓喺度，跟住呢，仲有姐姐（西西的另一位家務助理）嘛，阿姐姐話『你唔驚咩』，我話大家姐返嚟仲好啦！我喺大家姐床嗰邊瞓啊。做咩驚。食都唔食落啊我。我阿女睇佢啲書，同埋以前阿叔界嘅電影（西西紀錄片《候鳥》），阿女未睇晒，阿女喊到不得了。」原本西西打算在阿芝女兒大學畢業時請她來香港玩，但她等不到這一天了。現在阿芝如果不開心，就會在手機裡重看她為西西拍下的所有照片：「唉啊

大家姐你有冇掛住我啊？成部手機，全部大家姐嘅相。全部我擺喺度，我都冇 delete。我影咗好多！我真係好唔開心。宜家我都瘦咗好多，上次好肥！宜家我衫全部都著得㗎，哈哈。我覺得大家姐都仲未走，仲喺度。如果真係我掛住佢，我著佢衫，我瞓覺都係咁，我掛住你啊。」我們和阿芝一樣，都很掛念西西，看見她會喜歡的物事、快樂或難過時有想對她說的話，難免想起如今已無法再和她分享，那樣使人哀傷的缺失仍難以習慣。在阿芝的帶領下，我們依西西的足跡在她生活過的土瓜灣慢慢散步，又在阿芝的轉述中嘗試拼湊西西在家的面貌，聽著聽著，那麼溫柔、可愛的一位作家，彷彿又再次在我們眼前出現，笑著和我們揮手。

亦載於《明報・星期日生活》，2023 年 9 月 24 日。

費正華

翻譯西西
── 像我這樣的一個譯者

　　像我這樣的一個譯者，是很幸運可以遇上像西西這樣的一個作者，教曉我文學翻譯如何可以是雙向的友情交流。當我哀悼她的逝世，通過閱讀和翻譯她的作品，我得以繼續我們的談話並得到安慰，我感激她留下超卓的文學遺產，也很榮幸可把她的文字翻譯成英語。我亦從她給我的其他禮物中得到慰藉，因著它們背後的意味和故事而對我非常珍貴。

　　2019年3月，西西第一次來到美國，接受奧克拉荷馬大學頒發的紐曼華語文學獎。作為她的詩歌主要英譯者，我受邀出席典禮。當我們第一晚在住宿旅館的公共空間聚會，西西給每人送上

費正華 (Jennifer Feeley)，美國漢學家、作家、翻譯家、耶魯大學東亞研究博士，多年來翻譯不少香港作家的作品，近年出版的香港文學翻譯包括西西詩集《不是文字》、《動物嘉年華》、《哀悼乳房》等。

禮物。她遞給我一個小布袋，我一眼就認出來，那是來自我喜歡的香港小店 Mushroom。

你怎麼知道這是我喜歡的店？我問。

她笑著說，這也是她喜歡的店，更確切來說，這是她喜歡的分店（香港有幾家店），在旺角的朗豪坊。

那也是我的愛店！我說。

每次在香港，我都會到這家分店去，通常只是欣賞一下那些精品。她怎會知道呢？我從來沒有跟她提過，而根據我的記憶，她應該也從沒看見我拿著那裡的東西。驚訝於我們喜歡同一家商店，我輕輕把袋裡的東西倒出來，是一對可愛的鼠尾草綠魚耳環。這是一份吉祥的禮物，因為魚在中國文化中寓意繁榮和豐盛，但更重要的是，它們是我會為自己挑選的禮物。西西知道我的品味讓我很驚喜，而當然我得戴上它們參加兩天後的紐曼獎頒獎典禮。

然後，秘密揭露了：Mushroom 是通向我心的路。我的好朋友楊維也是西西的超級粉絲，那年夏天她路過香港，就在銅鑼灣的 Mushroom 分店給我買了一份生日禮物。那年九月，當我打開她寄給我的包裹時，我高興得尖叫起來，發現那個熟悉的布袋，上面有一隻虎紋貓站在一罐草莓醬上。我抖出裡面的東西：一串精緻的金鍊裝飾著淡藍色珠子，一輪淡黃色新月在中央，上面一隻藍色大眼睛正盯著我，一顆小金星從月亮鉤子垂下來。

啊，你從西西那裡學來的！我告訴她。

西西送贈的禮物　沒有約定的巧思

　　兩個月後，2019 年 11 月我在香港，在序言書室參加向西西致敬的詩歌活動，也出席香港國際詩歌之夜。旅程頭幾天，我住在香港理工大學對面的酒店唯港薈，剛好是示威者與警察對峙的位置。那時我剛從斷腳的傷患康復過來，所以對於在催淚彈煙霧中走動分外謹慎。因此，我在城中第一天，西西和何福仁來看我，他們擔心我的腿，還有我的酒店跟事件距離很近。我們相約在酒店喝下午茶。本來，我戴了那年夏天在威尼斯買的藍綠色玻璃手鍊，猜想西西會喜歡這鮮豔的顏色，而且它和我的衣服十分搭配。打算離開房間時，卻發現我那月亮手鍊上的藍眼睛正盯著我，我就決定換掉手鍊，心想西西會喜歡這可愛的月臉。

　　西西才跟我打完招呼，就瞄到我的手腕，她瞪大了眼睛。突然，她開始手舞足蹈，興高采烈地談論耳環。

　　這是 Mushroom 的，我說，指著手鍊。你給我買魚耳環的那個地方。

　　不是魚耳環，她用英語堅持，搖了搖頭。星星和月亮。

　　星星和月亮？不，她在奧克拉荷馬確實送給我魚耳環。我們走到酒店大堂的咖啡店時，她仍繼續不停談論耳環。她為什麼這樣興奮？我們甫坐下，她就急不及待交換禮物，並把一個牛皮紙袋放在我面前。我掏出一條繡有泰迪熊的海軍藍 Polo 圍巾，馬上想起在西西的書《縫熊志》中揚名的手縫熊。然而，並不是圍巾讓

西西送給費正華的鼠尾草綠魚耳環（左圖）和星月耳環

她如此興奮。紙袋的底層，有我們最喜歡的商店那個熟悉的小布包，甚至還沒打開，我就已知道了。

一對耳環，一隻是淡黃色新月，上面一隻巨大的藍眼睛仰望著我，另一隻是淡黃色星星，有兩隻巨大的藍眼睛。懸垂的星星和月亮耳環，跟維在我的生日送的月亮手鍊完美搭配。我吸一口氣。維和西西不認識對方，我也不曾在社交媒體上分享過這月亮手鍊。西西根本不會知道我有一串跟那對耳環完全搭配的手鍊。就當是命運或機遇吧，但我無法遏止驚嘆，我生命中兩個重要的人物，如何在不知情底下各自給我送上我最喜歡的商店的一套搭配飾物。

那天晚上，我一邊欣賞那雙新的星月耳環，一邊深思我和西西的美學品味多麼相近。我喜歡 Mushroom 店裡那些異想天開、

童話風格的珠寶和配飾，是因為我在翻譯西西過程中滋生了對奇思妙想和童話的喜愛嗎？或是，我最初受吸引去翻譯西西的作品，是因為我們都天生就喜歡奇想和童話故事？

西西重視翻譯　撰詩向譯者致敬

不管怎樣，西西給我足夠的關注，還找來令我快樂的東西，這讓我很感動，而我們對所有奇想物事的共感，只是把我們相投的志趣連繫起來的眾多線索之一。一般來說，譯者常會沉浸在他們翻譯的作家的世界中，盡可能了解某個作者的生活和作品。我花了那麼多時間去了解西西和她的寫作，但我可沒有停下來去意會原來她也在了解我。我從沒有想過作者也想要了解他們的譯者，但是，西西卻關注到那些常被忽略的事情。她在紐曼獎的領獎致辭中，甚至寫了一首讚美文學翻譯家的詩。

〈向傳譯者致敬〉西西

在書店中遇上一位年青朋友
朝我走來，問我買書時選擇原著
還是譯本？譯本，他強調
充滿謬誤、錯解、增刪
他堅持讀外語作品
必須親炙原文

以免受騙

對呵，但願我也擁有巴別塔

每一個房子的鎖匙

看不同的布置

賞玩每一樣藏品

聆聽每一種獨特的聲音

那是血和汗結的果

可是我已經不再年輕了

朋友，要不是有人引導

用我懂得的言語

又有什麼法子

認識彼此？

有些什麼，如果在轉譯時失去了

可有些，卻是增益哩

費神盡力，為了達成同一目標

換一副面目出現

也是挑戰

詩的旅程從沒有完成

要被閱讀，並且接受誤讀

要重新探險

去到遙遠的地方

愈遠愈好

即使全能的上帝

也要借助天使

我認識的天使，向我走來

他們不是能鳴的鑼，會響的鈸

他們各有個性

他們有愛

西西愛語言實驗　譯者的歷險與收穫

翻譯西西作品的眾多收穫之一，是發現她確實寫了不少關於翻譯的文字，想到西西自己也是一個譯者，這也不足為奇了。在我目前翻譯的《哀悼乳房》（即將由紐約書評出版社出版，2024）中，她多次討論翻譯，例如在等候醫療程序時分析《包法利夫人》不同譯本的字體和標點符號，或在醫院等候電療時，思考一個墨西哥短篇小說裡的西班牙文Sister一字，譯成中文該是「姊姊」還是「妹妹」，觀察到中文可以區分但西班牙文和英文沒有。整本書中，翻譯作為解讀文本化病體的隱喻，敘事者得出結論，沒有唯一而絕對的譯本。作為一個翻譯西西的文學譯者，可感受到被看見、被理解和被欣賞，而且常常感覺到我和她正在為我演出的一幕熱烈交談。

翻譯西西的作品時，很難不去思考翻譯的藝術，因為她喜歡用語言實驗，有些作品看來如此「不可譯」。每當我遇上她精妙的文字遊戲，我也面對同樣挑戰，要用英語重新創造類似遊戲。翻譯這些作品，把我從思考語言的傳統方式解放出來，邀請我去冒

險和從中得到樂趣。也許這是為什麼這些「不可譯」的作品是我最愛翻譯的。舉例，在她的詩作〈一郎〉，她把日文漢字和句法與標準的書面中文融合，同時押韻（為了達到最大的韻律，原詩應以日文和普通話混合閱讀），或她的具象詩〈綠草叢中一斑斕老虎〉，詩題中的老虎隱藏於各種動植物的字詞中，不是由「王」字的意思顯示而是其象形特質，像老虎的斑紋。這些作品看來不可能翻譯，但其實是最令人愉快的，因為它們把我從舒適圈中拉出來，鼓勵我突破英語的界限，就像西西對中文所做的。

翻譯西西使我變成一個更有想像力的思想家和作家，我透過翻譯她而累積的知識是驚人的。我翻譯她的作品時，掉進數之不清的兔子洞，認識到粒線體夏娃、無花果樹如何繁殖、菲林拼接、水母和蛞蝓之間的共生關係、十八世紀法國伯爵區分人類和怪物的分類系統……翻譯她的寫作需要閱讀（有時還要翻譯）卡爾維諾（Italo Calvino）、葛拉斯（Günter Grass）、托馬斯曼（Thomas Mann）、班雅明（Walter Benjamin）、福樓拜（Gustave Flaubert），還有中國古典詩歌和散文，或者觀看黑澤明、愛森斯坦、高達、卓別靈的電影，在西西引領下欣賞這些作品。她的小說、散文和詩歌，幾乎每一段或每一節都帶來意料之外但豐饒的繞路。

當我結束翻譯《哀悼乳房》，我細看堆放在桌邊她的其他作品，想著不知道接下來她會帶給我什麼樣的歷險，我們未來會有什麼談話。她手做的兩隻布熊：嵇康和阮咸，守護著這些書。去年夏天，我的母親猝然逝世。西西和何福仁給我送來這兩位朋

友，讓我在哀痛中得著安慰與守護。一年半以後，當我哀悼它們的創造者離世，它們再次安慰和守護我。它們讓人憶起那個把它們縫接起來的人，其幽默、溫柔、溫暖和慈悲，以及像我這樣的一個譯者，何其有幸可稱她為朋友。

西西送給費正華的一對熊朋友：嵇康和阮咸

原文為英文，陳寧中譯。

原載於《明周文化》第2828期，2023年2月3日。

潘國靈

「遇見」西西
—— 記一點初始和背後

　　跟一個作家的遇上、及後持續的連繫，我一向是以作品為重的。回想起來，我是什麼時候初讀西西的呢？在我八十年代讀中學的日子，主客觀因素，「香港文學」幾乎未進視野，引我進入文學世界是從宗教歧出的岔路，從約翰班揚的《天路歷程》到卡繆的《異鄉人》等，幾乎都是自我摸索或自我迷失的。因此在作品中初遇西西，一定是九十年代我初出茅廬，及至辭任記者回校唸研究院的日子。有些事情，真要回想起來才會在腦海浮現，如我在《明報》的日子，當時兼任「讀書版」而介紹了新出版的《飛氈》，時維 1996 年。翌年回到科大，印象中先讀到〈瑪利亞〉、〈像我這樣的一個女子〉、〈感冒〉、〈東城故事〉等篇。這時，我已是一個

潘國靈，香港小說家、散文家，作品甚豐，例如小說《寫托邦與消失咒》、《病忘書》，散文集《消失物誌》等。曾獲香港中文文學雙年獎、香港書獎、香港藝術發展獎年度藝術家獎（文學藝術）。

初寫者，我指在小說創作方面，無所謂師法，但我想，這初始的閱讀，對我必也有開啟眼界和潛移默化的作用。

　　以上所以不厭其煩地追溯西西作品閱讀的初始期，借用西西與何福仁一本書的題目，我是想帶出作者與讀者之間一個微妙、有著許多可能的「時間的話題」。以作品來說，西西大量作品在報章專欄連載，到結集成單行本每每有著長短不一的時差。而由於相對西西余生也晚，除了《飛氈》於當年同步而看，最初，很多作品都是從倒後鏡中「回看」的。如西西早於 1964 年 12 月寫及剛果的〈瑪利亞〉，1975 年於報章連載的〈我城〉，先後於 1982 年 1 月及 2 月寫成的「姊妹作」〈像我這樣的一個女子〉、〈感冒〉，都像穿越時光隧道，濃縮地在 1997 至 1999 年間看到。如果說每個西西讀者都有一個「西西」，這必然包括作品與閱讀交錯的無盡可能，種種機緣巧合，包含個人與社會因素。另外，時間距離也牽涉文學藝術必然碰觸的所謂「pass the test of time」問題，儘管很多作品閱讀時距創作時已相隔許多年，「遲來者」固然無法複製當時的社會文化氛圍（如黃繼持教授曾寫及在專欄追看〈我城〉的經驗），但上述作品閱讀時絲毫不減文學性（及其前衛性），自也會在閱讀當下產生新的意義。其中有些，延伸至後甚至開出意想不到的花，在閱讀時完全沒有料及，興許這亦是人生。

　　譬如《我城》。如果作品的誕生可比擬為超新星爆發，星光進入我眼裡經過 23 年。約於 1998 年，我非常認真地讀（現在仍留

有不少筆記）的是1996年素葉的增訂本，當時期末論文篇篇動輒上萬字，題目當然自定，我寫了一篇談西西的《我城》，給高辛勇教授的「現代文學理論」課。這論文我一直留著，高辛勇教授的親筆批語我珍而重之，在此也一念。這論文從沒曝光，原是以英文寫的，倒是稍後我把此文再寫成中文投給《素葉文學》，幸運地獲刊登，成了我也搭上在《素葉》雜誌發表尾班車的一篇。幾年後再讀，又覺有所不足，重寫再於牛棚書院辦的短命但重要文化雜誌《E+E》中發表。又如另一篇也寫於同年的〈論〈浮城誌異〉「以虛表實」的再現手法〉，其實是交給李歐梵教授一門課的期末論文，沒料到隔了足足八年，在《字花》創刊號中發表了。現在「學術文章」寫作於我已非常遙遠且基本劃上句號，但當時學習評論必也啟迪了創作的眼光，如從作品中觀摩不同的小說手法。如西西所言：「我是從看小說裡學寫小說的」，泰半如是，而當年的小伙子，如今也可續上西西此話的下半句：「寫了大半生，我仍然在學習。」在廣闊的作品和芸芸作家之中，西西始終是一個豐富的學習源泉，見諸作品如追求形式與內容的契合、對物事的好奇、遊戲之心與創新精神、閱讀不是生活的全部但始終不離閱讀，以及克服諸般身體困難的頑強意志，寫至生命差不多最後的一口氣。

　　以上鋪陳一點「初始期」、「學徒期」的文章，不為沾西西的光（我一向面皮很薄），而是想帶出閱讀至創作乃至其後一些延伸，常常超出當事人的預想；文學的傳承和斷裂是一個大課

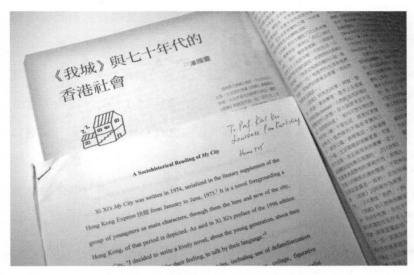

從寫西西《我城》的一篇英文期末論文，
到發表於《素葉文學》1999年8月第65期的文章

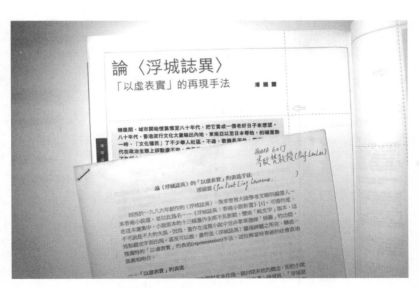

寫西西〈浮城誌異〉的期末論文，
後來發表於《字花》2006年4–5月創刊號

題，但其中往往發生在個人微小的角落，因緣際會又與其他事情環環扣連，以至生起一點漣漪效應。如2004年收到香港藝術中心之邀，為向《我城》三十週年致敬，獲委約創作中篇小說〈我城〇五〉（另一創作者為謝曉虹，各寫一個版本）。何以找我，當時閒談間問及邀請者李筱怡，除了當時已寫有兩本小說，一個重要原因就是她也讀到上述《我城》的論文，認為我對此必也有些心得。能參與其中當然是一份榮幸，但於數月中交出一個中篇也是一個不小的挑戰，因是「致敬」性質，不久就選定後現代所謂「擬仿」的手法，除了《我城》，還放進《美麗大廈》、〈浮城誌異〉、「白髮阿娥」若干互文元素，不敢說寫得如何，倒是認真地遊戲過一番。兩個中篇擬結集成書，書中還有繪畫、劇場文本、評論等，書本屬2005年跨媒界的「i-city Festival」部分。除了創作，藝術中心還邀請我擔任書本的編輯顧問，我「年輕不畏虎」地接受，結果找設計師、邀約一些作者、物色出版社、構思一些篇名及書名，以至後期編校、辦發佈會等一一參與，也可說越陷越深。越陷越深的還有跟謝曉虹在藝術中心開了八節的「閱讀城市工作坊」，梅花間竹每人一週，當中西西作品自是佔相當比重。其實當時對西西作品見解仍粗淺，也是邊講邊學吧。如今回想，這是我首個受藝術團體邀請的創作計劃，也是創作生涯裡第一個「二次創作」（對此我不多作，再下一回已是2017年的〈失城二十年〉，之於黃碧雲的〈失城〉），也算是在民間開設「西西學堂」的嘗試。

往後讀西西作品，有時零散有時也會高密度集中，整的來說，「讀齡」不斷增長。西西文類跨越甚廣，自己讀的多是小說作品（雖然西西的小說也有不少「混合文類」，譬如〈魚之雕塑〉的散文筆調、〈土瓜灣敘事〉也融入了散文和詩）。如果「外行看熱鬧，內行看門路」這句話有意思，作為小說創作者，我也會在西西作品中鑽研、鑑識不同的寫法／技法，有時自學，有時在大學的文學和創作課中滲入。沒多言「西西作為方法」，但化整為零，默默而行，也相當一段日子。而以上提到「時間的話題」，隨著個人年齡增長，閱讀時間中除了「追回」，「重讀」和「同步」閱讀也逐漸佔了一定份量。因為西西作品浩瀚，總有「舊作」未及閱讀以至不曾發現，像剛獲何福仁送贈由洪範書店出版的薄冊《家族日誌》，裡頭除了〈瑪利亞〉，其餘幾個短篇都不曾讀過。所有舊作某程度都是「新作」，於讀者的角度而言。而所謂「重讀」，有些真的是重讀，有的卻是在中斷後延後閱讀。像以上說到寫〈我城〇五〉時接觸到的《美麗大廈》，其實當時沒有完成，這小說是西西小說中「難讀」之作（「難」的意思是difficult，真可以俄國形式主義「陌生化」理論的「阻拒性」來說之），到我一字不漏看完這本奇書傑作時，已是2020年8月16日。至於同步閱讀，因為西西不斷有新作，我也加入了這步伐，近者如《看小說》、《織巢》、《石頭與桃花》、《欽天監》等，都在書本面世不久後讀畢。以上提到「高密度集中」閱讀，有時肇因於一些文學講座，像2011年西西被選為香港書展年度作家，應許迪鏘先生之邀擔任書展講座講者之一，不

敢怠慢，印象中書展前一個月都在看西西作品。講座在 2011 年 7 月 20 日舉行，雖然隔著距離，這是我親見西西本人的第一回。往後也有機緣親見並淺談幾話，這是另一種「遇見」，走筆至此，得另文書寫了。

2022 年 12 月 29 日晚上

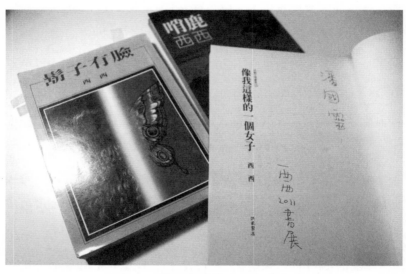

2011 年西西獲選為香港書展年度作家，
潘國靈有幸取得西西親筆簽名

原載於《城市文藝》第 122 期，2023 年 2 月 20 日。

蔣曉薇

像你這樣跳呀，跳呀跳的女孩
—— 約定再見

　　讀者喜歡西西是自然不過的事，就像冬日喜歡火鍋、旋律喜歡音符、蝴蝶喜歡花粉一樣的自然。

　　西西的作品形式多變，風格獨特，故事實驗性強，語言生動活潑。她開創出「頑童體」，只此一家，讀來令人會心微笑。要是沒有西西，華文世界想必缺少大片亮麗的色彩。

　　喜歡西西，首先是因為她的童心。童心亦即童真，她會說鬍子有臉、尾巴有魚、翅膀有蝴蝶、蘋果有樹、鏡裡面有皇后（〈鬍子有臉〉），她會說我對她們點我的頭，再見白日再見，再見草地再見（《我城》），她會問可不可以說一頭訓導主任、一尾皇帝、龍眼吉祥、龍鬚糖萬歲萬歲萬萬歲（〈可不可以說〉），她會說如

蔣曉薇，香港作家，努力嘗試小說、舞台劇等不同形式的創作，作品包括〈野豬噶噶〉、《書翻地覆》、《家·寶》、《秋鯨擱淺》、《單身公寓》、《幻愛》。

果你問我這裡的冬天會不會下雪。我說，我實在是很喜歡吃雪糕的（〈答問〉）。

她會寫詩、寫小說、寫散文，也會寫電影劇本、寫遊記、寫書話。她用字不深，舉重若輕，會代入孩子的心聲，被責罰時祈禱「我們天上的父，求你賜給我們驅魔人」，但實質寫的是對教育體制的反思（〈雪髮〉）。她創造《我城》的阿果、麥快樂、阿髮、悠悠、阿傻、阿游、阿探，把感冒藥喚作「漂亮糖」，遊走城市各處、種電話柱、上山郊遊，討論龍吃不吃草、耶穌的頭髮很自然主義、做黃帝的子孫有什麼好處、為什麼身份證只證明你是個只有城籍的人。

西西會用好奇的眼睛發掘世界，用甜甜圈比喻黑洞，「經過許多許多／許多年，變成一個甜甜圈／引得其他東西嘴饞／其實是很大的陷阱」（〈魔法師〉）。她打破語法的常規，讓讀者不必跟著作者走，可以自行填充、發問，「到這裡來生活是不是一件值得》的事」、「警察又不是日行一善的童子軍，即使是，也只是》行一善而已」（〈手卷〉）。她相信標點是作家的符號，打破書寫對話的常規，用破折號取代引號，用劇本寫對白的方式或用○ ●寫對話。她總是把寫作當成遊戲，用魔幻童趣的手法結合現實，詰問問題，語調看似輕鬆，卻對城市的變幻、制度的異化、人的支離破碎流露著淡淡的哀傷。

曾經看過一輯相片，印象很深。第一張是西西站在故宮的紅牆前凝視一隻黃貓，極像小學老師帶著憐愛的目光看著身形矮小

的學生；第二張相片裡看到黃貓的毛髮很鬆，瞇著眼睛，西西手上抱著咖啡杯，似在彎腰逗牠，跟牠說話；第三張相片是黃貓向西西一伸懶腰，西西的手垂下，手上沒有咖啡杯；最後一張相片是黃貓在西西的腳邊磨蹭，一臉享受的樣子。

貓生性警惕，尤其街頭的動物不常得到善待，警覺性更高。黃貓所以主動親近西西，想必西西身上有一種善待動物的靈氣，貓一定感覺得到。後來這張相片給畫家陳煲畫下來，收錄在《動物嘉年華》裡。至於西西逗貓的經歷，她也寫成動物詩〈故宮貓保安〉。「你是宮貓的後代還是／自己流浪到來／還不是一樣嗎／貴族和平民／看到你，就看到我自己／我們同樣經過年輕的日子／成為了長者，別問我／日子都溜到哪裡」單單幾句，就能看到西西的人文關懷，貴族和平民都是一樣，沒有階級之分，平等看待眾生。而貓與人都有老去的時候，生命總該得到善待。

西西的作品總是流露對社會的關懷，常被忽略的人和事，都難逃她敏銳的眼光，她總能用細膩的筆觸書寫下來。我最喜歡她的短篇小說集是《手卷》，其中一個短篇〈虎地〉，寫八十年代香港成為越南船民的「第一收容港」，等待遣返的難民被禁閉在位於屯門虎地的難民營裡。

西西書寫為了生存而離開國家的難民阿勇，偷渡來港後並沒有得到更好的生活，然後由被鐵網圍禁的人蛇聯想到動物失去自由的狀態，「不同的動物有不同的囚籠」，再由被鐵網囚禁的美洲虎想到象徵國家主權牢固的鐵網，「國家打仗，不管哪一邊輸、

哪一邊贏，總是小百姓受苦」。最後西西由國家層面回到人心，審視人們或因為成見、歧視、不了解，內心也圍起大大小小的網，成了一片小小的苦地。今天再讀〈虎地〉，自然想到香港一國與兩制的深層政治矛盾、兩岸關係緊張、烏俄戰爭、塔利班政府限制婦女自由的法令等等。西西總是能帶讀者以一種人文關懷的眼光重新審視我們處身的世界，這是她獨特的魅力。

《手卷》裡另一個短篇〈雪髮〉寫得極美，非常動人。故事寫一對同樣來自江南、來港定居的師生相遇的經歷。或許自己曾寫過新移民，寫過離散的異鄉人，又因為在學校工作，跟不少頑劣的學生相處過／戰鬥過，所以讀來特別扎心。

故事記述一個從內地來港讀書的七歲學生，因為不諳粵語和英文，常觸犯校規，被一眾學校老師視為不堪教養的眼中釘。不過一天來了一個與別不同的代課老師（姓花），教他認樹（樹的名字叫節果決明），又教他看花（不完全的花沒有因為不完全而不美麗），那孩子對花老師便很注意了。後來一天，花老師著同學把葉子帶回學校，在美術課裡用葉子作畫。於是他爬到高高的樹上去，想為節果決明做一張漂亮的身份證，卻因此驚動校方，喚來消防車。

西西用她溫柔的筆觸寫下孩子在樹上對花老師的凝視——「你來了。讓我告訴你，你說放假以後帶些樹葉回到學校來，我記住了。樹葉，我記得樹葉。我的口袋裡如今裝滿了樹葉。我對大樹說過了，我會很輕很輕地採摘，它一點兒也不會感到痛楚。」

當訓導主任要把干犯校規的孩子獵捕懲處時，花老師卻不覺得孩子頑劣，她看到的卻是孩子美麗的身形。她看到那孩子停在樹梢，端坐在群花之間，因為爬樹而染了一身蔚麗的斑彩，披滿地衣和藻菌。「但我仍能確識你衣衫的潔白，奪目的銀輝。你站在樹下，對我微笑，襯衫的口袋露出鬱鬱芊芊的樹葉。」這個停駐在一秒的凝視，堪比電影長鏡頭慢鏡的畫面，美得令人捨不得閉卷，動容得令人心碎。

好的作品能喚起人性，把沉睡了的靈魂喚醒。西西的作品總是帶著色彩和陽光，讓人照見生命真正重要的內容。她的文字散射善良，筆調平靜、有種欲語還休的美麗，只要細細的讀，就可以發現她對美善的執著。她始終關心邊緣人的處境，相信人性永遠比秩序和制度重要。

西西是南遷的候鳥，1950 年來港定居，走過戰爭，經歷過難民潮，見證香港由六七暴動到八十年代的政治過渡，人口膨脹、經濟轉型、物價騰升、前景不穩、移民潮陸續出現。她寫香港，關心香港，由《我城》、〈浮城誌異〉、「肥土鎮系列」，到《美麗大廈》、《候鳥》、《飛氈》、《織巢》，一再乘著魔氈帶讀者細看我們的城市，思考我城的變遷和身世。

「沒有一個市鎮會永遠地繁榮，也沒有一個市鎮會恆久衰落」、「其實，誰是我的親生母親，也已經不再重要，重要的還是：選擇的權利」、「在我們那裡，沒有一個人相信，到了午後十二時正，自己會變作一個南瓜」、「浮城人的心，雖然是渴望飛翔

的鴿子，卻是遭受壓禁的飛鳥」。無論是灰姑娘還是白雪公主，無論是《候鳥》的素素、《織巢》的妍妍，還是白髮阿娥，她都以童真的口吻書寫我城我事。至於要走或留，是離散還是繼續適應，關於我城的變遷與興滅，她所知道的，都已經寫下來告訴我們，答案只待讀者去思考追尋。

西西的文字雖然輕盈，但作品卻乘載著不能忽視的重量。輕，不等同單薄，現實的陰鬱、離散的哀愁、政治的桎梏、命運的不可逆轉，她都選擇用拼貼、採擷的方式編織每一細微處。她對讀者有要求，但她的作品卻不會讓人難以吞嚥，她始終喜歡喜劇，在憂傷與快樂之間選擇快樂。即使現實的世界不好，她的作品仍是給讀者留下一個未來。

至於西西的美，當然是她整個人以及她的人生。她堅持創作超過七十年，至今出版了四十本著作，雖受大小疾病折磨，卻總是樂觀面對。患上乳癌便將治病過程化成書寫材料，手術治療引致右手失靈便改用左手寫作，為了手部復康而縫製毛熊。三十五隻毛熊的衣飾裝扮全部有考據和典故，其手工之精細令人嘆絕，毛熊亦成了活生生的中國古代服飾藝術史！

無論是文字還是熊藝，西西都將之當成遊戲，親身示範一個作家如何追求藝術的極致。到了晚年她仍致力創作，用了五年時間完成長篇小說《欽天監》，怎不令人拜服。有的作家寫到某些作品便晚節不保，作品形斃神散，但西西的創作絕對可以追看終身。何福仁讚揚西西是「作家中的作家」，這六字光環，確叫人心悅誠服。

西西的人生展示了堅韌的生命力，不張揚，謙卑簡樸地生活。她的作品涉及旅遊經歷、藝術喜好、閱讀筆記、縫熊手作、小說及新詩，沒有一種類型能限制她的創作，她的書寫就是獨特的拼貼。她一直在探索在實驗，認真地玩，對文字只有一個要求，就是好看。她喜歡閱讀，博覽群書，記憶力驚人，她在《手卷》提到書本是她生命的羊皮筏子，在那充滿激流的人生河道上，助她抵達彼岸。經過七十年創作，西西的作品也成了無數人的不沉之舟，陪伴人橫渡生命許多孤獨、艱難的時刻。

記得西西在〈永不終止的大故事〉裡提到，她喜歡在家裡的書架上隨意抽出兩本書，用開放的形式同時閱讀，讓想像力馳騁。我想，悼念一個作家最好的方法就是效法她的閱讀方法，沉浸在她的故事世界裡，細細聆聽她的心聲。而我也準備好了，我要提起傳聲筒重讀她在1983年寫下的預言詩〈一枚鮮黃色的亮麗菌〉，雨啊雨啊，恰恰是下在港島。我要坐上飛氈看《欽天監》，在美麗大廈閱讀《石頭與桃花》，在旋轉木馬看《我的喬治亞》，馳騁歷史、建築、藝術、美學和童心未泯的世界。

如今我彷彿看見一個作家曲著背在小矮凳上專注地寫，那身影又化成一個女孩在格子上忘情地跳呀跳呀跳。因為不捨，定會再見。嗯嗯。那麼就在書裡再見了哦。

再見阿果再見。再見西西再見。

原載於「虛詞」，2023年1月5日。

陳宇昕

那穿裙子的女孩在跳格子

—— 紀念西西

西西到天上去跳格子了。

不知道有沒有人告訴西西,她就像個超人,什麼都能做,能寫能畫能造房子能縫熊,她還戰勝了病魔,右手失靈了換左手寫字工作,在小小一張桌子上創造出樸實又魔幻的世界來。

文學、美術、電影、手工藝、足球、天文星象,西西彷彿什麼都知道,簡直就是一本百科全書。

香港作家西西的文字就如她筆下那艘羊皮筏子,是「不沉之舟」,可以「以柔制剛」,載著讀者航行。

不知多少人從西西的文字中得到文學與美學啟蒙,華文創作課找不到題目就翻翻西西的小說,從〈浮城誌異〉的現代城市寓言,「像我這樣的一個女子,其實是不適宜與任何人戀愛的」這句

陳宇昕,新加坡《聯合早報》副刊高級記者。

人們爭相模仿的起手式，《我城》的複數主觀觀點敘事，《候鳥》、《織巢》裡天真無邪的素素與妍妍……西西的抽屜裡，什麼題材與風格都不缺。

中文世界最精彩的魔幻寫實

記者接觸西西是在南洋理工大學中文系的文學課上，對一個懵懂的年輕人來說，西西的創意讓人驚豔。當時推介西西給我們的其中一位老師，本地〔按：新加坡〕作家黃凱德可說是西西的頭號粉絲。黃凱德已經忘記最初如何接觸西西作品，或許是從留台的新加坡作家口中聽到，又或是瀏覽書架時被某本書的書名吸引，不過黃凱德願意相信：「一個讀者和作者之間的緣分，其實都是命中註定。」

對黃凱德來說，西西文字吸引他之處，在於西西「那種不疾不徐彷彿慢慢呼喚出來的節奏、腔調和聲音，極為迷人。還有西西故事的魔幻寫實吧！中文世界的作家對於拉美魔幻寫實的借鑑和融匯，西西肯定是最精彩的，而且注入自己的書寫風格和特色，不僅只是一種情節調度，穿鑿附會的工具。當然，後來慢慢讀多了，西西那種上天下地，從最微小到最龐大的知識求索，從最通俗到最高遠的情性偏愛，也十足對準了我的口味。」

西西就是獨特的存在。

香港如此繁華熱鬧、極速高壓，加之近年的政治紛擾，但西西總能維持她獨特的節奏，在喧擾中靜靜耕耘，任誰都要感嘆：「在香港，怎麼可能？！」但一如西西在《織巢》的序中所說：「這是個吵鬧撕裂的年代，大家說話時彷彿都要提高嗓門，聲嘶力竭，要證明關心社會，而如此這樣的一套才能改進社會。我想，生活是否只容許一種模式？我們又能否冷靜下來，平實地說，耐心地聽呢？」

——生活並不只有一種模式，改變有很多方法，首先要平心靜氣。

西西就連看足球也平心靜氣，一邊看球，一邊看見美學、歷史、社會文化。

名副其實的「文藝復興人」

西西喜歡看球賽，英格蘭足總盃、歐洲盃、世界盃期間朋友們都會趁機看球聚會。她的父親曾是足球健將，也是球證。1990年意大利世界盃期間，西西在報上每天寫五百字專欄，後來集結成散文〈看足球〉，收錄在《耳目書》中，她形容世界盃就像長篇小說，並且是巴赫金所謂「複調小說」。她偏愛南美足球，喜歡自由奔放的球風。

西西過世那天，正好是12月18日卡達〔按：卡塔爾〕世界盃決賽的比賽日，梅西〔美斯〕帶領阿根廷艱辛戰勝法國奪冠，許多

人都為西西遺憾，沒能看到這場精彩的決賽，見證她喜愛的南美足球登上足球世界之巔。

黃凱德一邊看球賽一邊想到西西。

西西當真無所不能，什麼都能寫，她就像是華文文學世界裡的馬拉多納〔馬勒當拿〕，備受敬仰。

黃凱德說：「偉大的作家當然就是拿來敬愛和崇拜，從作品裡去追尋恆久的那一道亮光。但是，西西更進一步的示範，一個真正厲害的作家，不僅只是寫好一種一類的作品，而是可以寫好很多種很多類的作品。以前有朋友用『文藝復興人』(Renaissance man) 形容木心，我覺得西西也是一個名副其實的『文藝復興人』。如果單獨閱讀西西的個別作品，文字故事和主題情懷的清麗極簡 (minimalist)，肯定是大家所認同的特點。但是，如果統攬西西所有的作品，除了類型品質龐大驚人，中文作家無出其右之外，更有一種包羅萬有、極繁 (maximalist) 的特性。」

一直以少年的角度發言

即便題材與手法多元，知識含量高，但西西總是平易近人。

南大中文系助理教授丁珍珍認為，將西西放置在作家群體裡，她的平易近人、幾乎無性別的童真語調和視角，形成獨一無二的風格，可以寫盡所有題材。她說：「我們習慣大文豪那種，

很高深、很有權威感的男性作家形象和語調。但西西一直以少年的角度發言，可以寫一切事物……她不會像董啟章書寫那種繁複句式，加入哲學概念，而是用天真的角度講故事。西西把作者的敘事角度放得很低……我們常在作家，經常是男性作家、經典作家的筆下看到強大的悲哀、強大的情緒、噴薄而出的沉鬱。悲哀在西西筆下，她著力於那些，比如〈浮城誌異〉要抓住的香港存在狀態，這種狀態常常可以很悲憤地說出來，但其實西西不是悲憤的語調，她相對淡泊，有小孩的懵懂，甚至有快樂的成分，同時沒有減低問題的嚴重性。」

丁珍珍認為，在華文世界，很少作家可以像西西這樣一以貫之。有些作家一開始保持童真，後來就進入成人的眼光。西西的童真視角真誠不做作，並且時時保持新鮮。這是因為西西有強大的想像力，關心世界，對萬事萬物充滿好奇。西西能夠一以貫之又不重複自己，無論是從〈浮城誌異〉到「肥土鎮」再到白髮阿娥的故事，西西致力於想像力的開拓，發展不同類型的書寫。

創造屬於香港的城市寓言

西西啟蒙讀者，啟發寫作者，定居本地的馬華作家抽屜，更因為西西的小說而取了「抽屜」為筆名。

高中二年級寫閱讀報告，老師給抽屜一個書單，她選了小說集《像我這樣的一個女子》中的短篇〈抽屜〉寫報告。抽屜說：「如今已經不記得寫了什麼，但西西的文字風格讓我很難忘。原來可以這樣寫。原來也有這種寫法。為什麼跟我讀過的那些文字都不同呢？怎麼會這麼如此簡單不炫技、新穎、有趣的文字呢？但其實西西的很多書你若翻翻創作年份會嚇一跳。這麼久以前的文字，為何讀起來好像還是走在所有人的前面呢？看起來一點過時的感覺都沒有啊！」

原來，原來，鬍子有臉！

原來，還可以這樣──想必也是很多人閱讀西西作品的感想。

西西總能換個方式觀看、思考，顛覆慣性，一如她的詩作〈可不可以說〉：「可不可以說／一枚白菜／一塊雞蛋／一隻蔥／一個胡椒粉？／可不可以說／一架飛鳥／一管椰子樹／一頂太陽／一巴斗驟雨？／可不可以說／一株檸檬茶／一雙大力水手／一頓雪糕梳打／一畝阿華田？／可不可以說／一朵雨傘／一束雪花／一瓶銀河／一葫蘆宇宙？／可不可以說／一位螞蟻／一名甲由／一家豬玀／一窩英雄？／可不可以說／一頭訓導主任／一隻七省巡按／一匹將軍／一尾皇帝？／可不可以說／龍眼吉祥／龍鬚糖萬歲萬歲萬萬歲？」

包括以不同的方式書寫香港。

丁珍珍指出，早期關於香港的書寫，不是將這座城市比喻為妓女就是棄嬰，西西卻能夠從比利時超現實主義畫家馬格列特的

作品中，聯想並創造出屬於香港的城市寓言，之後再接再厲寫出「肥土鎮」與《我城》。「我城」甚至成為香港人自我指涉的一個符號。西西的〈浮城誌異〉是香港文學繞不過的文本，丁珍珍教學的緣故，不斷重讀這篇小說，每次閱讀都有新的體會，樂趣無窮。她說，之後的香港作家如謝曉虹、潘國靈都一定程度繼承了這種城市寓言來書寫香港。

不過西西的香港除了寓言，還有非常樸素的白髮阿娥系列故事，描述老人在香港一隅平淡的生活。

更輕一點的經典

西西是屬於香港的，也屬於全世界。

對黃凱德來說，西西作品中或多或少都能看見「香港」，但其實西西寫的是一個更加美好的平行宇宙。就算當今的年輕學生不懂或不在乎香港的歷史與現在，但他們仍喜歡西西的作品。

除了〈浮城誌異〉，黃凱德說：「那些故事新奇的短篇，那本算是『magnum opus』（代表作）的《飛氈》，那些天文地理的知性散文，還有最後一本直抵星空的《欽天監》，西西的每一本書，都值得一讀再讀。所謂 classics 和 canons（都譯『經典』），其實都有點沉重和沉甸，西西作品更輕一點，沒有時空條件的限制，絕對可以不斷流轉流傳。」

不少年輕寫作人都以西西作品為榜樣，模仿練筆不在話下，黃凱德說：「文字和故事的淺層容易學習，只是作家深沉的那顆獨一無二的心，幾乎都是千錘百煉的。」

對抽屜來說，西西帶著好奇的眼睛看世界，任何事物都可以隨手書寫，並且樂在其中：「她的創作裡最吸引我的是自由沒有設限。」

用西西自己的話就是：「爬格子是痛苦的，跳格子是快樂的。」

西西的筆名就是「一個穿著裙子的女孩子兩隻腳站在地上的一個四方格子裡。如果把兩個西字放在一起，就變成電影菲林的兩格，成為簡單的動畫……跳跳，跳跳，跳格子。」

同時，這是熱鬧也是寂寞的遊戲，西西的快樂底下總有深沉的東西，輕與重是一體兩面。

丁珍珍說，西西能夠舉重若輕，讓讀者感到平易近人。西西似乎想讓讀者了解：「只要你有源源不絕的好奇心、自律、毅力，這世界就是對大家開放的。我們今天說起跑線決定一生，對西西來說，絕對不是。」

她認為，西西「用最樸素的態度做實驗性的東西，其實這也才最酷」。

此外，西西也從來不說教。

作家隨庭則說：「沒有年輕人嚮往當一個老人，直到遇見西西，二十歲的我有了八十歲的人生偶像。她永葆童心，永遠好奇，永遠在文學寫作中創新變化。她擊中了我內心最終極的理

想：不是成功，而是在生命的任何一天都興致盎然地寫作，對世界懷抱好奇與關懷，不論境遇如何，仍然願意創新求變而不被世故篡改。二十歲如此，三十歲如此，六十歲如此，八十歲亦如此。」

英培安書名受啟發

在新加坡，西西作品最齊全的書店，首推城市書房。

城市書房門市 2016 年 11 月邀請香港導演江瓊珠在書房放映《我們總是讀西西》紀錄片，隔年在國家圖書館舉行第二場放映會，當時就補齊了西西的作品，至今仍不斷補貨。已故本地作家英培安在經營草根書室時，也很推崇西西以及素葉同人們的作品。

城市書房創辦人陳婉菁說，英培安《閱讀旅程》的部分文章都曾投稿到西西和文友們創辦的《素葉文學》雜誌，此外英培安小說《一個像我這樣的男人》的書名也是受西西《像我這樣的一個女子》啟發。

陳婉菁說：「我佩服西西的地方是她很專注創作，敘事風格不斷創新，她今年 5 月獲頒香港藝術發展獎終身成就獎，在接受作家好友何福仁訪問時依然堅持：『文學貴於創新。』聽了很感動。她（與英先生）都患癌多年，但生病反而讓他們更珍惜生命，

創作源源不斷，留給讀者無數珍貴作品。紀念作家最好的方式，就是閱讀他的作品。西西逝世，我發現自己所讀的還不夠，希望自己接下來能好好閱讀、重讀她的作品。」

最初和最後都是同一個西西

西西原名張彥，廣東中山人，1937年生於上海，1950年定居香港，曾任教職。她從學生時代開始寫作投稿，1966年出版首部單行本小說《東城故事》。1960年代，西西寫作電影專欄、電影劇本，還拍攝實驗短片《銀河系》。1975年西西以「阿果」筆名在《快報》連載〈我城〉，同時與文友們創辦《大拇指》。1978年成立素葉出版社，《我城》是首本出版品。隔年西西離開教職，專心寫作。1980年代，西西開始受到台灣文壇的注意，開始在洪範書店出版作品。

1989年西西患上乳癌，雖然成功抗癌，但因手術誤傷神經，右手漸漸失去功能。康復後她寫了《哀悼乳房》。病後改以左手寫作，西西還學習縫製布偶和毛熊，催生了《縫熊志》和《猿猴志》兩本特殊的散文集。

西西寫作不輟，晚年仍不斷發表作品。生命最後兩年，她出版長篇小說《欽天監》、短篇小說集《石頭與桃花》、詩集《動物嘉年華》與散文集《牛眼和我》。

黃凱德說：「以作家的系譜和成長而言，寫作動能和藝術風格的變化算是常態，西西之所以為西西，即是最初的西西，和最後的西西，都是同一個西西。」

原載於新加坡《聯合早報》，2022 年 12 月 23 日。
版權屬新報業媒體有限公司所有。

陳寧

西西已完成

有些作家是作品比人好，有些是人比作品好，西西是作品和人都一樣好。她能得到廣泛的愛戴和尊敬，除了文學成就非凡外，也跟她的人格魅力有關。就像何福仁所寫，「她首先是非常非常好的人」。

西西真誠、有趣、充滿愛心，是最理想的朋友和玩伴，且又興趣多多，博學多才，每做什麼都鑽研到底，連收藏玩具都成博物館級。她讓我想起卡爾維諾，這類既專才又通才的大師，從別人視作小玩意的事情提煉出哲思。坊間評論常指她文字「輕盈直白」，不是貶義，而「輕」絕不等同於不夠深度和嚴肅。她是舉重若輕，用輕來撬動沉重的現實，啟發想像力和創意。也因為懂

陳寧，香港作家，有筆名塵翎，著有長篇小說《枝繁葉茂》，短篇小說《交加街38號》，散文集《六月下雨七月炎熱》、《八月寧靜》及《風格練習》。

得，因為深徹通透，才能用最直白的文字陳述出來，不故弄玄虛，也不耽溺在華麗的詞藻。

　　台灣詩人瘂弦在今年初出版的回憶錄裡，說到他當年把西西作品引進台灣，引起台灣文壇矚目，「一般人都不知道有西西這隻野而又野的鳳凰」。瘂弦形容西西是小說大家，認為「她的小說多樣性和現代性超過張愛玲」。瘂弦的詩寫得極好，可惜產量少，他謙稱自己是一個沒有完成的人。

　　一個創作人最大的悲劇，是沒有完成自己。楊牧詩中有句子，大意為：在維也納郊外的墓園裡，躺著一個完成了的海頓。弘一法師用「華枝春滿，天心月圓」來形容完成的感覺。在瘂弦的名單中，周夢蝶、商禽、朱西甯、楊牧都是已完成的人。現在要加上西西了。

原載於《明報》，2022 年 12 月 25 日。

余麗文

別了，西西！

在異地一覺醒來，收到了西西離世的消息；感覺今年特別難過，一年將止，卻還是聽了很多難聽的詭辯及謊言，又要接受很多人與家人和友伴分離的現實。一直孜孜不倦書寫小城各種故事的作家，有不少已經靜靜地離我們而去；除了懷念，更感到需要好好閱讀她／他們的作品，細味筆下創造的世界。

西西的作品之所以令人目眩神迷，大概與其所涉及的題材廣泛、堅持對事物的好奇、文字活潑又處處展現心思細密有關，令讀者每每也能獲得新奇的想像空間。彷彿她對香港這個小城從來不會失望，只要我們帶著孩童的心，便能為這個城市持續創造嶄新的想像，能對家及個人寄予無休止的願望。在面對不安時，西

余麗文，香港大學哲學博士，現為香港大學比較
文學系助理教授、文學及文化研究碩士課程統
籌。編有《書寫城市：香港的身份與文化》。

西以魔幻的筆觸把沉重與輕快接軌；在面對癌症治療時，西西以開放的心態把知性與皮囊的割裂重新聯繫；在回應歷史及時事議題時，西西又可以穿越歷史，通過傳統手藝展現各種具活力的時空對話，以及投放重要的人文關懷。如此豐碩的創作，讓人驚嘆西西的創作力、想像力以及牢不可破的堅韌力。

印象至深的還是西西一系列與比利時超現實主義畫家馬格列特（René Magritte）文本互涉的〈浮城誌異〉作品，內裡的奇特空間尤其觸動筆者。這些寫於九七之前的短篇，從無根的狀態、家／國血緣的糾葛、停頓的時間，以至何處是吾家的唏噓，今天讀來還是感到一切的憂鬱原來不曾離開香港人。然而，西西不是為了宣洩無奈消極，卻是以超現實的畫作引起讀者對於困頓作不一樣的想像。當中哲人如何啟迪畫家再繼而對應現實及文學，可以從這一系列的作品中找到西西提供的啟示。在1958年5月馬格列特創作 Hegel's Holiday 時，曾對為他寫傳記的作家提出創作的契機，他在思考如何可以睿智地畫一杯水，或者在畫一杯水時能展現不一樣的睿智？經過多次的試驗後，馬格列特決定作出很多不同的嘗試，最終把雨傘畫在水杯之下，並認為哲學家黑格爾（G. W. F. Hegel）必然會讚賞他的設計，並像享受假期般獲得喜悅。因為畫中包含了兩種相反的功能，它展示了排斥與接受的兩種狀態，既承載了水對人的必要，同時也指出人對雨水的排斥。馬格列特從單一的水杯開始，通過不斷的嘗試，檢驗了水杯與雨傘不同位置的關係，同時也指涉這個關係與畫布之間的關係。最終他邀請黑

格爾從他辛勞展現的辯證法中出走，走向陽光明媚的海邊，好好享受一個假期。

　　在文字的轉化之下，「黑格爾的假日」成為了西西筆下的〈課題〉，當中思考了人們對於水的不同態度，「容納與拒斥、表與裡，本是哲人常常思索的問題」。大概西西也希望讀者能思考這種矛盾的心理，務必要我們好好記下當中的人生哲理以及矛盾的必然存在。當人總為選擇而感到困擾及沮喪，並視之為沉重的人生命題時，西西的文字提醒我們要以不同的心態應對，就像哲人在享受假期的閒暇，可以跳出平日恆常的框架思考，喚醒事物及角度之間的各種可能，找新的切入點。文學開啟了想像，也為生活帶來希望；儘管正在閱讀的你有時可能感到孤單，還望閱讀所引發的思考會讓你感到與他人的共在。

原載於《明報・世紀》，2022 年 12 月 26 日。

旺旺

西西仍在

　　作家西西的追思會，佈落在她母校協恩中學。天空垂積著雨雲的日子，從土瓜灣港鐵站步行到農圃道的校門前。途經新亞中學。走錯向農圃道官立小學的路再折返。感覺走完了西西〈土瓜灣〉的詩句：「在土瓜灣一住住了將近四十年／書院對面的中學是我的母校／書院旁邊的小學是我教書的地方／以前這裡是種瓜種菜的農田」。

　　農圃的田被移平了，卻在1936年種出九龍一間女子中學。同行的H説：「我母親以前也想我讀這間中學。」這座基督教傳統直資名校，好似一直滯留在戰前的殖民地時代。走進三層高的灰白校舍，披上了一塵時間薄膜：綠啡的啞色地磚並列蠟亮的木地板、水磨石的涼涼樓梯、禮堂內六角形的裝飾窗子……佇在會場門外等候，四周看，一直有點不太專心，隱隱約約浮起那個短鬢

　旺旺，《明報》藝文部一員。

髮、眼睛大大的旗袍女孩，在跳飛機格，在大笑，年與年之間埋首寫作和唸書。中學時期的西西，是在哪間課室被洋老師捉去演《威尼斯商人》的莎士比亞話劇？又是在哪裡被朋友小薇領入文學的書本國度，以至道別？

　　立志成為修女的小薇，後來不再上學。西西在半自傳小說《候鳥》中憶述：「於是在這個世界上，我突然失去了一個朋友〔……〕對於小薇來說，她走的路，可能是通過一道窄門之後，一個寬廣的天地。但我常常要想，寬廣的天地不就在人世間麼？」或者當時十多歲的西西，已有著淺淺的覺悟，自此要讓文字成為骨骼和血肉，跋涉於這城這地的人群之間。妳是妳的書，妳是妳筆下的素素和所有角色。永永遠遠地。這麼想來，妳仍在。就像我在追思會期間，目光常不自覺飄向講台上擱著的那隻紅黑格子手造毛熊，又盯著那些綁藍色絲帶馬尾走來走去的協恩女學生，錯覺看見了妳。妳早以另一種方式活在這個世界上。

　　集體悼念聽到最後，還是何福仁最貼近妳的心聲：「當她（西西）寫作的時候，就返回年輕好奇的歲月，那些歲月沒有病痛。不過畢竟她寫了七十年，也算疲累了。她知道自己不能再寫下去，儘管腦袋內還有很多故事、很多想像，但她已經完成自己的工作，可以向太陽、向草地、向讀者、向朋友道別。」妳換上羊駝的身軀跑向宇宙。不能挽留，我們只能好好地說再見。

　　——再見西西再見

原載於《明報》，2023 年 1 月 14 日。

第二輯：西西與我

凌越

孤寂與自由，本是「天生一對」

西西原名張彥，廣東中山人，1937 年生於上海，為香港《素葉文學》編輯。代表作有《我城》、〈像我這樣的一個女子〉、〈店鋪〉、《飛氈》、《我的喬治亞》、《白髮阿娥及其他》等。

西西五十二歲時，因乳癌入院，並把自己治病的過程寫成了《哀悼乳房》一書，手術後她的右手失靈，從此改用左手寫作。這部小説在 2006 年被改編成電影《天生一對》。

曾獲「花蹤世界華文文學獎」、美國「紐曼華語文學獎」、瑞典「蟬文學獎」、香港書展年度作家、「紅樓夢獎」等多項大獎。

2003 年 11 月，我應邀去香港中文大學參加一個有關當代詩歌的研討活動。那時我正在《書城》雜誌做編輯，主持原創和訪談欄

凌越，原名凌勝強，內地詩人，曾任《書城》雜誌編輯，現任教於廣東警官學院。著有詩集《塵世之歌》、評論集《寂寞者的觀察》、訪談集《與詞的搏鬥》。

目。因為和黃燦然、廖偉棠等詩友的交往，我很早就知道香港幾位非常出色的作家，並讀過他們的部分作品 —— 儘管他們的作品在內地出版已經是十年後的事情。我當時就深感內地和港台之間文化上的隔膜，相互了解的多是那些很外在、較暢銷的作家，而真正優秀的嚴肅作家，彼此之間連文學圈內部都所知甚少。因此我在《書城》上特意刊發了不少港台嚴肅作家的作品，其中的幾位（駱以軍、董啟章等）更屬首次在內地刊物發表作品。此外的香港作家主要有西西、黃燦然、黃碧雲、也斯和何福仁。

人行道上的初會

那是我第一次去香港，雖然待了一週，但是逛書店、參加活動、見朋友見作者，行程排得滿滿當當。和何福仁通了幾次電話約見面的時間，他聽說要去一些活動場合或者有別的作家在場，在電話那頭便顯得有點猶豫。我馬上意識到他是不喜歡拋頭露面的作家，這也和之前朋友對他的介紹相吻合。對這樣的作家我向來尊重，就和他約好我離開香港的那天中午見面，因為那時只有我一個人了；相約見面的地點是地鐵佐敦站的恆生銀行。

我背著一包書、提著一袋書，在人潮洶湧的香港地鐵裡穿行。頭一回逛香港書店，想買的書太多了，最後把購書範圍限定在文學範疇之類，我才不至於要再買一個大包裝書。到佐敦車站

下車，我遠遠看見一位儒雅的長者，手拿一本書（因為之前未曾謀面，何福仁為了讓我便於認出他，便說好手拿一本書，什麼書名我現在記不得了）。我一眼認出他，因為他身上有一種特別的讀書人淡漠的氣質。簡單寒暄幾句，他就帶我往外走。和許多香港人一樣，他的普通話不是很利落，而平時他也一定是寡言的人。可是他的沉默並不讓我覺得不自在，反倒讓我感覺親切——我一向喜歡情感內斂的人。

我們匆匆從人流熙攘的地鐵站出來，即踏入佐敦地鐵站外喧鬧又逼仄的人行道。和許多香港人一樣，何福仁走路很快，還說要幫我提一袋書。我當然拒絕了——何福仁當時已年近六十，頭髮都花白了，絕對是我的文學前輩了，我怎好意思讓他幫我提書呢？沒走多遠，何福仁突然停下來。我有點詫異，也跟著停下來。他指著站在人行道護欄邊的一位瘦小的老婦人向我介紹：「這是西西。」我當時的驚訝可想而知：一是何福仁之前沒有跟我說過西西要一起來；更重要的是，我知道西西一直患病，多少年都是深居簡出，買書都是由好友何福仁代勞的，我的幾位香港作家朋友也都多年無緣見到她。因為她的書一直由台灣詩人楊牧主持的洪範書店出版，以至於當時很多人認為西西是台灣作家。

我到現在還記得，西西當時身著樸素的藍布外套和布鞋，頭髮有些花白，表情很友善。我立刻上前和她握手，向她問好，同時抑制著意外又驚喜的情緒。因為多年和疾病抗爭，西西當時看上去氣色不太好，臉上帶有病容，走路也很慢，以至於在去餐廳

的路上，我和何福仁都有意放慢腳步，以便和西西同行。我想也是這個原因，體貼的何福仁沒讓西西下到地鐵站，而是讓她在地鐵站外的人行道上等我們——地鐵裡空氣比較窒悶，顯然不利於重病後的西西身體的康復。

　　走了幾分鐘，就到了附近的一家西餐廳，西西、何福仁的另一位老友許迪鏘已經等候多時了。許迪鏘身材略胖，看起來更為和善安詳。他們三位都是《素葉文學》的同人。《素葉文學》在上世紀下半葉是香港文化中罕見的異數，他們對於純文學的堅持令人尊敬，所達到的文學水準則是讓人嘆服的。我聽好友黃燦然說過，香港藝術發展局每年都有大筆資金扶持香港文化，但是由於「素葉」同人討厭其中的蠅營狗苟，最後都是自己出資出版。這種對於獨立性的堅持當然也是他們文學品格的保證。在香港那樣完全商業化的背景下，他們的這種堅持顯得格外難得和珍貴。因此在見他們之前，我早已對「素葉」同人有一份特別的尊重。

　　落座之後叫了幾份簡單的點心，大家很自然就談起文學。也許是因為何福仁和許迪鏘普通話都不太好，他們說話較少，而西西則顯出直率自信的個性。西西祖籍廣東，但在上海出生，並度過童年和少年時代，說一口流利的普通話。這讓我自然又多出一份親切感。許迪鏘、何福仁在一旁靜靜地傾聽我和西西交談，但他們眼神裡流露出對西西的欣賞和關心是溢於言表的。當時，我就想：西西有這樣的文友，真好；「素葉」同人的確有老派文人的操守和風骨啊。他們在生活上給予西西細緻的照顧：雖然何福仁

自己的文學修養就很高，詩和散文皆屬一流，但是他們都樂於待在安靜的角落，樂於讓聚光燈從自己的身邊掠過，聚焦在他們推崇的西西身上。當時聊了一個多小時，氣氛融洽愉快。我還記得我開玩笑說，要是帶錄音筆錄下來就是一篇很好的訪談。可惜我沒有帶，因為我根本沒有料到會見到西西，更別說採訪了。當然，也許正是這種非工作性質的散漫聊天，讓整個見面交談的氣氛變得更為輕鬆了。

孤寂的自由

我們談了很多，我現在還記得一些。我問西西喜歡哪些外國作家？她和何福仁相視一笑，說：「他們現在都成暢銷作家了。」原來他們從上世紀六十年代開始就已經迷上卡爾維諾、博爾赫斯和卡夫卡了，當然那時他們看的是英文版。從這裡，我們也就知道了西西小說裡那些花樣翻新的敘述方式的來源了。「素葉」同人引起我的尊重，當然不僅僅因為他們的操守，而且也和他們的小說和詩歌中流露出的明顯的現代主義文學印記有關。這一點在何福仁的詩歌中也表現得尤為明顯。坦率說，和比「素葉」同人晚一輩兩輩的香港作家執著於香港本土經驗相比，西西們的文學視野要開闊得多，當然他們的寫作也從「我城」的本土經驗出發，但並不刻意去闡明那個著名的已經有幾分刻板的文學公式 —— 所謂地

方的就是世界的。換言之，在對香港本土經驗重視的同時，他們對西方文學思潮和語言本身一直保有一種開放式的敏感。這一點在西西諸多優秀小說和詩歌中都有精彩的呈現。

因為對現代派文學的敏感，西西也是港台作家中較早注意到上世紀八十年代內地文學中的先鋒派的。他們在那時就編過內地小說家的小說集，其中收錄了莫言、余華、蘇童等剛剛在內地文壇嶄露頭角的作家的作品，從中可以看出西西眼光的犀利。對台灣文學，西西似乎評價不算高：「他們太喜歡用形容詞了，而且台灣作家過得太舒適：王禎和生病住院，醫生聽說他是王禎和，立刻給予悉心照料。那位醫生就是他的粉絲——這在香港是不可想像的。」說到此處，西西並沒有絲毫豔羨的表情，仍舊是坦然平靜的樣子。

的確，對於在香港做文人的孤寂命運，他們早已坦然接受，毫無怨言。不知怎麼說起布萊希特，我翻出剛剛在香港書店買的一本台灣版布萊希特詩集（李魁賢譯），找到在地鐵上剛讀到的一首〈李樹〉，指給西西看。西西轉頭跟何福仁說，這我們也要買一本，然後說起他們有一年去德國旅行，去過布萊希特的故居，「好像院子裡還有這顆李樹」。西西、何福仁幾乎從不參加香港的任何文學活動（和我電話相約時的遲疑即是明證），但是他們結伴去過很多國家很多地方，作為自在的旅行者和觀察者。這些都在他們的詩文裡留下清晰的印跡。他們也曾多次到內地遊歷，何福仁就曾以他們在江南旅行的經驗，寫過精彩的長篇散文〈江南水

鄉〉。何福仁微笑著說起他們某次在成都的經歷:「我們在一家商店的櫃台前看裡面的東西,服務員走過來,竟向我們大聲斥責:『看什麼看!』」我們都笑起來。顯然,那位服務員很勢利,看他們服飾質樸,以為他們是毫無購買力的普通老人了。

他們到內地旅行,純粹就是觀光客,從不和內地文人有任何接觸。的確,對於作家而言,沒有比自由更重要的了。而對自由的獲得,一方面要看外部環境有沒有提供這樣的可能,然後還要看作家自己能不能放下世俗功利的羈絆。真羨慕西西和她的「素葉」同人們,他們做到了。內地文人習慣性的呼朋引類,和西西他們是絕緣的。對西西來說,寫作當然地就是一個人孤獨的事業,並且對這孤獨持一種坦然接受的態度。她和世界之間聯繫的唯一橋樑就是她的作品。她常年生活在香港一間小小的屋子裡,可是她的文學世界卻是那麼遼闊。世界賜給她一間小屋,而她卻回贈給這個世界更多的世界,更多的溫暖,更多的美。事後想起在青文書店見到的厚厚一摞西西作品,就是從這樣一個病弱之軀中流露出來的,不禁對西西又平添了幾分敬意。

遲到的致敬

之後的十幾年,我和西西、何福仁聯繫不多。這對於生性散淡、淡泊名利的文人而言,是再正常不過的事情了。大約十年

前，西西小說國內的編輯雷淑容女士，請我去東莞一家圖書館，參加西西新書《縫熊志》的一個分享活動。我從廣州過去，趕到時活動已近尾聲了。現場人比較多，一場活動已經令西西有些疲憊，就上前簡單打了個招呼。那時距我在香港第一次見她已經過去十年了，我欣喜地發現，西西整個人的氣色比十年前好了不少，不禁感慨西西的生命力該是多麼的頑強旺盛。

可能也是這個原因，在生命的最後十年，西西參加公開的文學活動要比以前多一點。而更讓人高興的是，隨著西西作品在內地的大量出版，也為她在國內贏得了一大批忠實讀者。同時，在最近十年，西西也獲得了不少重要的文學獎項，在我看來，這些都是對這位外表羸弱、內心堅強、深居簡出又才華橫溢的作家遲到的致敬。

18日，在朋友圈驚聞西西離世的消息，我感到難過，至少在我自己可能有些苛刻的寥若晨星的文學天空，又少了一顆璀璨的星，世界因此而黯淡了許多。西西的離世，連同九年前也斯的去世，確鑿無疑標誌著香港文學一個時代的結束。他們留下的空白，在我看來不僅是香港本地文學難以填補的，就算以大陸及港澳台地區整個華語文壇為背景，他們的離世都是難以彌補的重大損失。當然，對我這悲觀的論調，我想已在上天的西西，一定也會以她特有的淡然微笑著否定吧。前幾年，我有幸成為香港「李聖華現代詩青年獎」評審，同為評審的還有何福仁、鍾玲、關夢南和鍾國強。我和何福仁意見頗為接近，都為幾位香港年輕詩人

過人的才華而感到振奮。自然，這些年輕人眼下還難以稱得上是西西的接班人，但他們將來一定會譜寫出香港文學新的篇章 ——在西西、也斯等香港文學前輩傑出作品的滋養下。

原載於《北京青年報 · 藝春秋》，2022年12月23日。

葉秋弦

夢境·時間·記憶
—— 念西西

不久前曾做過一場夢。

時間在深夜，場景是一棟公寓的天台，水泥圍牆框住了部分視線。繁星點亮暗沉的夜，一張長桌與幾張椅子，長者坐在其中一張椅子，彷彿在等人，仔細注視，又好像不是。她安安靜靜地抬頭仰望天空，成為夜空底下一道風景。

我走了過去，凝望長者的臉孔，才發現好熟悉。她頭頂束著紅黑相間頭巾，深灰色防風拉鍊罩衣，一臉恬靜、慈祥，似乎一早預感有人到來。我說，這麼久以來，第一次見到您。她笑了笑，示意我坐。聊天時，我分享最近拜讀她新作的感受。她語調平和，聲音柔而不弱，夜空底下交談良久，我們彷彿說著星星般

葉秋弦，香港中文大學中國語言及文學系文學碩士、台灣師範大學國文學系學士。著有散文集《綠皮火車》。

的語言。印象深刻，以至於這場夢，長久留存在腦中。離開時我說拜拜，我們下次再見。

還是渴望相遇，雖然在夢裡。

週日早晨從另一場迷夢中醒來，手機連結訊號，訊息止不住跳動使得雙眼一時抓不住各種混亂。原來長者累了，生命按下一個 Pause 鍵，樂譜中的休止符——至少離世時是安詳的。時態是過去完成式，12 月 18 日。

那一刻我明白，時間終究是一條直線。

夢境是自己的，甚至只是一場幻象。書頁紛飛，字符飄落，這段時期將她收納在字裡行間的密碼大量吞進肚囊，一連數月細讀《我城》、《候鳥》、《織巢》、《石頭與桃花》等著作，部分重讀，部分新閱，為即將發生的一場文學演講，站在講台扮演角色分享作家的作品。「像西西這樣一位作家，生命處於多少困境，苦不言苦，心態樂觀，與人為善，由處世態度延伸至作品本身。2022 年共出版了四本著作。你能想像八十多歲的長者，創作力如此驚人嗎？」台下一雙雙眼眸注視著，傾聽著，似懂非懂的模樣。事後老師在訊息分享：「他們的確是比較安靜的，但放學時也有同學跟我分享自己寫下滿滿三頁的筆記，相信他們也吸收到不少！」自問從來不是最懂得演說的人，在機緣之下，還是努力著。時態是過去進行式，12 月 14 日。

時間再撥早一些，夢尚未誕生之前。我們在一間美麗開揚的中學校園舉辦《候鳥——我城的一位作家》放映會，禮堂側旁一

處藝文空間玻璃幕牆,手寫著西西與何福仁的詩。柔黃燈光映照在玻璃詩上,散發著溫熱的文學時光。過百位學生如期而至——有些穿著冬季校服(不是週日麼?),有些三三兩兩穿短裙牛仔外套(不是冬季麼?),總之,他們都來了。坐在偌大寬敞的禮堂裡,與來自五湖四海的同齡人一起欣賞《候鳥》紀錄片。影像分秒輪播畫面一幕一幕切換,從視覺與聽覺交融之下建構起西西(及其創作)在世界的模樣(年輕人,你是否會好奇,我城何以培養這樣一位作家?)。赤子之心遊於藝,剪紙、Lego、毛熊、微型屋……每樣微小之物都是西西的玩具,也是她信手拈來轉化為寫作的素材。西西一生充滿童真、觀察細膩、對宇宙物事充滿好奇,這些特徵可從作品讀出。不以電影語言解讀但紀錄片的確雕刻著西西的時光面貌,影像與文本(〈仿物〉、〈土瓜灣敘事〉與《候鳥》、《織巢》)互相交織、融合與呼應,閱讀西西自傳體小說時我很受觸動,觀賞《候鳥》紀錄片亦然。兩小時四十分鐘影片放映隨後舉行映後談,何福仁、劉偉成兩位講者分享他們眼中的西西,以及紀錄片隨想。答問環節,畫面猶深是一位學生捧著《候鳥》一書提問(種子已悄悄地播下了麼?),並跟觀眾分享閱讀心得。時態是過去進行式,12月11日。

要是時間再撥早一些,場景回到10月尖沙咀商務印書館。與同事籌備秋季舉辦一場西西專題展時,一切彷彿是《石頭與桃花》的待續。早前將《石頭與桃花》推入校園閱讀計劃,展覽則以「我城女子——西西專題展」為題,融入西西創作手稿、手作布偶、

舊作、相片及《動物嘉年華》畫作元素，希望呈現作家的多元面貌及作品之豐富。2022是西西獲香港藝術發展局頒發「終身成就獎」之年份，為此一併向這位前輩作家致敬。展場空間零碎也細小，但在小空間裡呈現西西的大創意，又有它奇妙之處。展覽在書店燃燒我們也在燃燒，僅僅為期三週，很多人來了。作家們來了，文學讀者來了，學生們也來了，聽說是老師推介的。時態是過去進行式，10月4日至30日。

記憶如此延宕，綿延不絕地，漂流在文學海洋之中。

直至現在，依然記得自己中學時期從課堂讀到西西的〈碗〉，及後逛深圳書城時買回簡體版的《像我這樣的一個女子》和《哀悼乳房》。懵懂年紀懂的不多，但西西這名字卻成為記憶中開啟文學的一把鑰匙，如此穩固地。時間霧霾層層撥開，直至上大學後，才踏入獨立的閱讀期。那時，我穿梭往返於台大與台師大之間的二手書店，開始蒐集由洪範出版的西西作品。《母魚》、《花木欄》、《剪貼冊》、《美麗大廈》等，甚至由西西編選八十年代中國大陸小說選（《第六部門》、《紅高粱》、《爆炸》、《閣樓》）也一併買下。2018年離開台北時捨棄太多書，但這一籮筐與西西有關的作品，始終相伴閱讀至今。

「我只希望，可以永遠這樣子，坐在我的小矮凳上，看我喜歡看的書。」（〈鬍子有臉〉）數年前在中大旁聽潘國靈的創作課堂，無意間記下這句。那時課堂講到以閱讀為主題的創作，印象十分深刻。這句話很西西，那種對閱讀的專注、專一與專情，背

後總散發一份純樸自然。明明已是大作家，她依然永遠謙遜地説自己在練習寫作。課堂中，潘國靈以「西西作為方法」分析這位變化瑰奇作家多篇小説的創作手法，成為後來者（或遲來者）進入西西世界的通關密碼。從電影小説到中國話本小説改寫，從童話續寫到現代西方經典小説諧擬，從圖文結合跨科際創作到編年體歷史神話小説……城市一直在變，西西的小説手法亦然。如今，從我城到浮城到失城到V城到沙城，何嘗不是香港文學的一種演變、過渡與創新呢？西西是「香港製造」的，她筆下永不終止的大故事早已跨越世界邊界，一直帶讀者「上天下地，遊走古今」。

這幾年間，素葉前輩作家偶爾轉贈雜誌、書籍與剪報，其中一份是1981年在《快報》連載的小説〈南蠻〉。那個年代，她們讀到西西的專欄，其後從報紙一格一格剪下，再拼貼在淡藍色封面的薄款筆記本裡，封面寫著〈南蠻〉二字。這是她們曾經收集下來、讀過的、珍視的作品，幾年後在《候鳥》紀錄片聽見那句形容西西是「作家中的作家」，於是我又想起這本剪貼冊。後來知道，〈南蠻〉收錄在洪範書店出版的小説集《母魚》裡，翻開《母魚》，又重遇熟悉的陳大文與阿髮。淮遠曾送贈一冊《字花》出版的特別號《西西時間》，墨綠和紙封面配鏽紅書腰，拼貼出作家的獨特面貌。而今坐在西環coffee shop臨窗吧

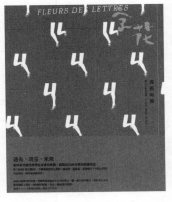

《字花·西西時間》特別號

第二輯：西西與我

台，濃黑咖啡在木桌飄香，午後碧藍色的天空半輪月亮淡淡冒出了頭，滿眼風和日麗，我也在人來人往的午後拼貼自己獨一無二的「西西時間」。

踏至年末，時間繼續不住地向前。明年再度走進校園，向學生介紹西西及其作品時，我知道有些東西已經不同。但她留下來的文字飛氈，供養給多少代人的文學養分，將成為另一場永不停歇、永不疲倦的閱讀旅程。

「您不過暫時走開，走進你的書本裡，我會經常看到您。」何福仁如是說。

掌門人走了，獨留下她的樟木箱子。但是不要緊的，她一早就在〈星塵〉裡藏了溫柔暗語：「是時候了，我該和你說再見了。喂，喂，男子漢，不許哭。你想看我，到了晚上，抬頭看天好了，夜空有無數星塵，會同時跟你相望，記著，每一朵都是我。」

2022 年 12 月 31 日

原載於《無形》第 58 期，2023 年 2 月。

鄭政恆

敬悼西西
—— 想到的不止是文字

在世界盃冠軍戰與季軍戰之間，香港作家西西 (1937–2022) 辭世，喜歡香港文學及西西作品的讀者，都感到哀傷、可惜。

回到 32 年前，1990 年意大利世界盃，西西為《明報》撰寫專欄「西西看足球」，後來文章收於《耳目書》，在〈看足球〉中，西西說道：

> 父親當了數十年業餘裁判，後來年紀大些，也當教練。清晨四點多，我跟他上花墟球場看他練兵，那時也沒什麼體能訓練，集訓不過是跑圈練氣，試射龍門之類。我自己則也在場邊跑步。晨操完畢，循例一起上茶樓，就和球星同桌喝早茶，聽他們講足球界的事。從茶樓出來，天還沒有

鄭政恆，香港電影評論學會會長，《聲韻詩刊》、《方圓》編委。著有《字與光：文學改編電影談》、散文集《記憶散步》等。曾獲香港藝術發展獎年度藝術家獎 (藝術評論)。

大亮，我就背著書包上學去，學校裡一個學生也沒有，我只好獨自在操場上散步，或者坐在一邊溫習要默背的書。一位球星曾經拍拍我的頭，問我，將來長大了也當裁判嗎？我那時並不為意。沒有承繼父親的裁判衣缽，我引以為憾。當然一切都太遲了，即使今年我十八歲，我也不會立志當裁判，因為我相信，到了廿一世紀，裁判衣缽的繼承將是一批配備電光眼的機械人。

短短的一段文字，西西回顧了自己的學習時代，自己與足球的緣分，而她也預視了裁判機械人，如今，電光眼的通用名稱是VAR。1990年世界盃，阿根廷在決賽敗於西德，今年就由阿根廷捧盃，不知西西喜歡由美斯領軍的阿根廷隊嗎？

文學上的創新實驗

西西原名張彥，1937年生於上海，1950年隨父母定居香港，父親任職九巴，兼職裁判，西西就讀於協恩中學，1957年入讀香港葛量洪教育學院，畢業後當官立小學教師。

西西在1950年代開始創作，作品包括小說、詩、散文、童話、電影劇本、影評、實驗電影等等，也編輯過《中國學生周報‧詩之頁》、《大拇指》、《素葉文學》。不少讀者都知道西西筆名的意念來自「跳飛機」，而寫稿爬格子，也是「跳飛機」：

「西」就是一個穿著裙子的女孩子兩隻腳站在地上的一個四方格子裡。如果把兩個西字放在一起，就變成電影菲林的兩格，成為簡單的動畫，一個穿裙子的女孩子在地面上玩跳飛機的遊戲，從第一個格子跳到第二個格子，跳跳，跳跳，跳格子。

西西具有創新和實驗的意識，不斷探索嘗試，而且與時並進，令她的小說有十分高的藝術成就，以及不同的面貌。回看1960年代，1966年，西西出版了第一部小說集《東城故事》，小說是中篇，以「流行三／四毫子小說」的模式出版，而內容卻是比較前衛的現代小說，作者加入了電影語言、背景音樂的提示、顏色運用，還有存在的探索。西西說〈東城故事〉、〈象是笨蛋〉和〈草圖〉都寫於「存在主義時期」。

《東城故事》之後，西西走出了存在主義的影子，另一重要作品是1975年在《快報》連載的長篇小說〈我城〉，小說調子開朗活潑，別具童真，西西從存在主義轉向馬奎斯的魔幻現實世界，以新眼光看當時的香港。

1982年，西西在《素葉文學》發表〈像我這樣的一個女子〉，台灣《聯合報》轉載後，西西的作品更受到台灣讀者的關注，出版結集的重心也在台灣了。

西西去世後，我想到西西兩篇發表在《素葉文學》的短篇小說：〈像我這樣的一個女子〉和〈解體〉，無獨有偶，都是關於死亡。前者寫一位為死人化妝的女子，涉及了死亡對個人以及人際

的影響。〈解體〉是紀念畫家蔡浩泉而作，從畫家的死亡體驗出發，涉及了死亡與人的本質。兩篇小說都運用自白，〈像我這樣的一個女子〉是看死亡的外在，而〈解體〉是看死亡的內在。值得一提，〈解體〉在《素葉文學》刊出時，就重用了〈像我這樣的一個女子〉的插畫。

〈像我這樣的一個女子〉的開始，主角和男友夏約會，夏將會了解到主角為死者化妝的工作。小說基本上是主角的內心獨白，獨白中，命運是其中一個關鍵詞，主角和死亡太接近，令她受命運的限制：

> 像我這樣的一個女子，其實是不適宜與任何人戀愛的。但我和夏之間的感情發展到今日這樣的地步，使我自己也感到吃驚。我想，我所以會陷入目前的不可自拔的處境，完全是由於命運對我作了殘酷的擺佈，對於命運，我是沒有辦法反擊的。

主角的態度難免悲觀，她的技藝是從怡芬姑母傳授而來。還記得何福仁談到怡芬之名，諧音「宜分」和「宜婚」，實在是精彩的發現，而我又想，怡也諧音「疑」，主角面對自己與夏的分和婚兩種可能，也有疑問和疑惑，小說的開放結局，並沒有釋除疑慮：愛真的可以令人對死亡無所畏懼嗎？夏是陽光的，主角是鬱暗的。光明與黑暗，愛與死，是永恆的角力，不會一了百了。

〈解體〉是2000年的作品，小說一開始時，多用長句，主角昏迷了，但意識是明確流暢的，說是意識，準確地說是「能體」，

「一種微能量，看不見，摸不著」。〈解體〉是「能體」的獨白，他說到痛楚、癌症、細胞、靈魂、軀體、物質、感應、細胞、藝術等等，到最後，「能體」面對解體，小說的句子結構也有變化，最終是形神俱散，但也是化入自然。〈解體〉用第一身的角度，具體講出死亡是怎樣一回事，小說的題材和寫法別樹一幟，都可見西西在題材上的開拓，以及藝術的高度。

不是文字的活潑生命

除了小說，不少讀者都愛讀西西的詩，西西詩作先是有素葉版的《石磬》結集，後來有洪範版《西西詩集》，再後來又有費正華（Jennifer Feeley）英譯的中英對照詩集 *Not Written Words*（《不是文字》）。此時此刻，我想到的是〈我想到的不是文字〉：

《不是文字》書影

　　純正清通，——我想到的
　　可不單止是文字
　　文字，有時可以天花亂墜
　　老練得把人騙倒了
　　也有的人文字糾纏
　　像嘴巴打了結

而且，文字有七種歧義

說的朦朧

指的是西

效果呢，卻是東

所以，我想到的

可是那麼一個女子的性情

那麼的一個女子

說起來，我其實也正拙於

準確地表達與及

掌握

因為我相信生命

永遠比文字超脫

比文字活潑

比文字

更看到時間的考驗

　　難得的是，西西駕馭了文字與文學創作的技巧，寫出了許多別出心裁又別開生面的出色作品。我們知道西西的個人生命難免是有限的，但我們絕對可以相信，她的文學生命可以經受時間的考驗。我們會一直讀西西的文學作品。

原載於《明報・世紀》，2022 年 12 月 20 日。

范俊奇

我問西西

　　格子終究還是空了，西西。你終究還是，從畫在地上的兩個四方格子跳了出去。西西你跳出去了，但遊戲還是得繼續。文字是一場遊戲，西西，這是你經常說的。就算是多麼簡單多麼樸素的遊戲，一樣可以玩得活潑玩得盡興，一樣可以玩出令人驚喜的新意。可是西西，我們有我們的焦慮，當虛擬的機器人可以代筆，當文字一斤一斤地在網絡上平價叫賣也未必賣得出去，那時候西西，寫字的人將低下頭，掩上房門，到一個不需要替文字填寫入境表格不需要申報字數的城市去旅行。我們只需要帶上手機吶西西，手機就是我們的飛氈，甚至連相機都可以擱下，就可以到處去看房子，到處去修剪花木欄。常常，一張照片就是一趟萬水千山，也常常，一行說明就是一皮箱心情。

范俊奇，出生於馬來西亞，曾任多本時尚雜誌主編，現為電視台中文組品牌及市場部企劃經理。專欄散見馬來西亞各報章、雜誌及網媒，著有三冊《鏤空與浮雕》。

而西西，我們的焦慮是，未來誰還會認真對文字的認真，就好像我們慎重對你的慎重？我想起新近看了一段你的視頻，你那時也許隱隱知道，那應該是你最後一次對著鏡頭說話了是吧，西西？而那是第16屆香港藝術發展局頒發終身成就獎最高殊榮給你的時候呢西西，你看起來精神不錯，應答還很伶俐，只是眼睛漸漸散漫了神氣，而我最喜歡的就是你年輕時像鹿一樣慧點的眼睛啊西西。何福仁問你，西西你最欣賞的年輕作家有誰啊？你一貫的謙虛，西西，你說你對他們的作品讀得不多，但還是客氣地提了三個名字，都是些年輕得像劍一樣鋒利的名字，我們都知道，那是你對在香港寫書的剛剛開始展露鋒芒的年輕人的祝福和期許。就好像西西你說，你原本也不知道熨斗是論磅來賣的，有些6磅，有些超過6磅，而這些年輕作家們買來熨平寫作夢想的熨斗，都是超過6磅的，還是少過6磅的呢？我在敬愛你的人替你在你的母校土瓜灣協恩中學舉行追思會的時候突然在想，其實有沒有人認得，熟了的土瓜長得像顆紅色或黃色的鵝蛋？我們還等不等得到下一個香港的西西？尤其是《我城》漸漸變成他人之城，西西，香港那些書寫的年輕一代，他們應該抬起頭來仰望誰？

而西西，從流向意識的吳爾芙到垮掉搖滾的佩蒂史密斯，她們都曾經在文字上旋開自己的房間，讓大家把頭探進去。我其實只是好奇，孩子一樣的好奇，西西，你的房間會不會擺滿了你一路收集回來的玩具和動物玩偶呢？我記得我似乎在某一段視頻匆匆帶過的鏡頭裡張望了一眼，你房間的門只是虛掩著呢西西，裡

邊乾淨得彷彿隨時準備離開，隨時準備讓新的房客住進來，而陽光很好，陽光真正好，好得讓我想起你在《畫／話本》裡談起梵谷「在阿爾的臥室」，你說，許多人都看過梵谷《在阿爾的臥室》，可是誰又明白了梵谷的意思？顏色調得那麼春光明媚的一間臥室，我們看到的是梵谷運用色彩的野心，但我們誰又有看到梵谷的焦慮與憂心？他不斷地寫信給他的弟弟，不斷瘋狂地畫畫、畫畫、畫畫，他需要的其實是完全的寧靜，像一間簡樸的臥室一樣的寧靜。但我們只是評論那房間的顏色和擺設，評論梵谷的憂鬱症和精神病，我們都沒有接收到梵谷發出他的腦袋需要一間房間好好休息的訊息——你也一樣不是嗎西西？你在一首叫〈疲乏〉的詩裡說，「並不是我的軀體我的上下身需要休息，需要休息的是我的腦袋，千千萬萬個問號是非對錯，一直如影隨形，撕裂著你我的神經」。西西，你的疲乏，不是來自生活，而是如何好好地和生活和平相處。

就好像你住了好多好多年的美利大廈，你從學校教完書回來伏在廚房的桌子上寫書，我們都說西西是多麼簡樸多麼不追求物質的一個作家啊，鍥而不捨，馬不停蹄，可我們又有誰想過好不好給你換一個稍微舒適一點的環境，讓你可以養貓，讓你可以好好看書畫圖寫字縫熊製猿猴？然後西西，你當然不會回來了，你提著一個簡便的篋子，裡面沒有衣服，只有半本還沒有完成的書——篋中猶有未成書，西西，我們往後難免會經常懷念起女孩抽開的兩隻腳，還有女孩永遠消失的、筆直的裙角。將來當我們

看見孩子們跳進第九個飛機格子，然後必須轉過身，摸到格子裡的石頭或手帕才算勝利的時候，西西，我們實在沒有辦法不想起你。童年的遊戲是傳承是延續，是把童真童趣延續下去，可是我們拿什麼來延續你呢西西。模仿西西不容易。而最不容易模仿的是你行文的節奏和語氣。因為你的心裡面西西，我聽見有一座滴答滴答的潛水艇，潛得那麼深那麼沉，那麼地沉靜入定，就只為了映照你清澈得空無一人的內心啊西西。文字的節奏也許還可以慢慢調整，像替樂器調音一樣，一節一節慢慢地調，可是西西你把一件事情徐徐敘述的語氣，才是最難捕抓最難模仿最難抄襲。

何況西西，你的文字從來不注重擺盤，就像農夫們的晚餐，沒有昂貴的碟子沒有精美的裝飾，樸素就好，家常就好。所以你每一次端出來，都是最有機的蔬食，都足於餵飽一大群等待著被你馴服的食字獸。甚至西西——我發現你連標點符號也特別克制，除非逼不得已，否則幾乎不用像雨點一樣打下來的感嘆號，就連問號，也都總是能免則免，小心翼翼。因此我一直在猜，如果你還在，還堅持用最樸素的文字去實驗最讓人驚愕的題材——西西，我知道你不貪心，但我也知道你非常貪新，不喜歡老是用同一個方式去說故事，覺得那樣子太無聊太乏味太沒趣，那《欽天監》之後，你其實打算給我們再說一個什麼樣的故事呢西西？而你一直是那麼的喜歡卡爾維諾，一再地告訴我們卡爾維諾的小說《命運交織的城堡》多麼有趣，他講故事的方式，就好像吉普賽人算命似的，牌面上的國王、王后和隨從，還有隱士、騎士、小

丑和魔法師，一個個都可以建構他們的命運，然後再來解構他們的故事。

　　因此你會不會寫一個吉普賽人攤展紙牌算命的故事呢西西，用理直氣壯的西洋相術，對應欽天監觀察天象、推算節氣、制定曆法的種種線索？而這麼個樣子說故事的方式，西西，我相信你在構思的時候，就已經享受著被小說情節牽著走的不確定性。而作者，不都應該像一個算命師嗎西西？可以算出一個人的未來有什麼會接踵而來，以及一個人物和另一個人物的交匯和重疊，繼而迸發出來的故事。我唯一想問的是，西西，你有沒有嚮往過愛情？像玫瑰嚮往一座素淨的靈堂？像愚笨的大象嚮往一隻摔破的花瓶？我常想起你在《我城》裡面寫的，因為困惑，因為壓迫，因為迷失，所以潛意識裡都渴望用劍把整個城市的包裹一個個割開，切斷那些把物體捆扎起來的繩索，割破那些封閉物體的布幕——生命本來不就是為了在不同的階段接收一個又一個命運快遞過來的包裹嗎西西？在割開包裹之前，永遠不知道包裹裡面包著的是什麼。西西，謝謝你替我們朝天空割開一道裂口，看見光包裹著的字粒，一粒一粒，**轟**然一聲，從天灑落，普照大地。

蘇燕婷

怎麼，西西也走了

這幾年真的好多香港作家香港藝人，一個個，離世了。雖然，他們的離去，不會對我的生活造成直接的影響或傷害，然若有所失這種感覺，也足以讓人靜默好久。我的日常生活照樣匍匐前進，回憶這隻精靈卻不定時在眼前蹦跳，就有點小麻煩了。想起曾經見過劉以鬯那瘦小身影，曾經遠距離望著也斯，曾經廢寢忘食追看金庸和倪匡小說，曾經沉迷看港劇聽粵語歌。因此，香港作家和藝人的離世，我總是會若有所思。

（怎麼，2022年底之際，突然輪到西西遠走了。你能告訴我為什麼嗎？我第一次接觸西西小說，是朋友送了一本《美麗大廈》給我。）

蘇燕婷，馬來西亞人，廣州中山大學文學博士。曾任職於報館、小學、學院，現為廈門大學（馬來西亞分校）中文高級講師，著有散文集《城光魅影》。

也許，那都是曾經美好的年少時光，緩慢而悠長地衝擊腦袋，速度雖緩力量卻大，不可小覷。有時候意識流又帶我走向美麗而憂傷的南方，莫名地想起坐在嘛嘛檔給我寫信的身影。有時候在書頁字裡行間擦身而過，尋找一則武俠和科幻傳奇。有時候開車聽到「怎去開始解釋這段情／寫一首關於你的詩」，憂傷浮動，如年底綿綿不斷的雨。

　　（閱讀西西，也是一份年少的美好。讀著讀著，《美麗大廈》的日常中蘊含的不平凡，也深深吸引著我。結果，對西西作品是越看越多越買越多。）

　　提起憂傷，總會讓人想起〈像我這樣的一個女子〉，我第一次讀這篇小說，思緒跟著人物緩緩行走，沒有波瀾起伏，但總有一絲黯然之意在眼前浸染。直到結尾那一句「他是不知道的，在我們這個行業之中，花朵，就是訣別的意思」，所有的感傷就在此凝聚，如氣體遇冷化為水，化為綿綿細雨，心底頭頂灑了一片無形的雨。

　　因此，閱讀西西，是美麗與哀愁、日常與沉重、輕鬆與緩慢互為映照的。你看，〈星期日的早晨〉、〈櫥窗〉、〈毛熊旅行國〉是不是有一種輕盈走在憂傷的前方呢？我曾經想，這樣的一個作家，是有著怎樣的溫度呢？如果見到她，該說些什麼好呢？

　　我去了香港好幾次，開會或行走，遇見文藝界人物，或者更多擦肩而過的市民，唯獨不曾見過西西。當然，她的深居簡出是因素之一，我更願把這樣的緣慳一面放在緣分的鐘錶，我們的長短針始終沒有遇見。

（我不但閱讀西西研究西西，也在教學上選讀西西，所以，她的《我城》、《美麗大廈》、《母魚》、《哀悼乳房》、《白髮阿娥及其他》、《西西詩集》、《我的喬治亞》、《縫熊志》等等作品，逐步逐步佔領我的書架，我心歡喜。這麼多年來，我看著她的作品題材和手法的變化，看到作者漸次年長卻依然留有一份純樸之心，更看到讀者如我的年齡與回憶按正比而增加。）

如果遇見你，在這尋找自我的時刻，遇見某個作品並與之產生心靈聯繫，應該是很奇妙的事，我慶幸我遇見西西的作品。或許因為我在她的文字裡找到一種黑暗中的暖意，和我的個性接近，一種比較願意天真地相信世界還有一絲美好。有時候，不提不聽黑暗扭曲不是因為不相信，而是重複訴說只聽見自己的無能為力。我不是鬥士，只是弱者；但我知道人心有一處柔軟，在堅持一定原則底下，我以退隱江湖之心遠離黑暗，以天藍湖碧洗刷脆弱。

西西當然比我勇敢許多，她孜孜不倦寫了那麼多作品，寫出一代又一代人的心聲。西西的文字溫和，卻句句到肉，一句一句在我心扉旋轉。我讀到一種熟悉和勇氣，一種讓自己撐下去的力量。最終你會發現，遇見或者不見，其實我們在文字裡，都會碰撞出石榴暗紅之美，烹煮出雞蛋牛油之香，縫製出無數可愛又有文化氣息的熊。

正如董啟章在悼念西西的文章中也寫道：「始終感到你和我們同在」；「你令我們相信文字」；「在你創造的世界裡，死亡，就

是重生的意思」，這幾句話彷彿給自己的若有所思找到一個出口，一個思考的甬道。董啟章與西西同為香港作家，他卻也只見過西西一次，但是他在這二十多年裡寫了無數與西西有關的文字。我和他們素未謀面，卻同樣感受到「天佑我城」的共同情感線在不同時代不同時空，流傳流竄。

你有發現嗎，那些熊在甬道裡遊走流走，是一道新的城市風景線嗎？毛毛熊對我來說，是精品店購物中心必定找到的商品，是女生總會收到的生日禮物，是帶去旅行的小同伴。西西的熊不但是文化演繹者，更是見證者。他們穿著特製衣服，貫穿古今，周遊列國，守護我城，療癒西西。

（去年年尾，我在PPT的「西西簡介」中加上「2022」這個數字，心中滋生怪異惆悵之感。因為這一寫，就是無法改動的數字，人，永遠也不會回來了。）

悠悠長長年老歲月一天天向我靠攏，細細膩膩年輕記憶一滴滴朝雲飛去，我知道，再也沒有人送我西西的書，再也沒有俏黃蓉煮飯給洪七公吃，坐在嘛嘛檔給我寫信的南方身影，也不會回來了。

有一天，我們會在世界某個角落遇見彼此，也許。有一天，我們在彼此心裡某個空間相遇，永恆。

原載於《星洲日報・文藝春秋》，2023年1月13日。

潘金英

邁步前進：生活啟示

　　走在土瓜灣的舊建築和公園附近的路上，你曾見過一個瘦小的婆婆，頭髮灰白，披著圍巾，蹣跚地經過嗎？她外表年老平凡，也許你從不為意，自己竟曾與大作家西西擦身而過呢！

　　西西和她父親一樣愛足球，想不到竟選了今屆世界盃冠軍爭勝日，唱起天堂之歌，飄雲而去呢！

　　她一生重視文學，摘取過國際上重要的文學獎，兩岸佈滿了欣賞她作品的粉絲，我姐妹倆就是其中的仰慕者。我們知道西西不喜受打擾，不宜像一般粉絲對偶像般貼近，我們愛和她文字相知，心意互通；靜心埋頭閱讀她的佳作；英明敬佩她在八十多高齡，仍力寫長篇《欽天監》，新著極具份量及魅力。以前我初讀西

潘金英，香港兒童文學作家，與姊妹潘明珠有「格林姊妹」之美譽。

西自傳體小說《候鳥》就喜歡她了，今再讀又深受感動。小說內容架構和文字功力獨特，在時間、空間與回憶中，讓我們認識人對遷徙到另一座城市的深刻感受，震動讀者心弦！

內容以女孩素素第一人稱「我」敘事，以自傳憶舊之筆抒寫抗日戰爭殘酷無情，家人為逃避戰禍而遷徙等種種可喜可悲的經歷及看法，真切動人，當中隱隱流露出對童年的留戀，和寄望將來的積極樂觀態度。

《候鳥》各章以短詩開始，交代出人有如候鳥一樣，從一地遷徙到另一地，她由北到南，從稚齡到成長，筆觸跨越了隔代的歷史感情，文字平淡卻情懷真摯，語言收放自如而可細味。

西西寫出了她（素素）南移香港的強烈印象，素素熱愛生活，對身邊事物好奇、關懷，自奉儉約、勤誠，對人寬容諒解，完全反映出西西的品性；閱讀此書，使人對生活有美好的企盼和自足之樂。

《候鳥》所寫反映出香港上世紀七十至八十年代之現實生活，充滿了作者對小城日常生活的觀察，顯現了她對人事萬物的驚訝，有情和憶念，深具真情實感。書內貫穿了西西樸實地快樂生活的主題，反映出她對生活的正面態度：她遇過不少困難、挫折；但她不怕，還勇敢地去解決它們。這正是西西作品對我們的啟示！

《候鳥》書影

回顧西西一生生活環境一般，卻疾病纏身，但她對生活的要求很踏實樸素，她仍努力繼續寫作，而且寫出精彩巨著；她一生自求多福，活得知足常樂，無悔無怨，令人欽佩！

　　兔年將臨，願我效法她邁開健步，不怕障礙困難，勇闖前路抗逆境！互勉！

原載於《文匯報》，2023 年 1 月 16 日。

何福仁

西西，精彩的一生

　　十多年前瘂弦給我的信，談到西西，他說：「西西的文學成就已超過張愛玲，早已超過了」，我以為這是大編輯的客氣話，並不示人，信也隨便夾進書本裡。直至最近我看他的回憶錄，講述自己十七歲離開故鄉，離開父母，從內地到台灣，從此和親人隔絕，許多年後老了，才得以重訪舊地，父母早已不在，種種辛酸悲苦，他娓娓細說，毋寧是他那一輩人亂離的寫照。其中有一段提及香港，提到西西，他說：

> 西西在香港是地下文學，一般人都不知道有西西這隻野而又野的鳳凰，有香港人還以為西西是台灣作家呢。西西聽了很高興，說：「不要改了，我就是台灣作家！」西西是小說大家。我認為她的小說的多樣性和現代性超過張愛玲。

何福仁，香港作家、詩人，作品甚豐，例如詩集《如果落向牛頓腦袋的不是蘋果》、《花草箋》，散文集《上帝的角度》，評論集《浮城1.2.3——西西小說新析》等等，主編西西《動物嘉年華》獲香港出版雙年獎出版大獎（2023），即將出版文集《西西，這樣的一位作家》。

瘂弦寫給何福仁的信

　　我這才相信，這是他誠意的真心話。兩張，西西也本姓張，文學上的表現不同，這關乎文學觀以至人生觀，但各有所好，毋須分軒輊。要補貼的是，當年，1989年，港府編印的《香港年鑑》，的確稱西西為台灣作家，那是某些讀一點書可又不加細究的寫手，把張冠誤戴。其實瘂弦當年寫信給西西，把西西的「美利大廈」寫成「美麗大廈」，信仍然收到，這美麗的錯誤，或竟是刻意

的也未可知，同樣地，也就「不要改了」。西西並且轉化，寫出長篇《美麗大廈》。從《中國學生周報》、《快報》、《星島日報》、《大拇指》，到《素葉文學》等等，在許多報章、周刊寫過無數專欄，六十多年來，只有臨近八十歲才停止，集中心力寫《欽天監》。香港文學界、文化界，是認識西西的。她絕對不是出口轉內銷。

　　瘂弦拿張愛玲跟西西比較，應是有感於張愛玲的盛名，加上她自己的傳奇身世，小說也得改編電影及其他媒體之助，張愛玲認為「出名要趁早呀！來得太晚的話，快樂也不那麼痛快」。她做到了，然後可能發覺，像她寫的，繁華之後，是蒼涼。西西呢，對此早就並不在乎。楊千嬅的電影《天生一對》說是根據西西原著逐一發表於1989年的《哀悼乳房》（1992年成書），內容與題旨實全無關係。《哀》寫於自己手術後做化療期間，那是哀嘆人類生命力的頹喪，用一種隨筆實錄，鄭樹森所云：「文類的綜合」，可以從不同的角度閱讀，可以自行組合，並提示讀者可以跳讀。有人說這手法來自科塔薩爾（Julio Cortázar）的《跳房子》（Hopscotch），是只見其同，不見其異，科塔薩爾的小說叫人跳到書中某一頁去，那原來是故事更多的支線。《哀》根本就叫人倘讀悶了就終止，轉到其他篇章，化解那種文學不可實用的迷思。這方面，陳麗芬有一篇很精彩的分析：〈天真本色：從西西《哀悼乳房》看一種女性文體〉，收於《西西研究資料》。

　　張愛玲和西西的分別就在這裡，張的作品有戲劇的故事性，從第一篇〈第一爐香〉開始，文字已然成熟，絕好，風格自始不

變。要說現代主義，她才是典型。西西走的是迥異不同的路，在思考「說什麼」的同時，更重視「怎麼說」，於是一篇一貌，不斷創新。西西曾自言：

> 寫小說，一是新內容，一是新手法，兩樣都沒有，我就不要寫了。

內容和手法互為表裡，而不是為新而新，那形式，是貼切內容的形式；內容，是形式實現了的內容（achieved content）。所有後現代的寫法，她都有所表現。討論張愛玲的小說，大多發掘其「說什麼」，討論西西的，則非探究美學形式不可。

這當然不是張愛玲的錯，更不是西西的。不過，兩人對香港的意義來說，大大不同，張愛玲筆下的香港，是借來的地方，這是她成就其愛情故事的「他城」。半年前因許鞍華的電影《第一爐香》，曾和幾位朋友聊到這小說。我覺得張愛玲的筆調是調侃的，對中西混雜的香港，並無好感。電影中僕人被逐，家人到來懇求，下等人家也說國語，化成影像反而突顯小說的問題。無論原著與改編，都無視香港獨特之處。眾聲複調，不是更恰當嗎？語言，是我們棲居之所。對不起，這其實是我對張愛玲多年來的想法，四十七年前《大拇指》創刊之初，我編書話版，有一期請大家談談張愛玲，我大概寫：我佩服，但不喜歡。

咖啡或茶，真的各有口味。那種異鄉過客的角度，本無不妥，但對一個地方，外看與內看，原來並不一樣。例如，我在此

地出生、成長，就不會用這種角度。這本來是一個hybrid的城市，這是它的不好處，豈知同時是好處。這和什麼「戀殖」無關。舉一生活的實例，香港人的嫁娶，包括不少上流社會的有錢人，早上在教堂行禮，向父母輩跪拜奉茶，晚上在中式酒樓設宴，不會覺得古怪、尷尬。回歸以前，有香港人諷刺這種中西合璧？有，絕少，反而覺得自然而然。例子還有許許多多。連載於1975年的《我城》（1979年出書），那些年輕人深愛這土地，説：「我喜歡這城市的天空／我喜歡這城市的海／我喜歡這城市的路」，歸結為「天佑我城」。他們誠懇地生活，努力地工作。生活，從來沒有既定的答案。

西西1950年十二歲來港，在香港成長，寫作，她是從內裡看出來，在英人治下，於是有身份的思考，有城籍的困惑，悲與喜、失落與期盼交集，不能簡化，更不能一刀切。她一生也是誠懇地生活，努力地工作，低調，毫不張揚，為這城市塑造了一個豐富而鮮活的文學形象。最近有人告訴我，她是香港文學史第一人，我加上之一，因為第一太多了；而且，還要看誰寫的文學史。

楊牧生前1998年曾寫信給西西，他説：

當今文學界能創作新境界新思想，而有新結構與方法加以完成者，實已無多（或者根本沒有），你的實驗突破莫非是同輩朋友最大的希望、啟示乎？我常對朋友説，西西為香港五十年的文化創造了一獨特的氣象，管它中國不中國，台灣不台灣？

楊牧寫給西西的信

是的，西西已經完成了，由其他人寫下去。正如她的《我的喬治亞》（2008），那是只有香港人才能寫的小說，更只有西西，因為她的確經營過這麼一個喬治亞微型屋。這屋子如今由香港中文大學圖書館收藏，還包括若干她手作的毛熊。這小說其實是一則寓言。我們獲得一個微型屋的框架，框架裡的內容還需我們DIY。我們總是努力營建自己理想的家，理想不盡同，且受歷史地理各種各樣條件的制約，但不是說我們毋須努力也無能為力。而建設、創造是持續不斷的過程，學習、認知、試錯、修訂，永遠沒有完成。這小說是開放式的，正在寫，一直寫，豈獨西西一個人，其他香港人都參與了。

2022年12月15日西西入院，主診醫生斷定她心臟衰竭，找來心臟專科醫生看護。因呼吸困難，翌日在喉頸下開一孔，手術做完，她還有氣力對醫生說：多謝你。17日晚上，還可以放下氧氣管，吃了兩杯碎飯，印傭問她好吃嗎，她會説：好吃，多謝；總是這樣。她從不抱怨。年來她有點認知障礙，我早、午探她，進門就問她我是誰，她會説阿叔。這是多年來跟隨後輩的稱呼。她總認得我。一次她默然不語，我很難過。再追問，她説：我假扮唔認識你。

深夜三時多，醫院突然來電，囑我趕去，並要我急找她的親屬。我到醫院時，西西已不能説話，兩眼還是張開的，我告訴她一切放心，認識她是我一生最大的運氣。我開始重溫我們去過許多的地方，她總帶她小小的黃飛熊。又和朋友許多年來的歡聚。

延至18日早上8時15分，西西辭世，享年八十五歲（1937–2022）。到親屬到來，都住得較遠，逐一跟她告別時，她已閉上眼睛，但她是聽到的，我們相信。她過了精彩，愉快，有趣，又有意義的一生。

原載於《明報・星期日生活》，2022年12月25日。

第三輯

詩悼西西

送別

好喜歡的那位

穿著傘裙的小女孩

勾起一腿

沿著地上的數字

又玩起跳飛機的遊戲來了

1 2 3

這一躍

便躍到天上

飛土捏成的

彩虹裡

田泥，原名邱佩華，香港人，藝術及文化愛好者。

後面跟著的

還有

黃飛熊、啞巴和他的毛蟲、

牛尾巴髮辮的女孩、白髮阿娥……

猿猴牠們坐著飛氈趕過來了

被踢下樓的貓咪

也追趕大隊的尾巴

向雲霞的另一端大踏步

地上的人

有著如同植物的向光性

太陽花一樣的

抬頭仰望

像你這樣的一個女子

在陽光的照射下

淚水成了閃爍的水珠

充盈整個天空

映照出

你所繪畫的

美麗的蜃樓

好想送你滿滿的
一束花

你說過
花朵

就是訣別的意思

2023 年 1 月

飲江

掛網
——「吾愛美斯，尤愛美斯擁躉」（懷西西）

不去貶抑他人

而成就你自己

這並不容易但

你的對手做得到

你的對手學你

學了你一半

就能做得到

飲江，原名劉以正，香港詩人，生於香港，曾創
辦《九分壹》詩刊。曾獲青年文學獎、工人文學
獎、職青文學獎、香港中文文學雙年獎等詩歌創
作獎獎項。

你看多麼容易

他才學了你一半

就能替你

成就你自己

如果這也算是貶抑

最低限度　有一半不是

如果要貶抑對手

也留一半給自己

世界盃就係咁樣打起㗎

（仲有人睇嘅？）

如果而家冇

將來一定有

龍門搬來搬去

個龍門係你搬來嘅

嗰個係掛網波

個波

同埋星星

你掛上去

你為你族群爭氣

你為你家國爭氣

你發現你自己

又不是你自己

不只是你自己

元宇宙別有

一次元

（外次元？）

就像著裙

跳飛機

浮城

飛氈上

著裙　　跳舞　　跳傘

跳飛機

行行企企

球場如戰場

戰場如波地

戰場最好如波地

波地搭棚搬演

神功戲

海心有廟
鬍子有臉
百萬軍中
六國探戈藏阿斗
和像我這樣的
一個擁躉
和你

一眾街坊
一眾生靈
imagine all the people
同聲唱贊

沒什麼了不起
又真係了不起

原載於「虛詞・悼念西西詩輯」，2023年2月3日。

陳麗娟

雪花玻璃球
—— 悼念西西

雪花玻璃球裡

一個小女孩跳著飛機

一個老女孩跳著飛機

雪花球很小

我把它握在掌心

雪花球很大

裡面蓋了很多喬治亞房子

住著大大小小的灰熊

頑皮的巨人

看到外表馴良無害的小女孩

陳麗娟，香港作家、詩人，畢業於香港中文大學
及皇家墨爾本理工大學，分別主修英文和藝術。
著有詩集《有貓在歌唱》和散文集《不能抵達的京
都》。

拿起雪花球猛搖

本來放晴的天色就颳起暴風雪

巨人不知道

你是個掉到河裡給撈回來的孩子

任他怎樣搖動世界

一切傷痛、衰老，虛弱

紛紛刻進

你堅實的核桃，化成版畫

而你美好如初

而你的城

也是我們的城

懸在半空如一顆老杏仁

此刻也在被搖晃的雪花玻璃球裡

而球裡的我們

把藏著你的雪花球

緊緊握在手心

印在我們急速跳動、溫熱的心窩裡。

2022 年 12 月 29 日

原載於「虛詞・悼念西西詩輯」，2023 年 2 月 3 日。

關夢南

懷念西西

又下雨了

天戴著一方薄薄的黑紗

想起你走了

城市仍活著

走可以很沉重

但也可以很輕巧

你最後把記憶還給記憶

也許就沒有什麼牽掛了

包括美麗的朋友

你曾經擁有

關夢南，原名關木衡，香港詩人、作家、資深文學編輯。曾創辦《秋螢詩刊》，現任《香港中學生文藝月刊》、《大頭菜文藝月刊》及《香港小學生文藝月刊》等主編。曾獲大拇指詩獎、香港中文文學雙年獎。

你曾經被擁有

你放不下的

或者是這個共生的城市

你居住過大半個世紀

的街道和店鋪

或者你不知道

城市因為你的塗鴉

變得比以前更可愛了

現在七十幾歲的我

也開始學跳飛機了

跳得不好

就捉去餵老虎吧

可惜的是：我們住得這麼近

車程不過十五二十分鐘

旺角到土瓜灣

如果站在屋頂放紙鳶

風一順　你也許抬頭就看得見

怎麼一生就只見過三次面？

彌敦道旋轉餐廳飲下午茶

你說我寫得「好」

文青的我一直記著

但抱歉：我沒有經你同意

選了你的詩

還有兩篇散文

一直欠你一句「對不起」

你不但沒有怪我

還多次投稿

還在談香港詩的時候

說我是其中的一個名字

「好人中的好人

作家中的作家」

福仔說得一點沒錯

天又下雨了

懷念如斗零

歌曰：「瀟灑紅塵走一回」

你卻給我們上了

平靜的一課

後記

最近不快樂，寫出來，詩或不好，卻舒服多了。

原載於「虛詞．悼念西西詩輯」，2023 年 2 月 3 日。

羅貴祥

望春
── 懷我城的一位作家

人去了而文字還在

想法與記憶親近

緣是陪伴成長的一部分

就算未見真身只是讀著無時無刻的再現

從學堂到更大的學堂

到不再當學生的學堂

兩條腿由一格跳往

又一格

再一格

起伏的旅途

這樣長

這樣長的旅途

羅貴祥，現為香港浸會大學人文及創作系教授及系主任，著有小說集《夜行紀錄》、《有時沒口哨》、《欲望肚臍眼》，詩集《記憶暫時收藏》，散文集《非虛構作業》等。

直至浮城殞落

移植的草木被喚做深林

花兒花兒以露珠掩飾失態的愁容

小鳥小鳥撲撲的心是驚悸的震波

毛毛熊化身信鴿穿過硝煙彈雨

猿猴在黃金分割線上拐步獨行

什麼都在發生

什麼也沒發生

冷鋒削落更多稀薄的銀髮

用左手的女子

再紮不起纏絲髮髻了

然而還有候鳥念念不忘

歲歲回歸

又有花團重情重義

季季盛放

城欲破土

覓春曉

不仰賴陽光的亮麗菌

縱有蛛絲馬跡也毫不懷疑

迎向重生

管它更近消亡

原載於《無形》第 58 期，2023 年 2 月。

劉偉成

腦霧小熊
—— 協助整理西西故居有感

我來自一家書店叫鬼屋

是那來交流的香港學人

跟來採訪的記者小妹說

就送這隻小熊吧，雖然

她已擁有許多幸福的熊

無論親手縫或旅途上買

我就如此給送往縫熊師的家

還躊躇應否像綠野的稻草人

要求她給我縫進清晰的腦筋

劉偉成，香港作家、詩人、資深編輯，香港浸會大學人文及創作系哲學博士。近作有散文集《影之忘返》、詩集《果實微溫》。曾獲香港中文文學雙年獎、香港藝術發展獎藝術家年獎（文學藝術）。

驅走腦內霧一樣的幢幢鬼影
感覺如此心中才能踏實一點
家的想望才能在記憶中登錄

縫熊師沒有給我動開腦手術
只把我安置在散發木香的櫃
從玻璃門外望小廳可以看見
那小屋中的鬈髮娃娃叫湯姆
常偷看外邊另類比例的世界
像我一樣腦中升起搖籃的霧

湯姆的眼神還是喜懼交雜
腦中的霧大概泛起躊躇藍
縫熊師以念語說不用手術
她示範了當巨人不用狂喜
即使當上小物也無須驚惶
每個身份都值得淺斟細味

縫熊師沒有替我們動手術
她每天用左手寫出許多字
寫下巨人摒棄的眾多細部
寫下小物不用自憐的叮嚀

即使再狂妄和卑微的眼光

也有可看的風景猶在等待

縫熊師以念語告訴我們

不用手術，只要把風景

化為投射到未來的聯想

腦霧便會散去重現日出

說她寫字看似辛苦地爬

心中卻是快樂的跳飛機

說著說著，腦中便浮現

一個家的畫面還有日出

在對面的櫃頂悠悠升起

只是家中心的縫熊師的形象

又開始模糊，很久沒有聽到

她的念語了，湯姆跟他的屋

給搬到了圖書館收藏，不知

他可有想起我？我再沒聽到

其他腦袋以念語撞擊出新意

可不可以請一舞衣女子答話

可不可以請一板黑貓答話

可不可以請一屋森林家族答話

可不可以請一蓋綠水鴨答話

可不可以請一朵面具公主答話

縫熊師啊！可否讓我們的念語

在你的腦中重聚？

你是否化成了

我們腦中不散的霧？

寫於 2023 年 4 月 2 日

原載於「虛詞」，2023 年 4 月 28 日。

2017年為愛荷華大學國際作家工作坊50週年，黃怡以記者身份來愛荷華訪問筆者。一天黃怡跟我說：「今天是西西生日！」我們便一起給西西買了圖中的小熊。由於西西曾經獲邀到愛荷華參加這個工作坊，只是她因事婉拒。當然像西西這樣的作家，根本不用愛荷華的肯定，但我們說帶著小熊去聽大學裡的當代世界文學課，然後再送給西西，增加小熊的紀念價值。筆者後來也寫了一首〈帶小熊去聽當今世界文學課〉，收在詩集《果實微溫》。

後來見到何福仁在臉書上發佈這相片，黃怡寄信息要我留意我們送西西的小熊就放在後面飾櫃第一層。那時我便聯想到西西在《我的喬治亞》裡寫到娃娃屋中的湯姆少爺會從窗口偷看廳中的電視，所以詩中也寫到小熊從櫃裡看廳中景況。因協助整理西西遺物，有機會到西西故居，發覺小熊已不在了，突然傷感起來，遂有這首〈腦霧小熊〉。

周天派指導裕廊先驅初級學院學生集體即興創作

可不可以不說
—— 仿西西

可不可以說

一門光

一條無限

可不可以說

一間生活

一座面罩

可不可以說

一團廢話

一列哈欠

2021年裕廊先驅初級學院高一語特班創作課學生包括：廖蘊熹、張博文、黃溫惠、楊梓琳、洪巧宣、鄧凱尹、陳星好、林志愿、朱琛秋、俞子珞、李燕煊、陳作翔、汪德峰、芊釂瀛。

可不可以説

一尊毀滅

一劑歲月

可不可以説

一瓶往事

一位插座

可不可以説

一滴甜蜜

一根太陽

可不可以説

一絲茫

一輪希望

可不可以説

一層音樂

一幅悲傷

可不可以說
一株欲望
一朵墮落

可不可以說
一棵人
一架聲音

可不可以說
一場深黑
一道絕望

可不可以說
一台爸爸
一頓衰老

可不可以說
一碗睡眠
一艘天花板

可不可以説

一手和煦

一坨邪惡

可不可以説

一堆等

兩幅人格

可不可以説

一陣你

一會我

後記

近年指導學生創作時，常以詩人管管〈荷〉與西西〈可不可以説〉
二首名詩舉例，讓年輕創作者感受語言趣味的同時，背後蘊藏及
撞擊出的無限可能和詩意。下課前五到十分鐘，學生拿起紙筆即
興創作，完成小詩習作。其中有一屆學生的成品特別令人驚豔，
學生主要來自於新加坡、馬來西亞、中國等地。課後調整個別順
序，排列為〈可不可以不説〉此首集體即興創作。謹以此詩紀念相
繼離世遠遊的管管和西西。——周天派

第四輯

西西與我城

陳智德

與西西從容出入於浮城

　　1983年9月，我在報攤買到一份《大拇指》半月刊，之後每期都買來讀，讀到11月號許迪鏘談《大拇指》八週年的短文，我才知道這刊物已辦了八年，由1975年的《大拇指》周報演變為我手上的《大拇指》半月刊，我應該早一點買來讀才對啊！當時我剛由小六升上中一，在報攤，在那往返油麻地和旺角的夜路上，很容易就遇到報攤，我買漫畫，也買《突破》、《年青人周報》和《大拇指》半月刊，在跌宕的街燈與枱燈之間，我逐漸記住了西西、也斯、何福仁、許迪鏘、關夢南、葉輝、馬若、鄧阿藍、陳錦昌、飲江、洛楓等等作家的名字。

陳智德，香港嶺南大學哲學博士，曾任香港教育大學文學及文化學系副教授，現任台灣清華大學中國文學系副教授。著有《根著我城 —— 戰後至2000年代的香港文學》、《板蕩時代的抒情 —— 抗戰時期的香港與文學》，散文集《地文誌》、《樂文誌》、《抗世詩話》、《這時代的文學》等。

不久，在旺角的二樓書店，田園、學津、貽善堂，我陸續買到素葉版「文學叢書」中的《我城》、《石磬》、《春望》和《哨鹿》，彷彿一一呼應我在《大拇指》半月刊感受到的文字風格，它們鮮活、求新，生活化，像《石磬》中的〈快餐店〉、〈花墟〉、〈美麗大廈〉，也暗藏一些對世俗的抗衡，像〈可不可以說〉這詩，即使我初讀時只是個中一學生，卻完全理解當中未有說出的反抗性，我最喜歡讀到詩的末段有這樣的句字：「可不可以說／一頭訓導主任／一隻七省巡按／一匹將軍／一尾皇帝？」在那轉換量詞的輕快節奏中，不明言卻引導著對於主流威權形象的顛覆，讀來使人痛快，因為在我心目中，學校那位訓導主任，實在早已是「一頭訓導主任」了。我也喜歡〈我聽懂了〉這首詩的結束處：「如果千般的愛只有一種／語言／我已經聽懂了，並且／跟從你說過一遍」，這樣深刻卻又制約著情感的語言，真的與我當時在中國語文課本上讀到五四初期新詩近乎濫情的詩句很不同。〈我聽懂了〉這詩的副題是「給我的外文老師S姑娘」，我也很希望有機會向《石磬》這書中、另類老師一般的西西說，我在當時已經讀懂了，並且，願意跟從你說過一遍。

　　在《大拇指》半月刊，有一次我讀到西西的〈關於「木蘭詩」〉一文，印象深刻因為當時在學校的中國語文課堂上，老師講到〈木蘭辭〉這課文，我正好可以由西西的文章對比學校老師的講解，所得當然很不一樣，特別是西西對〈木蘭辭〉的「女亦無所思，女亦無所憶」這句，從女性角度提出很不一樣的解讀，我愈

發感到,《大拇指》半月刊、素葉版「文學叢書」以及眾多我從書店認識的香港作家名字,將為我帶來從根本上迥異於教科書以至整個教育建制設定了套路的、完全不一樣的文藝生命路徑。

西西這一輩戰後在香港成長一代作家,包括崑南、蔡炎培、也斯、飲江、鍾玲玲、何福仁、關夢南、葉輝、許迪鏘等等許多位,承接南來作家於五六十年代的《人人文學》、《中國學生周報》、《文藝新潮》等刊物播遷至香港的文藝,進而吸收西方現代思潮、呼應本地情懷,創建出《新思潮》、《好望角》、《秋螢》、《四季》、《詩風》、《大拇指》、《素葉文學》等等由香港戰後一代主導的文藝刊物,以其現代而創發性的文化視野,形成一個生成於民間的公共文化空間。西西這一輩作家的特色,是特別講究鮮活而獨立的角度,不滿足於定見,更抗衡建制、潮流和世俗,他們所創造出來的「香港文學」,絕不只是香港一地發表或有關香港一地之文藝,更是一種與香港共同成長的精神、視野和文化態度,他們寫出的亦不只是一篇一篇在香港發表或有關香港的文藝創作,而是一種有別於教育建制和世俗潮流的文化、一種獨立的知識進程。這群香港作家的傳播和影響力,大概無法與教育建制和世俗潮流匹敵,但只要讀者真正有心接觸、理解,必隨著他們進入一道不一樣的香港文化門廊、一種新的文化領域。

七十年代的西西,自六十年代的〈異症〉、《東城故事》所代表的存在主義式虛無風格中掙脫,創出《我城》、〈玩具〉、〈星期日的早晨〉等等展現鮮活語言新風格的小說,尤其《我城》以出殯和遷

居而開展的故事，終結束於電話線的安裝接通，經過對歷史記憶的哀悼和肯定、連串社會現象的呈現和批評，展現出一個一個具鮮活形象的青年，整本《我城》的達觀、向上氣氛，是由七十年代青年對文化藝術和社會改革的信念建築而成，使第一章有關出殯的「那麼就再見了呵／我說──就再見了呵」，與第十八章亦是全本小說結束處所說的「那麼就再見了呵。再見白日再見，再見草地再見」，兩種「再見」展現很不一樣的意涵，它們之間也不是二元對立，而是有如硬幣之一體兩面，寄望於人際的溝通、文化的覺醒和多元開放，締造出認清了「無」之後始能直面的一座「我城」。

　　八十年代，西西在〈像我這樣的一個女子〉、〈碗〉、〈感冒〉等小說，寫出香港職業女性面對社會刻板性別觀念上的掙扎，她們自定型的世俗中掙脫出，拒絕接受這世界提供的愛情觀、婚姻觀，哪怕它是一種眾人都認可的潮流：「世界上仍有無數的女子，千方百計地掩飾她們愧失了的貞節和虛長了的年歲，這都是我所鄙視的人物」，西西透過〈像我這樣的一個女子〉寫出她對世俗和潮流的拒絕，某程度上，是與她自《我城》到〈浮城誌異〉的文化身份省思密切相關的。《我城》裡的阿果，從一次又一次被質疑國籍與身份的過程中，認清了自己是「一個只有城籍的人」，這種七十年代的文化省思，連繫到八十年代中期，因中英對方就「香港前途問題」的談判和《中英聯合聲明》引致的身份迷惘、移民潮等現象，西西以〈浮城誌異〉作回應，小說中的敘事者引用德國作家雷馬克著於1939年的小說《流亡曲》扉頁上的一句：「沒有根

而生活，是需要勇氣的」，寄語總是夢見自己浮在半空的「浮城人」要直面無根、超越無根，再以「明鏡」、「窗子」、「鳥草」和「慧童」等章節，寄喻浮城人要直面本身的「異」，並由這「異」的重新審視以至肯定，始能現出對香港未來的新視野、新想像，就好像「時間」一章中，壁爐下駛出火車的超現實境象。由這閱讀的脈絡中，我體會到西西在〈像我這樣的一個女子〉、〈碗〉、〈感冒〉等小說對女性自主角度的省思，是與她對香港身份的省思相通的，〈像我這樣的一個女子〉對刻板性別觀念的拒絕，也就是〈浮城誌異〉對無根與「異」的直面。

在〈像我這樣的一個女子〉、〈碗〉、〈感冒〉等小說的女性自主省思以外，西西亦對父性的隱退和消亡具深切描繪，這是西西可能被忽略、卻是另一使我驚異的所在，她早於1968年的散文〈港島·我愛〉，已從對先父的懷念引申到地方的變遷和認同：「因為有過你的園已經不再有一點痕跡」、「有一間你愛在窗櫺外蹓躂的伊利，它們也逐漸隱去，而一切就升起來，城市建在城市上，臉蓋著臉」，城市急速發展，最終蓋過了西西對父親回憶的連繫，但西西仍肯定對港島的認同，因為該認同始終與懷念父親的感受並存：「我開始穿一雙紅色的鞋，穿過馬路，和一個你坐在電影院裡。這是一個十分美麗的城，你說。是的，是的，我愛港島，讓我好在明天把你一點一點地忘記。」在〈港島·我愛〉這散文裡，人與地是不能分割的，是共同的情懷，父性的隱退、消亡，同時締結出新的地方認同。

在眾多西西小説的故事角色中，我很欣賞〈玫瑰阿娥的白髮時代〉、〈夢見水蛇的白髮阿娥〉和〈照相館〉中的白髮阿娥，那穿越事物真幻的淡然，但仍在世界詭變中揮不去瞻前顧後的複雜情懷，也許某程度上，反映西西在時代轉折裡的思考。著於 2000 年的〈照相館〉，是從八十年代的〈春望〉伊始的「白髮阿娥系列」小説的最後一篇，白髮阿娥在那老舊屋邨邊陲行將結業的照相館裡獨對舊照，在香港那年代的「舊區重建」背景中，小説瀰漫一片舊人事終止和離散的氣氛，在小説的結束處，當阿娥從沖印底片的黑房走出，照相館的大門出現一位女孩洽拍學生照，女孩的叩門聲彷彿一種香港新一代的叩問，然而小説沒有順應一般人的預期，西西可能根本是有意拒絕這預期，阿娥沒有和叩門的女孩發生任何連結，她只是很輕淡地，著女孩另找他店光顧：「小朋友，對不起，我們的師傅回鄉下去了，你到碼頭那邊的照相館去拍照吧」，就此結束了全篇小説。阿娥拒絕女孩的理由是「師傅回鄉下去了」，實際上是店主要移民、照相館要結束、阿娥一家都要搬，小説的重點在於阿娥的生命回憶和淡然態度，結束在對於叩門女孩的拒絕，同時也暗示著對於未來的拒絕。

　　整個「白髮阿娥系列」小説，結束在拒絕預期一幕，也等於拒絕溫情、繼承、感傷或感動等等的讀者喜好預期，可説是一個十分孤高、又是個十分「西西」的結束。西西畢生拒絕順世、拒絕順應世俗預期的唯一例外，可能是答應陳果紀錄片《我城》的拍攝吧，陳果的《我城》並非不好，只是西西置身各種鏡頭和拍攝程序

的安排當中，大概感到愈來愈厭倦吧，西西始終是拒絕順世的，在她最後留下的《我的喬治亞》、《縫熊志》、《欽天監》幾部作品，還以她一種率性自由而難以逾越的文藝高度。

昔日我從報攤每隔兩週按期買回家的《大拇指》半月刊，慶幸仍有幾份保存至今，可說已是「白髮大拇指」了，它們與許多同樣已殘損、褪色的舊書刊一起，竟隨我身飄移，不過仍是那一道拒絕被設定的文藝生命路徑。但如果可以的話，我還是最嚮往《我城》裡的麥快樂、悠悠、阿果、阿髮、阿游、阿北、阿探和阿傻，一個一個直面無根、特立獨行的青年，彷彿也就是我童年認識的、啟發過我的香港七十年代青年，忘不了那飛揚的生命情調，他們一定活在那自由鮮活的、以文藝或信仰或一切的理想作護照、從容出入於無邊境、無國籍的浮城。

原載於《無形》第 58 期，2023 年 2 月。

梁燕麗

城市寫實和城市寓言

—— 西西筆下香港這座城市

　　在香港導演陳果的紀錄片《我城》中，莫言評價西西的創作是「弱女子寫出大文學」、「小地方寫出大作品」。西西自己則提到從上海到香港，她始終生活在城市，因此主要書寫城市生活。誠然，西西一生執著地為一座城市（香港）寫作，創造出一系列城市文本：《我城》（1975年連載，1979年初版）、〈肥土鎮的故事〉（1982年10月）、〈蘋果〉（1982年11月）、〈鎮咒〉（1984年10月）、〈鬍子有臉〉（1985年10月）、〈浮城誌異〉（1986年4月）、〈宇宙奇趣補遺〉（1988年1月）、《美麗大廈》（1990年6月）、《飛氈》（1996年5月）等。這些作品貫穿西西式的城市理念，在城市文學的探索上走在實驗性前沿，在人城關係的構建上足資典範。

梁燕麗，上海復旦大學中文系教授，主要從事中外戲劇、台港澳文學和世界華人文學的教學與研究。

關於城市的理念或理想，卡爾維諾在《看不見的城市》中寫道：「生者的地域是不會出現的；如果真有，那就是這裡已經有的，是我們天天生活在其中的，是我們集結在一起而形成的。免遭痛苦的辦法有兩種，對於許多人，第一種很容易：接受地域，成為它的一部分，直至感覺不到它的存在；第二種有風險，要求持久的警惕和學習：在地域裡尋找非地域的人和物，學會辨別他們，使他們存在下去，賦予他們空間。」[1] 西西和卡爾維諾有著相近的城市理念，一種積極向上和自省態度，這為西西式的城市文本定下了基調。西西書寫「足下這個小小的城市」，卻接受卡爾維諾、加西亞·馬奎斯、博爾赫斯等世界作家廣泛而深刻的影響。邁克·克朗在文化地理學理論中強調：長久以來，城市多是小說故事的發生地。因此，小說可能包含了對城市更深刻的理解。我們不能僅把小說當作描述城市生活的資料而忽略它的啟發性。西西的城市文本書寫，既用文學方式反映城市的現實和變化，更用理性的眼光發掘城市的內涵和精髓，反省城市的問題和局限，飽含對香港這座城市的洞察、理解和深情，給人以豐富深遠的啟發。在此，我們從城市寫實和城市寓言兩個層面，解析西西諸多文學文本對於香港這座城市的具體書寫和整體把握，以及新型人城關係的探索和構建。

1　城市寫實

《我城》刻畫阿果、阿髮、悠悠、阿游、阿北、阿傻、麥快樂等「年輕人群體」，以城市日常生活和空間書寫，描摹1960至1970年代的城市發展，新的人城關係逐漸形成。書中有一段阿果的自白：「我將來長大了做郵差，做完了郵差做清道夫，做完了清道夫做消防員，做完了消防員做農夫，做完了農夫做漁夫，做完了做警察。」[2]西西以童話寫實視角，只見各行各業城市建設者都是必不可少的，沒有高低貴賤之分，有自己的志業就是有理想有價值的人。阿果們都選擇一個自己喜歡的工作，甚至執著於「一項事業」。阿果加盟電話機構，阿北堅持做木工手藝，阿游以電工的身份隨著輪船遍遊世界；麥快樂做過公園管理員、足球場維護者、電話維修工，總是失業，但他對每份工作保持熱情，用辣椒驅散不快樂；阿傻祈求「天佑我城」，阿髮還是個學生，但她長大了要創造美麗新世界。工作和興趣成為人物個性和人物形象重要的組成部分。「年輕人群體」的努力奮鬥和堅持正義，成為城市無限的活力與希望。

〈肥土鎮的故事〉講述花一花二兩兄弟，在一所海濱大房子做科學實驗，培植出「花朵巨大得可以充滿一個房間」的種子，終於使香港成為肥土鎮。既有寫實，也有超現實的科幻，整體上卻是一個城市寓言：香港人如何用自己的勤勞智慧把足下的廢墟變成種出超級花果和莊稼的肥土，體現「香港製造」的我城意識和歷史認同。《美麗大廈》聚焦一座平民聚居的大廈，細緻入微地展現大廈空間

和私角落。家屋、鄰里、代際，打開城市微空間和褶皺空間，讓語言、聲音、動作、影像雜糅交錯，日常生活和人生悲歡有機縫合，成為香港這座城市的縮影，其「形式和人情之優美，深具令人低徊的魔力」。[3]〈浮城誌異〉則用浮城、驟雨、蘋果、眼睛、花神、翅膀、鳥草、慧童、窗子等豐富的意象群隱喻香港這座城市環環相扣的問題，又用奇跡、課題、時間等話題探討浮城人的焦慮及其背後的實質。如第二節〈奇跡〉，書寫回歸前的香港，無論如何繁花似錦的浮華、富人的天堂、窮人的地域，但所有人的生存狀態本質上都是一種「無根」和「懸浮」狀態。「沒有根而生活，是需要勇氣的」，[4]人們憑著勇氣、意志和信心，建設立足之地的家園和生機勃勃的城市，但西西用懸在半空中的「氫氣球」、童話故事裡的「灰姑娘」、圖畫中的「蘋果只是假象」等意象表達靠著奇跡生活的城市，沒有近慮必有遠憂。西西既肯定港人的辛勤和創造力，又啟發人們關注浮城的前世今生，透過尋根、續根再造城市的未來。〈鎮咒〉寫東方的符咒文化，「中國有符咒，古埃及也有」。[5]在古老的思想中，符咒不僅可以保護人，而且可以保護一片土地，但這是迄今為止尚未被科學所證實的，在現代屬於民俗的範疇。小說寫到神秘兮兮的生電符和生雨符，讀來像是古人與自然交融溝通的一種暗語或密碼，細品頗具生態意識。古老的中國甚至整個東方，被西方中心主義者視為充滿迷信（非理性、非現代），西西沒有迴避這個問題，而是直接在小說中描繪咒語云云，甚至湘西趕屍等無法用理性和科學解釋的奇譚怪事。西西似乎有意借助小說家言敞開這些奇詭，表

達民間民俗視角。但西西絕非要導人迷信，西西說過：「我始終相信人自己，成事抑或敗事，都在於人們自己。」[6]〈鬍子有臉〉中青年熱衷於提出新問題，提問即思考，表現香港新一代充滿好奇的求知欲和探索精神，這或許一時不被世俗理解，卻是未來社會的常態。

《飛氈》繼續寫肥土鎮（香港）的故事，但以精心編織的史詩性敘事，輔以城市空間感架構，縱橫交錯成一個巨大的經緯網絡，一個時空小宇宙，試圖全面立體地展現肥土鎮，思考中西古今交匯的問題。荷蘭水鋪、蓮花茶鋪、紅木家具廠、海濱實驗室對城市細部和具體空間百科全書式的書寫，既是物質的，也是文化的，既是空間的，也是時間的，城市在漫長的歷史過程中逐漸進化，外來的影響與自身的衍變相輔相成，構成肥土鎮的歷史和現實，也造成許多錯綜複雜的矛盾衝突。小說的一個總體喻象是肥土鎮是蹭鞋氈，對巨龍國發揮著舉足輕重的作用。最終西西認定「烏托邦原來就在肥土鎮」。[7]

我城、浮城、浮土鎮、飛土鎮、肥土鎮，都是西西對於香港這座城市在文學文本中的命名。浮土鎮和飛土鎮都是城市寓言，寓意回歸前香港的懸浮狀態。〈宇宙奇趣補遺〉以宇宙視角仰觀俯察肥土鎮：「整塊土地貼附在一頭大海龜的背上，浮來浮去，無所依歸。」[8]「我城」是西西對於城市發展的積極回應，「浮城」是西西夢縈魂牽的憂患意識，「肥土鎮」則是西西對於香港親切的祝福。從比較宏觀的城市主體追尋和人城關係構建角度而言，《我城》、〈肥土鎮的故事〉、〈浮城誌異〉、《飛氈》是西西書寫香港這座城市

一脈相承、甚至構成互文關係的重要文本。香港的故事隨著社會歷史變遷和作家的認知變化而賦形、衍生和深化。散文〈港島‧我愛〉[9]是小說《我城》的先聲，短篇〈肥土鎮的故事〉是長篇《飛氈》的前文本。相對於1970年代新型人城關係初步構建的《我城》，1980年代的〈肥土鎮的故事〉拓展了人城關係的歷史想像和未來想像；而相對於1990年代的鴻篇巨製《飛氈》，〈肥土鎮的故事〉已然是史詩性結構的雛形。在人物形象方面，《飛氈》豐富了花一花二作為理想主義的科學家形象，精神上延續了《我城》中阿果們的赤子型人格。可以說，阿果及其變體、花一花二花初三、鬍子有臉等人物譜系，最能代表具有獨特品格和創新能力的港人形象。如果說《我城》用寫實的筆法充分寫出了城市輕逸美好的形象，那麼《飛氈》更以寓言和象徵方式，充分展現輕盈曼妙得隨時會飛起來的飛氈意象。這是肥土鎮借助一幅氈而飛翔的象喻，但只有那些傾注了織造者的心血、感情、智慧和想像力的氈才可能會飛。

2　城市寓言

　　傳統寓言，指把深奧的道理和寓意寄予假託的故事或自然物，借此喻彼，借小喻大，運用誇張、比擬等修辭方式，說明某個道理或教訓的文學作品或手法。現代寓言，特指文本與意義並非一一對應的關係，而是一對多，以形式和結構的有限性對應寓

意的無限性，因而意蘊相對於文本具有相當的超越性。這是對傳統再現論和表現論思想的一種超越。西西的城市寓言，體現在《我城》、〈蘋果〉、〈浮城誌異〉、〈宇宙奇趣補遺〉、《飛氈》等文本中，往往運用充滿想像力的意象和故事，寄寓她對香港這座城市的深層次感覺、感受和思考。

《我城》第十節，早晨醒來，整個城市的人和物都被塑膠布包裹。這個超現實的想像，顯然是一則城市的現代性寓言。正如卡夫卡的〈變形記〉，格里高爾一早醒來，發現自己變成一隻大甲蟲，最後被所有人拋棄，直至淒涼地死去。現代人看似有序、高效、繁榮的工作和生活，其實人成為生活和工作的機器，孤獨、異化，人性脆弱而不堪一擊，人與人之間疏離、隔膜。在卡夫卡那裡，人突然變成大甲蟲而怠工躺平，甚至噁心秘書主任，這可能是潛意識的壓抑和欲望發洩。在西西這裡，城與人被塑膠布包裹得嚴嚴實實，人們互相聽不見說話，無法溝通和親近，也無處安身和安心，成為流浪者。這可能正是城中人潛意識的焦慮。西西將城市與人的異化變成可見可感的實像，現代性問題被感知。流浪街頭的「你」遇見一個人，手中拿著劍在奮力割切所有的塑膠包裹。那麼，「你」可以選擇塑膠布，自己走進去，讓布把你裹著，這樣，你就和其他的物體一樣成為一個包裹了；「你」也可以選擇劍，用它把整個城市的包裹一個個割開，但是切割開後，包裹們又會立刻自己縫合起來……要不也做包裹，要不把別的包裹割裂，這使我們想起上文所提到的卡爾維諾的城市理念中免遭痛苦的兩種辦法。這第二種

方法的難度堪比西西筆下用劍割開整個城市的塑膠包裹及其捆綁的繩索。西西想像性的解決方法是一種更高理想的突圍和根本性突破困限:「舞劍的人說,他既沒有能力割開繩索和布幕,又不願意成為包裹,他只好每天用劍對著天空割切。」[10]

〈蘋果〉講述肥土鎮文化節舉辦「蘋果競選」,由不同的團體推薦世界上最出色、最受歡迎、最獲讚美的蘋果,由全鎮人民投票,結果得獎的是白雪公主童話裡的蘋果。古希臘神話中的金蘋果雖然好,但引來了特洛伊城戰爭,肥土鎮沒有一個人歡迎戰爭。威廉泰爾用箭射中兒子頭上的蘋果太危險,尤其令母親們懸心。牛頓發現萬有引力,但在肥土鎮人看來,對人類的貢獻還不如發明電燈、電鍋、電視、電子遊戲機來得實用。人們對白雪公主童話裡的蘋果一致給予好評。大家都說:「真是一個奇異的蘋果,吃了,就可以避過一切的災難了,一覺醒來,遇見了英俊的王子,從此過著快快樂樂的日子。快快樂樂的日子,那是肥土鎮的每一個人都嚮往的生活。」[11]然後,便是推銷一切與蘋果有關的商品,蘋果和白雪公主的童話書都暢銷而奇貨可居……從淺層來看,這是城市寫實,很生動地寫出肥土鎮的文化節趣事,以及任何活動都與商業掛鈎的城市文化。從深層來看,這更是城市寓言,嘲諷肥土鎮人的城市性格,貪圖安逸的心理現實。嚮往和平快樂的生活本身沒有錯,但逃避現實意味著無力把握命運。

〈浮城誌異〉中一則則城市寓言,更加深入地剖析浮城的問題。第五節〈眼睛〉,西西撥開美麗繁華的外表(白雪公主形象),

浮城現出原形卻是「灰姑娘」形象，南瓜變成馬車，老鼠變成駿馬，破爛的衣裳變成華麗的舞衣，被魔法賦予的一切終會被收回，還變回「灰姑娘」。那麼，浮城真的會是任人擺佈的「灰姑娘」嗎？西西的回答是否定的：「浮城的人並非缺乏明澈的眼睛，科技發達，他們還有精密設計的顯微鏡和望遠鏡……」[12]人們俯視海水、仰望天空、探測風向，但在殖民統治下，依靠奇蹟生存，浮城永遠不會是恆久穩固的城市。在第四節〈蘋果〉中，浮城大街小巷出現馬格列特畫展的海報：畫著一隻蘋果，卻寫著「這個不是蘋果」。由圖畫中的蘋果只是假象，聯想到浮城是一個平平穩穩的城市，同樣是假象。西西啟發浮城人睜開眼睛看清殖民統治的本質，應有未雨綢繆的清醒意識和憂患意識。

　　第六節〈課題〉寫到「如果浮城頭頂上有堅實的雲層，浮城的上升就成為可喜的願望，還抗拒些什麼呢」。[13]針對浮城人的患得患失，西西啟發人們做出正確的選擇，義無反顧地上升，而非下沉、自甘被殖民。第八節〈時間〉以灰姑娘焦慮時間，比喻浮城人也焦慮時間。由時間焦慮，以及迷茫看不清自己，看不清未來，第十節〈翅膀〉寫一些浮城人「終於決定收拾行囊，要學候鳥一般，要遷到別的地方去營建理想的新巢」。[14]這些急急慌慌移民的人，其實相當盲目，到大使館簽證卻是去哪裡都「無所謂」。離開浮城，真的可以找到一個「實實在在可以恆久安居的城市」嗎？人不是候鳥，只能一去不回。但是，「拿著拐杖，提起行囊，真能永不回頭麼？」[15]依照西西的觀察，浮城的老一輩人非常依戀故

從跳格子到坐飛氈

262

土，無法不回頭。這是中國人特有的思本、愛本、固本思想。「浮城人的心，雖然是渴望飛翔的鴿子，卻是遭受壓抑囚禁的飛鳥」。西西對於浮城人的內心洞察幽微，渴望飛翔卻又安土重遷，這是浮城人難以擺脫的本能和宿命。第十一節〈鳥草〉，浮城人時時仰望天空，但他們其實沒有能力起飛；夢見長出了翅膀，「然而，人們醒來，發現自己依舊牢牢地固立在浮城的土地上」。[16]西西想像浮城的土地上長出一種鳥草，鳥與草融合一體。鳥可以自由遷徙，是自由的象徵；草則是平民的象徵。鳥草象徵嚮往自由飛行卻又紮根土地的城市平民。第十二節〈慧童〉，西西預言，浮城會出現慧童。他們都是智慧的孩子，當他們長成思想成熟的大孩子，就會超越父母，擺脫150多年的殖民魔咒。父母心中積存的疑慮與困惑，許多懸而未決的難題，「也許，一切將在他們的手中迎刃而解」。[17]

比起城市寫實，城市寓言更加富於文學的想像力，更加寓意深遠。〈浮城誌異〉中的系列意象，《飛氈》中的「飛氈」意象，最能代表西西對於香港這座城市的獨特理解和詩性表達。「白雪公主」寓意城市性格，「灰姑娘」寓意時間焦慮，「明鏡」和「窗子」揭顯視角問題……從「浮城」到「飛氈」預示著香港的蛻變和昇華。

從1970年代至1990年代，甚至終其一生，西西不斷為香港這座城市寫作和發聲。在香港回歸祖國的大時代，無論站在窗裡還是窗外，無數人關切香港這座城市，見證她的華麗轉身，但很少有人能像西西這樣堅持用心琢磨和凝煉出那麼多寓言和意象，

解析香港的城市性格和城市文化，書寫她的歷史、現實與未來，以文學方式參與描繪和想像香港的前世今生，她的未來藍圖。就此而言，西西堪稱香港作家第一人，也是香港城市書寫第一人。然而，西西不是無根和孤獨的。前有舒巷城、海辛、劉以鬯等文學前輩開啟香港城市書寫；1970年代西西以《我城》在殖民統治時期拉開「我城意識」的序幕，一種以我為主（主人翁意識）的宣告震撼人心，引發無數共鳴；1980和1990年代在回歸語境下，許許多多「我城」的文學文本湧現，西西、也斯、施叔青、李碧華、黃碧雲、董啟章等，共同創造香港文學一個璀璨的時代；影響所及，「新世代」作家韓麗珠、潘國靈、陳智德、葛亮等的城市寫實和城市寓言，又為廿一世紀香港文學打開了新的局面。

註釋

（註文出處除註釋1外，均為西西著作）

1　卡爾維諾：《看不見的城市》，張宓譯，譯林出版社，2006年，第166頁。

2　《我城》，洪範書店，1999年，第105頁。

3　《美麗大廈》，洪範書店，1990年，扉頁。

4, 12–17 分見《手卷》，洪範書店，1988年，第2、7、9、13–14、14、15、17頁。

5, 6　見《鬍子有臉》，洪範書店，1986年，第281頁。

7　《飛氈》，洪範書店，1996年。

8　〈宇宙奇趣補遺〉，見《母魚》，洪範書店，2008年，第141頁。

9　〈港島・我愛〉，《中國學生周報》，1968年2月2日，第811期。

10　《我城》，洪範書店，1999年，第127頁。

11　《像我這樣的一個女子》，洪範書店，2007年，第184頁。

原載於《城市文藝》第122期，2023年2月20日。

―――
謝曉虹

記異托邦的奇異女俠，
或撥一通Ｎ次元電話給西西

　　一個作家的使命可以是鋪設各式各樣的電話線麼？把文學接上足球，在球場的比拼狂歡裡，看到小說的複調（〈從頭談起 ── 和西西談足球和其他〉）；把殖民記憶接上一座玩具屋，從而和十八世紀的英國人展開對話（《我的喬治亞》）；或者像《我城》裡的阿果，把這個有時讓人沮喪的地球，接上另一個星系，然後試著打聲招呼：喂喂？在今年書展的一場講座上，何福仁形容西西是多重宇宙裡的奇異女俠，雖然說的是西西跨文類的穿越術，以及她筆下的虛擬世界，我腦海裡還是不受控地閃現西西現身科幻電影的畫面。「西西」這兩個被她重新定義的象形字 ── 女孩從一個格子跳到另一個格子的遊戲，忽爾多了一道眩光。2022年來到

謝曉虹，香港作家，《字花》雜誌發起人之一，著有小說集《好黑》、《鷹頭貓與音樂箱女孩》等。曾獲香港中文文學雙年獎、香港藝術發展獎藝術家年獎（文學藝術）。

年底，我們哀悼八十五歲的西西奄然而逝，但或者她不過暫時閃身躍進了一個魅他域？

西西留下來最後一部近四百頁的長篇巨著《欽天監》，以清代康熙一朝為背景，欽天監監生阿閎為主角，寫監生們學習歐幾里德的《幾何原本》，跟著南懷仁看天體儀——那是中國曾經有過的開放時代，即使皇帝關心的始終是個人權位的永續，朝廷權鬥不絕，阿閎還是能夠一生懷抱純真，散步星群，想像宇宙。

《欽天監》可以追溯到西西近十年對於科幻題材的思考。她在小說後記裡，特別提到英國作家艾博特的《平面國》（*Flatland: A Romance of Many Dimensions*，她稱之為「幾何學的科幻諷刺小說」）與數學家萊布尼茲對《易經》的二進制研究。西西創造的阿閎不是瘋狂的科學家，並沒有征服宇宙的欲望，倒是有一種儒家的淑世精神。《欽天監》的結尾著墨的是人間紛亂，其中一個老去的欽天監監生聽說蘇州踹布工罷工、朝廷鎮壓，怪責自己沒有緊貼「人」事；阿閎的回應更尖銳一些：這些事情，根本不見於報章之上。說到底，西西筆下的人物探索天象，關懷的卻始終是人間福祉。

《欽天監》溝通天地的渴望，也是西西對《我城》的回歸。在2014年，當西西和何福仁在文藝雜誌《字花》裡開始有關科幻小說的對談時，她就說過：「陳潔儀〔按：西西研究者、作家〕提醒我，上世紀七十年代，我在《我城》想過溝通的問題，和其他人，和其他城，以至和其他星系。」

1975年於《快報》上連載的〈我城〉，大概是西西最廣為人知的代表作，「我城」也早已成了香港的代名詞。當時她有意識地選擇和主流文壇不一樣的輕鬆調子，也一改以往自己小說裡的陰鬱風格，以喜劇的方式寫年輕人所看見的世界，以步移法來寫出香港的《清明上河圖》（何福仁語）。事實上，西西的寫作非常多面。她在中二時已發表新詩，她的活潑文筆，也早見於六十年代的多個專欄，寫影評寫明星寫時裝和各種潮流。據西西所說，那時單是明星雜誌（包括來自美國和法國的），一個月就要買上二、三十本。

　　西西今年剛獲得香港藝術發展獎的「終身成就獎」，之前也得過紐曼華語文學獎、花蹤世界華文文學獎等等國際大獎。只是，她在文壇上一直非常低調。在官立小學裡任教了二十年的她在1979年退休後，大部分時間都在土瓜灣樓房一個小小的空間裡寫作，不少作品更是在廚房的一張小凳上完成。但西西並非苦行僧，生於上海成長於香港的她，根本是城市女孩，喜歡逛街看櫥窗，觀察世界潮流的變化。在上海，西西比同齡的小孩更早見識了抽水馬桶以及升降機。在《候鳥》裡，西西就寫過以她為原型的素素，常常拿著父親給的零用錢到大華商場去，買自己喜歡的書本和文具。而《我城》的悠悠，則是到海港大廈（海運大廈）去逛，巡視各種新奇商品之餘，也去看有關食水與能源短缺危機的裝置藝術。

　　香港的海運大廈於1966年開幕，當時是全亞洲第一個大型購物商場。如果不是讀了呂大樂的文章，成長於八十年代的我很難

區華欣繪，《西西的玩具屋》

意識到當時香港的商場並非日常化的空間，甚且啟發了一代文化人對更遙遠的品味與生活方式的想望。西西在1950年十二歲時來港，她的寫作見證了香港自六十年代以來的種種變化。她的城市氣質，投射到文學創作裡，是前衛的文體實驗和世界性的視野。西西的閱讀量驚人，她的作品也幾乎總是和世界文學藝術和思潮進行積極的對話。寫於1986年的〈浮城誌異〉便是通過「誤讀」馬格列特（René Magritte）的超現實畫作，來思考《中英聯合聲明》簽署後，香港的前途問題；寫於同年的〈肥土鎮灰闌記〉以一種疏離的角度重寫包公判案，賦予了被爭奪的孩子馬壽郎發聲的機會。這種企立於邊緣的視點，固然源於對香港夾縫身份的認同；其中作為一個讀者/作者的創見，則植根於一種開放的文化。西西顯然非常自覺自己的閱讀經驗和居住的城市有著密不可分的關係。寫於1985年的〈永不終止的大故事〉這麼說過：「我們都是幸福的人，因為如今在這塊土地上生活，還可以找到許多不同的書本閱讀，而且，有閱讀的絕對自由。」

西西對城市空間的書寫，常常讓我想到班雅明。她自然不是憂鬱遲緩的土星，但和班雅明一樣喜歡以空間的思維來突破刻板的線性時間想像，而且同樣非常關注科技發展與藝術的關係。西西給邵氏編過劇本，從她在電視台工作的哥哥手上，拿到一大堆廢棄的新聞片段，剪成她的實驗短片《銀河系》。她也關注建築藝術，旅行中看各式各樣的建築物，寫成了《看房子》。而她更把電影的剪接術和鏡頭運用、當代建築美學的人性

關懷，引入到她的文體的實驗。然而，西西作品的實驗性，幾乎從不帶有知識份子的高傲姿態。她的平面書寫，有時更像當代的裝置藝術，放在介於博物館與遊樂場之間的場域裡，讀者可以按自己的喜好在其中游走。而且，從《我城》的阿果到《欽天監》的阿閎，西西小説的主角，甚少是憂鬱的文藝青年，倒是樂於學習中國文人所賤視的技藝；甚至被貶為女性化與童稚的縫熊和玩具屋就是主角本身。西西對文藝的想像似乎並無邊界，她的活潑俏皮，讓人很難把她視為一個老人。2011年，西西被選為香港書展年度作家，台灣著名記者房慧真採訪七十三歲的她，第二天就發現她的真身，其實是「宮崎駿卡通裡，始終充滿勇氣與好奇心的魔法少女。彷彿給她一隻掃把，一匹飛氈，她就會隨時飛走」。

西西城市經驗裡另一個非常重要的部分，是對「移民」身份的認同。匯聚了陌生人的城市，誰不是異鄉客？西西雖於上海出生，但她祖籍廣東。對她來説，故鄉不是小橋流水，而是可以吃蝦餃燒賣和聽到廣州話的杏花樓。香港人今天或者都習慣把粵語視為母語，但1977年，西西在《美麗大廈》裡所寫的香港居民，卻同時說著廣東與上海方言。西西説，這些「各種各樣的平民，說著各種不盡相同的語言」，「雖然老學不好對方的話語，卻無礙溝通」。正因為牢記遷移的經驗，西西總是深刻體會來港難民、新移民的難處，並且在這座由移民者組成的城市裡，看到了混雜和流動之美。她筆下的城市，是一個眾數的世界，而她的英雄

們，就是在雨中「挽著一隻淺桃紅色塑膠袋」買菜歸來的婦人，或者一個在走廊裡，「把整體的重量凝集在一堆濕滴答的棉紗線上」洗擦地磚的職工。

在西西筆下，城市與文學的互相發明，既是內容，同時也是形式。我一直覺得，西西美學的關鍵詞不是隱喻、象徵，因而也不是內在性與深度，而是拼貼、對話、游走、跳躍，是眾聲喧嘩、平等和自由。卡夫卡寫過一個叫做〈修建中國長城的時候〉的短篇，像他許多其他寓言，長城的浩大工程，是迷宮似的權力結構的隱喻。西西的〈長城營造〉有意致敬，卻也想要提出異議——長城其實無法困住它的臣民，因為現實裡的老百姓有他們的日常智慧。她說，在八十年代初，於山海關與居庸關之間的一段長城，就被老百姓拆毀了，把磚石搬回去造房子。

1992年，西西整理患上乳癌後寫出的文章，出版《哀悼乳房》。在這本有意寫來幫助其他病人的書裡，她並不單單求諸身體的治癒，其中觸及的課題，廣及歷史、文學、建築與翻譯。是的，西西通過閱讀文學作品的不同譯本，來學習如何閱讀自己的身體，傾聽皮囊的語言。西西近年關注的科幻題材，也啟發了她對疾病與死亡的思考。她和何福仁對談時，憶及自己急病住院的經驗，在非常清醒的狀態裡看見異象：一時是紙紮的馬頭和天使，一時是布包木乃伊。西西覺得那既不是幻覺，也不是潛意識的浮現，寧可用傅柯的「異托邦」來命名，那是一個「又真又假的異域」。在談論人腦的複製技術時，西西又說：「想來屈原他們不

是做到了？人類不是一直在嘗試超越有形的軀殼？成為一首詩、一本書？」早在 2000 年，西西在〈解體〉這篇小說裡，寫一位畫家臨終的意識，就曾想像過「大腦中的思維和記憶〔……〕將來必有發達的科學將它們轉錄複製為磁片」。2022 年，西西過世前夕，緊接著《欽天監》，還一連出版了小說集《石頭與桃花》、由 Jennifer Feeley 翻譯的中英雙語詩集《動物嘉年華》、趙曉彤編的《西西看電影（上）》，彷彿是作者、編譯者都在加速努力，把西西思維的磁片交付到讀者手上。

然而，西西的磁片，並沒有假借機械複製技術。她的右手在治療癌症的過程中向她提早告別退休。像《欽天監》這部長篇，就是用她五十歲以後才學習寫字的左手，花了五年一字一句寫下來的。臨行前西西送給我們的是一份怎樣的禮物？以上提到，觸發西西寫《欽天監》的契機之一，是科幻小說《平面國》。平面國的國民是薄薄一片的平面圖案，對他們來說，三維世界的想像是被官方禁止的異端邪說。但進入立體世界，就真的把握了超然的視點？小說的主角正方形，正是在遊歷立體世界後，推想四、五、六次元世界的存在，觸怒了擁有三維形體的「神」。《欽天監》同樣寫出了當權者對想像力、進而是知識的恐懼，因為只有想像力可以帶領人類穿越高牆，探索未知的世界。在政局動盪的時代裡，老年的阿閎與妻子容兒一起帶著友人遺孤天佑出走，這是曲筆續寫的天佑我城。《欽天監》書寫過去，同時也是作家為她深愛的塵世城市、老去的地球，再一次召喚未來。

——〔……〕我們的船是第二艘挪亞方舟。舊的地球將逐漸萎縮,像蛇蛻落蛇衣,由火山把它焚化,一點也不剩。人類將透過他們過往沉痛的經驗,在新的星球上建立美麗的新世界

電話聽筒那邊的聲音說。我不知道聽筒那邊的聲音是誰的聲音,陌生而且遙遠。但那聲音使我高興。電話有了聲音,電話線已經駁通,我的工作已經完成。我看看錶,五點正。五點正是我下班的時間。那麼再見了呵。再見白日再見,再見草地再見。

——西西《我城》

羅樂敏

追想西西・保育西西

　　如果西西和我相識在彼此都年輕的時候，會否成為好朋友？

　　我們會常常去旅行，因為難得有一個在旅行之前已經對目的地瞭如指掌的朋友。她會帶大伙兒一起去，沿路充當導遊，並鍥而不捨地尋找那些連旅遊書都沒有介紹的深幽景點。我樂於陪朋友做瘋狂的事，對行程毫不執著，也鮮少和朋友在旅途上吵架，有時各有各行，大概西西沒所謂。在一次隨心的交談她讓我知道世上有動物園對待動物有夠好的，不會讓牠們慘兮兮地給人觀賞。那次她興高采烈，談到好些她去過的地方，我就像聽一個平輩朋友，談她的旅遊體驗。

羅樂敏，香港中文大學英文系碩士，曾任《字花》編輯、香港國際文學節節目經理、香港藝術發展局項目經理、水煮魚文化製作有限公司總監。著有詩集《而又彷彿》。

我會在一次探望她的下午茶時間說，真羨慕你可以提早退休呢！但礙於對交談禮節的高度警覺，我不會像〈南蠻〉裡頭學校的舊同事那般，向胡不夷密集地發問她接下來的發展大計，「像機關槍一般」。西西會說，你也可以呀。對於我過份擔憂的現實問題，她會笑而不語，卻很可能在專欄或小說輕鬆溫柔地幽我一默（或幾默）。我會細心聽她不徐不疾地談到她的病況，像陳述一件和她自己無關、本應如此的事。

我們會去吃甜點，和逛尖沙咀，說白一點，就是正宗「港女」會做的事。我見過她看著紅豆冰、雪糕或我們為她準備的蛋糕時，那如少女吃貨般閃閃發亮的眼神，和微微張口「哇」一聲的讚嘆，聽說這輕易感到滿足和喜悅的神情很容易吸引呆呆的少男，他們會覺得這女孩很可愛。至於逛尖沙咀可不說笑的，聽說西西很少逛黃埔、黃大仙等其他地區，獨獨是尖沙咀、銅鑼灣、中環這些五光十色的潮物集中地，或者是賣民族小物的小店，她在還能自由走動的時候常常去。每次我經過海運大廈看到 Ralph Lauren 的熊仔刺繡布章，就想起西西，和她衣櫥裡幾套闊身藍色牛仔布外套。到底她買過多少件，又送過多少件給朋友和親人呢？

沒多久她會發現我心多，弄東弄西，就是不多寫，但她不會催迫我，只會偶爾問問，然後談到寫作和閱讀以外許多有趣的事情，例如做毛毛熊，佈置玩具屋，甚至是旺角兆萬中心最新的模型公仔，以及雙眼佔去頭部一半空間的 Blythe 娃娃。倘若見我生活太苦悶，她會送我一份玩具，說玩玩這個吧。

我們會讀彼此的作品，但無論欣賞或批評，都放在心裡。我知道她喜歡寫，寫作是認真的遊戲。她也像一個喜歡做菜的廚子，用心做了菜，希望大家都喜歡。有次散席前她提到《欽天監》說，係幾好睇㗎，語調親切而純粹。我會悄悄買來讀，讀完，也不索簽名，就像平日般跟她一起吃甜點、逛街（生活的重點）。

能夠遇上這樣平易近人、善良、博學、又富想像力的朋友，的確非常幸運，可惜我不算夠運，沒有和西西深交，但在短短幾年的時日裡，能夠和她碰面，在腦海記住她向我們微笑揮手的神態，有幸讓我時時懷想她溫柔、淡然的同在。現在也不時對著她的照片揮手，並記得，下次去她的紀念碑，要給她帶迷你的椅子，和一本迷你的書。

原來西西的迷你家具，比想像中還要多。除了已經佈置在三間玩具屋的家具，還有許多迷你電器、盤子、花瓶等等，收藏在她家中的百子櫃裡，彷彿以備隨時替換。她特別喜歡百子櫃，家中就有至少兩個特別別緻的、一個比較實用的，都放滿這些小物，感覺就像一個套一個的俄羅斯娃娃，或者說，她的房子放著三大座玩具家，百子櫃放迷你家具，就有俄羅斯娃娃的概念。

追思會前幾天，我有幸到西西家裡，協助何福仁先生拍攝故居照片，且臨時找來攝影師郭浩忠襄助。雖然我不是第一次到西

西的家，但每次都集中精神和西西及何先生傾談，鮮少仔細觀察家裡的佈置，感受當中的氛圍。那天我看到佈置典雅、整齊又富趣味的客廳，失去朋友的空洞伴隨著木書櫃、書桌、沙發所散發的充盈和溫度，就覺得即使西西不在，她的精神仍然保留在她精心佈置的居所裡，一如她的玩具屋。何先生說，故居裡的家具，是西西走訪香港的二手家具店特別挑選的，而且品味獨到，不雅緻的不選。她又不時更換家裡的佈置，小小的家居就像一個展覽廳。既然香港中文大學都收藏了她的一座玩具屋，我們怎麼不保留她的故居呢？更何況，這樣一位世界級的香港作家，不值得為她建立故居嗎？

即便一想到這裡，沒有不讓人頭痛的難處，我們還是硬著頭皮，邀約不同的專家、藝術界和保育的朋友，一同看看如何保存西西的遺物。要親近西西，自然要閱讀她的作品，但與此同時，西西的作品和她的生活互相映照，作品的想像終究源自她生活的環境和文化，源自她作為一個 City Girl 如何在這不斷轉變的都市游走，她的生活社區和居所。她這位香港重要作家的靈感土壤，我想不到不保留的理由。

況且以西西這樣喜歡交朋友，以「玩」和其他人交流，怎會不想更多人參與她的遊戲呢？這故居不僅僅是展示西西生平的地方，想來她不喜歡這些沉悶的八股，也不單展示她的獎座——她都把獎座放到電視櫃深處去——而是一個讓人參與她的創造，讓她的玩具屋、毛熊和猿猴、還有外星娃娃活起來的空間。我總想

像西西會細心地教我們做毛熊，或者為玩具屋的主人添一兩件新傢俬。我們可以把西西所做的毛熊一併展出，展現她病癒後的創造力，並考察美國泰迪熊的製作文化在西西手上的轉化；可以邀請不同的藝術家重新想像《我城》、《飛氈》、〈浮城誌異〉裡的香港，策劃跨界展覽；可以研究她收藏的服飾和家具的源流，說不定呈現出香港服裝史和家具史的側影呢！保育和活化其實是兩股不同方向的拉力，我們還在探索，但至少知道，為西西保留她的空間，活力和創造力是少不了的，單單讓人憑弔和追懷並不足夠。

文學和世界是西西畢生的遊樂場，而我們為她保留的這個遊樂場——西西空間——將會照見一個作家如何在香港這金錢掛帥之地，以文字敞開宇宙式的視野和睿智，並能與我們親近。

馬世芳

西西，謝謝

> 在認真的遊戲裡，在真實與虛構之間，我以為講故事的
> 人，自有一種人世的莊嚴。
>
> ——《母魚》後記，1990 年 8 月

　　以前打開西西的書，一面讀著，心裡也知道西西此時就在土瓜灣的家裡。或者正在用她病後的左手寫些什麼，或者正在讀一本讓她讚嘆或蹙眉的小說，正在砌一幢娃娃屋，也可能，正在一針一線縫一隻毛熊一隻猿猴。

　　現在不一樣了，讀著她的書的時候，心裡知道土瓜灣的屋子空蕩蕩的，主人已經不在了。那些書，一下子都變成了遺作。

馬世芳，台灣作家、廣播人，台灣大學中文系畢業。著有散文集《耳朵借我》、《地下鄉愁藍調》等。曾獲《中國時報》開卷好書獎、《聯合報》讀書人年度最佳書獎等。

仔細想一想，人世間所有的書，或遲或早，都會變成遺作的。大部分的書，甚至還來不及變成遺作，就絕版了。我應該是幸運的，有幾十年的時間，和西西一起活在這個地球，和她一起踏過曲曲折折的歲月，在許多書初初面世的時候，就熱燙燙地讀了。我很高興，遠遠地當了幾十年西西的粉絲。儘管終究是沒有能夠親自見到她，當面說一句謝謝。

　　設若有人問我，該怎麼讀西西呀？她是一位怎麼樣的作者呀？我可能會先從她自己怎麼讀小說開始說起。

西西是無畏的探險家　探索書寫的邊疆

　　西西說，她讀一本小說，會先速速翻過整本書，讓紙頁像電影畫格那樣連續飛過，看文字段落的密度，大概就知道這是怎樣的一部作品了。有的作家喜歡意識流，標點符號珍惜著用，大段文字壓在一起，整頁密密麻麻。有的作家喜歡用對話推進情節，頁面就會有許多分行的空白。有的作家善寫短句，頁面便會充滿標點的空隙，像雕花透光的窗櫺。有的作家索性在書裡穿插全黑全白的頁面，打斷閱讀的節奏。她提過一個作家並不裝訂他的小說，紙頁全散著裝進一個盒子，想照什麼順序讀，悉聽尊便。

　　那麼西西自己，又是怎樣的呢？你把她的書都拿出來，照她的辦法快速翻過，唉呀，竟像是遇到了許多風格各異的作家。若

是小說，有時版型疏朗有致，常見短句並列的大段對話，在敘事中轉換呼吸。有時不同字體並列，甚至夾雜外文和數學符號，直排忽然變作橫排。有時篇章綿延連串，偶爾不加標點，整頁字句壓得密密實實。有時一段一行，整篇寫成試卷模樣。你時不時還會翻到各種樣子的插圖，其中不少是她自己畫的。若是隨筆、影話、閱讀筆記，圖片出現的密度更高。快快翻過去，各色圖片飛呀飛，像走馬燈。後期的書多了精印的彩圖，更是漂亮。光是這樣速速翻，你也會知道這位作者對電影、建築、繪畫、雕塑、攝影、設計、漫畫、民藝，都有深深的興趣。她是一位熱愛「看圖說話」的作家，總是睜著好奇的眼，總能採掘出數不清說不完的故事。

她說自己是「從看小說裡學寫小說」，作為一個讀者，一般來說她「並不在意作家寫了什麼，而留神他們怎麼寫」。於是你知道，西西不但是一位說故事的高手，論「書可以寫成什麼樣子」這件事，她也是無畏的探險家，一直到八十三歲定稿的長篇小說《欽天監》，她仍在探索書寫的邊疆。

所以，作為一個真正的西西迷，你起碼應當會在兩件事情上受她影響：其一，你自己也會忍不住想寫點什麼（寫作原來可以這麼好玩）。其二，你會買更多的書（你想認識她喜歡的那些作家，那些掌故，那些上天下地的知識系譜）。

讀到《欽天監》結尾的句子，不禁眼眶一熱。她的至友何福仁說，那就是她想和讀者說的話：

「我們並不怕。人世匆匆，有什麼可怕的。」

所以，該怎麼讀西西呀？我會說，只要喜歡上她的任何一本書，或遲或早，你都會想找齊她的所有作品。幸好，書，並不是矜貴的物事。省下幾條牛仔褲幾件襯衫的錢，你就可以擁有一整排書架的西西，可以讀一輩子。

是大學一年級的時候吧，我坐在空蕩蕩的教室讀《手卷》裡的短篇小說〈雪髮〉，故事敘說南來我城的男孩，不懂得同學的語言，又被學校老師目為頑劣份子。男孩在校園踢著母親用銅錢為他縫製的毽子，遍地落花竟被老師誤為踢毽子踢出來的紙屑。後來，他爬上高高的樹梢，任輝煌的花雨落滿全身。老師同學都奔到樹下仰頭張望呼號，連體育老師也爬不上去，最後消防車來了，男孩上了新聞……。西西用了大段大段情景交融的文字細細敘說男孩爬樹的心理活動，我讀罷闔上書，整個人恍然仍在故事裡，心裡有些什麼深深地被撫摩、療癒了。黃昏的陽光斜斜照進課室，我對這位小說家充滿感激。

許多年之後，我也變成了一個寫字為業的人。我認識了她的出版社主編，甚至在以她為主角的紀錄片裡露了臉，還厚著臉皮，為她早年專欄結集的《試寫室》寫了一篇小序。當然，我也去過許多次香港。然而，我始終沒有能夠見到西西。我知道她從來不愛應酬，見了生人也往往沒有什麼話好說。長輩身體始終不好，我知道不該驚擾。就這樣遠遠地當一個粉絲，知道她還在寫，還在縫著毛熊，我很安心。

「最好的大人」的榜樣　文學可以讓人世更美好

或許，我早該寫一封信給她道謝的。如今，自然已經太遲。若要寫這樣一封信，我想，我會從1989年夏天那個下午，十八歲的我翻開《我城》說起。那本書，把那個小文藝青年從虛無孤憤的深坑裡拽了出來，讓我知道溫暖明亮的文字也可以如此深刻如此迷人。

西西讓我知道，即使擁有深不可測的知識和教養，你仍可以保有孩童的好奇和天真。她擁有不可思議的才華，為人卻如此平和。後來，我也算見識過江湖，變成了別人眼中的大人，西西始終是我心目中「最好的大人」的榜樣。

我讀她回顧自己六十年代「存在主義時期」的作品，說到彼時許多大好青年感覺迷惘孤獨，覺得生命沒有前景，人生並無意義，有的朋友甚至自殺。她說那時她並不真的知道存在主義是什麼，「並不了解其積極的一面，不懂得推大石上山的道理」。當年那個讀《我城》的十八歲的小青年並不知道，多年後他也會變成講台上的老師，年年面對滿滿一屋子百多位經常自覺茫然虛無的大好青年。西西告訴我的重要的事，我也會換個方式，告訴這些大孩子。

我還想謝謝她教會了我，無論世道如何流轉，仍要對一切知識保持天真與好奇，對一切美麗事物保持感激和欣喜。是她讓我知道，你可以用溫柔堅定的眼睛，直視人間的殘缺和不堪，並

且，始終相信人性的良善。是她讓我知道，文學，確實可以讓人世更美好。

　　——那麼就再見了呵。謹以這篇小文，敬致我不曾謀面的恩師西西，代替那沒有能夠當面說的一句，重重的，謝謝。

原載於《明周文化》第2828期，2023年2月3日。

第五輯

西西的多元宇宙

李欣倫

西西：多聲道，多元宇宙

　　低溫特報，寒流來襲，適合宅在家讀書、寫字。文稿好似寫不完，剛出清一篇又來一樁，有時寫乏了，清晰感受內心正如冷到僵直的手指，漸漸，漸漸麻木起來。

　　除了喝杯熱茶，望望窗外，我習慣隨手抽一冊最愛的西西來讀。西西的書，獨享我書櫃正中央一整格，視覺焦點。光是看到西西這兩個字，緊繃的心就瞬間鬆下來，滑入一片童心之海。

　　西西的筆名發想於跳格子的女孩，不過這兩個字，總給我一種空間感：藏書庫、地窖、樹洞、床底下的木製暗門，掀起來，就不由自己溜進去，裡面的複雜秘道連結，故事接續著故事。

　　就像西西在《看小說》中，談克勞岱・西蒙的《植物園》，她形容這本書的結構如同植物園，閱讀過程不時面對幾何圖形花床，

李欣倫，台灣作家，靜宜大學台灣文學系副教授。寫作及關懷主題以藥、醫病、女性身體和受苦肉身為主，著有散文集《藥罐子》、《此身》、《以我為器》等。

或是一列列樹牆，可隨心所欲從不同入口進出，時左時右，「東西南北都有步境，任何方向都是園的一部分，都有好看的風景」。這段話也讓我想到西西的《哀悼乳房》，多通道的空間。

我的第一本書《藥罐子》中的其中一篇，特別模仿《哀悼乳房》中〈阿堅〉一文的對話形式，寫我和閨蜜的對話——對話，正是西西建立寬容觀點、多聲道的方法之一。

除了和阿堅對話，《哀悼乳房》試圖與讀者對話，序文開頭便表明「尊貴的讀者」，許多篇章最末常關心讀者：會不會太囉唆？想看類似的短篇嗎？想得到更實用的資訊嗎？不妨翻到幾頁幾頁……彷彿一個隨伺在身的書僮，時時留意讀者狀況。因為嗜讀的西西就是頭號大讀者，她最了解讀者閱讀的節奏、執迷、善變和其他。

又如《我的喬治亞》，處處可見角色和敘事者或寫作者商量和辯論，眾聲喧嘩，熱鬧非常：愛倫與老爺討論家屋該如何打造、該購置何書；又西西想像屋子裡的女主人和朋友在沙龍中討論羅伯特‧布恩斯的詩作，身為娃娃屋的建造者，西西讓紛雜的聲音彼此互通，從虛構情節回到真實世界，西西在書末讓每個人說說心目中的理想房舍。

西西的小說充滿聲音。

小說中，總是很多人／物輪流說話，殊異觀點如煙火層層綻放，沒有誰的觀點勝出，沒有誰該忍受誰大放厥詞。各自表述，你一言我一語，正反觀點交鋒，像辯證又像多聲部大合唱。這種敘事方式，反映了西西對人事的寬容和尊重，在《織巢》中，有詩

句、對話和敘事，不同角色的觀點透過不同印刷字體呈現。與其用憶定堅決的獨裁聲口，西西慣用多聲道表述，有意與單一觀點、權威聲音對話。

《織巢》序文中的一段非常打動我，對寫作者和評論者的我而言，是金句，也是警語：

> 一個寫作的人，如果太在意別人的批評，包括親朋戚友的讚語，那是自信不足的表現。我寫作超過半世紀，一直很認真、努力，是明知這回事不可不認真，所以我也要求評論家不要輕率。當評論家說什麼「逃避現實」，這是假定只有一種現實，責成這種現實的時候，其實也指定這種現實的寫法。小說的寫法，我是絕對堅持的。
>
> ——《織巢》，頁 10

西西的堅持是什麼？如果列出幾個共通的關鍵詞，我想那是：多元、接納、觀點並置、多聲道、多元宇宙……以此對抗「唯一」的世界觀。西西說得好：「秉持一種世界觀去進行文學批評，只是尋找近親。」西西的這番話始終提醒我：寫作要認真，評論不可輕率。

能真正擁抱多元，應該也來自於西西過去的經驗。《織巢》序文提到，當初《我城》發表時曾「受過毫不客氣的批評」，其餘小說也曾碰上類似情況，由此來看《我城》最末裡關於量尺和字紙的譬喻便不難理解，小說中的量尺針對名為「胡說」的字紙們放送諸多負評：「故事是沒有的、人物是散亂的、事件是不連貫的、結構是

鬆散的」(《我城》，頁221)。西西特意將字紙名為「胡說」，我總覺得「胡說」不是胡說八道，「胡」反而存在著遊戲性和鬆動性，不願被尺丈量的「胡說」，其實是自由對話，擁抱多聲道的寬容練習。

小說中的對話和多聲道，早在西西和何福仁的《時間的話題──對話集》中已可見，其中西西提到她關於對話的主張：「這世間許多的對話，往往只是一方訓話，另一方聽話。我們追求的是一種『主體並立』，平等的對話，從談話裡彼此學習，彼此啟發。」

對話，也是近幾年親子教養家提倡的方式之一，對話的前提基於對對方、孩子的好奇與探索，包含大量的傾聽、理解和接納，後來我才發現，原來西西已從小說中，將對話的關鍵透徹實踐。

也許正因如此，西西的寫作從不局限，舉凡足球、生態、閱讀、世界、教育、微型屋、公仔、歷史甚至外太空，所有能想像或無法想像的，西西都保持高度的探索和對話興趣。擁有多元宇宙的西西，本身就是個微型宇宙。

像西西這樣的多元宇宙，浩瀚而廣袤。巧合的是，西西早年剪輯的短片就名為《銀河系》，從陳果執導的「他們在島嶼寫作」的《我城》中，得知這部片是由於西西哥哥張勇的關係，得以進入剪接室將新聞片段剪輯連綴，讓原來的片段脫離新聞形式，成為新的影像作品。

經典重詮，創造性轉化，正是西西嫻熟的說故事方法，《我的喬治亞》、《縫熊志》和《猿猴志》，充分可見西西拼貼古今文史，賦予故事新意。我佩服病後的她，以縫熊、縫猿猴的複合式

閱讀與手作形式，以諸多色彩繽紛、姿態各異的玩偶，既對中國古典予以深情凝視，又對當今動物處境進行批判性思考。

西西跟人、動物、萬物對話。過程中，迸發出讀寫、文史、保育等多元觀點，又是多好的親子共讀教材。

確實，西西陪伴我從文藝少女時代，一路走到兩個孩子的母親當下，然後，我的孩子們也和我一起讀西西，從他們學齡前，我就將西西介紹給他們了。我們隨時都可以從任何一個主題開始，隨時滑入一個樹洞，期待故事的孵化。那真的是迷人的空間，躲進去就能與自己原初的、水嫩嫩的心相遇。

多年來，我寫了不少西西，她屢次出現在我的創作、書評和論文中，像是恆溫的保暖袋，揣在懷裡，冷漠而硬化的自己，瞬間悄悄融化。直到現在，想到一個片段都還會泫然欲泣：《哀悼乳房》中寫到，進行放射線治療前，西西凝視自身，護士畫在身上的符號線條，看成蒙特里安、克里甚至米羅，不禁出聲：真有趣，護士回：只有你覺得有趣。面對病苦，她早已乘著想像的飛氈，從哀傷的線條，飛到了藝術之境。

這就是我心目中的西西，擁有童心的西西。

於是，西西適合所有的孩子，適合所有內心還養著一個孩子的成人。不管這個內心的孩子是否繼續長大，或始終停留在最原初的情感依附，我想輕快跳著格子的西西，都不會在意的。

在西西的多聲道和多元宇宙中。

原載於《文訊》第448期，2023年2月。

吳騫桐

西西看足球：迥異的文學之眼
—— 這是用腳踢出來的書

　　人們說，悼念作家的最好方法，是坐在角落靜靜讀他或她的作品。追念西西，不少人都會在書架上挑出她的小說，而其實，虛構世界以外，足球賽場亦是這位頑童多年來深深著迷的魔幻之地。1990年，國際足協世界盃落地意大利。其時，《明報》一整個月的「世界盃特刊」每日連載專欄「西西看足球」。在那小小方格內，西西摸透地把五百字左右的文字繫至書本、電影，以至種種文化理論，與一般波經判劃開截然不同的氛圍。思念西西的這段日子，我們重新摘錄「西西看足球」，並邀來當年「世界盃特刊」的編輯石琪回憶這個神奇的體育專欄，一則一則地耙梳「西西看足球」的舊報足跡。

吳騫桐，畢業於香港中文大學中國語言及文學系，現職《明報》編輯。

十二月中旬，世界盃以美斯淺吻大力神盃的畫面拉上終幕。如果球迷作家西西仍在世，不知會如何閱讀這個童話一樣的美滿結局？找回舊報紙。1990年，西西在《明報》寫第14屆意大利世界盃的連載文字，看完只感覺不可思議，那雙眼睛，真的一頁一頁地把球隊、球證、觀眾、足球自身如同文本似地掀開來看，就像她所寫：「看足球，其實好像閱讀一本書。」

西西原名張彥，父親張樂是業餘足球員，退役後在上海當教練，亦是球證，綽號「十二碼大王」，1950年代來港後，輾轉於任職的九巴公司重操球隊故業。而西西，則自母親肚皮內到落地跑跳的不少日子，都磨耗在足球場內。她在〈球證衣缽〉裡回顧童年時光：

> 父親是球證，所以我從小上球場看足球。二、三歲時，坐在母親膝上自言自語；五、六歲蹲在地上拔草挖泥沙；八、九歲時，等待休息時間有人來派發汽水；十一、二歲時，光看球員的彩衣花褲。後來，才一點一點慢慢學習看足球。

——「西西看足球」，6月17日

沒有承接父親的衣缽，但裁決球賽那種電光眼般的精準目力，仍耳濡目染地留在西西體內。翻看當年「世界盃特刊」版面，非體壇中人的專欄有李碧華「界外球」、何嘉麗「妝台點評」等。西西發出的異聲截然不同。那如球滾動的隨筆，導引讀者敲響不同領域的門：〈錦上添花〉嚷嚷米蘭開幕禮的時裝表演為何沒有設計師阿曼尼；〈足球與鐵塔〉用法國莫泊桑和羅蘭巴特的鐵塔故事，

勸慰世界盃月裡不愛看足球的人；〈鐵幕足球〉以結構主義人類學家李維史陀的強弱文化論調，評點球隊風格的改變……

看足球猶如文學閱讀

而看足球是閱讀這用力戳破界線的宣言，出自〈足球如文章〉：

> 譬如意大利對奧地利，我是當散文看；蘇聯對羅馬尼亞，我當小說看；阿聯酋對哥倫比亞，我當戲劇看。哥倫比亞隊尤其是喜劇作品，你看那個守門員，完全是魔幻寫實的踢法，全場奔走，一會兒是前鋒，一會兒是清道伕。難怪哥倫比亞的作家說，在我們的國家，一切事都是可能的。
>
> ——「西西看足球」，6月11日

　　限時競技的框架下，不同球隊對壘碰擦出各異的節奏感，或快或慢，或鬆散或嚴謹——小說、散文、戲劇的分類看似破格，仔細比照卻又非常合理。文學與足球的可比基礎，我想，某程度上是它們同樣扎落的一大片故事草場，那裡，總被無形的作者之手（球員／教練／球證／觀眾／你和我）佈陣，其間，情節有的中斷，有的得到發展，部分人躍升主角，或瞬間被罰離場淪為配角，大結局峰迴路轉又一下子無聊頂透。套用西西的話語，當代足球評論不應再只「新批評」地聚焦於射門與否的單一文本，而應擴展至整場賽事肌理的深廣結構。

因此，在她筆下，哥倫比亞隊狂人希告達輸關鍵一球後，俯伏禁區線前的畫面，是終幕的悲劇，是馬奎斯首部映照拉丁美洲的小說《迷宮中的將軍》，是那繞不出幻覺榮光而自毀的統治者。魔幻寫實。純屬虛構。愛爾蘭隊輸了，同樣令她聯想起伯爾的散文集《愛爾蘭之旅》，彷彿耳聽作者勾勒的那些愛爾蘭人自我開解：幸好，只是摔斷了一條腿。

　　她在專欄末篇如此總結：「世界盃是一部長篇小說，是巴赫金所說的『複調小說』」──短暫逸軌的狂歡時間，顛倒常規，加冕和脫冕之中，雅俗平等打成一片，互換對話。在她，1990年那場國際球賽最值得閱覽之處，是其特別多角度、多語言的眾聲敘事。何福仁的〈從頭說起──和西西談足球及其他〉收錄了她的解釋：「這一屆的冠軍之爭，很巧合，很富於巴赫金所強調的二重性，正是新舊冠軍的比賽。新和舊，歐洲和南美兩種不同的風格，大多數人眼中的正與邪。」2022年的世界盃，有這樣撞擊的火星嗎？揮動受難故鄉的旗幟、不唱國歌的球場表態……不論如何，一個月的世界盃嘉年華完結，複調聲腔亦隨即被扭滅。有什麼話還要說，留待下屆從頭來過。

足球這部書的登場人物

　　撇開愈挖愈艱澀的文學理論，「西西看足球」偶有幾篇技術含

量飽滿的純球評，說賽果，評球星，一口氣談出局或晉級的那些隊伍。夾雜其間，發現一種猶如用雙筒望遠鏡放大細察的人物寫生。草圖似的筆觸。比如〈出局大軍〉和〈南美的希望〉開首一句，彷彿有顆特寫鏡頭忽然湊過去：「禾拉坐在觀眾席上，摸摸項頸，舐舐嘴唇，從踢球變成看球，就看列度怎樣配合奇連士文了。」「哥高查緊抱皮球，然後放在地上，飛奔出禁區。」而〈只是一條腿〉更置入了轉換視點的小說技法：

> 開角球的時候，我就看見他了，握著一幅巴西國旗，站在球場邊緣的觀眾席上。他是巴西球迷，他還沒有回家。〔……〕穿十號球衣的人今天怎麼了？史度高域老射失，南斯拉夫要輸了，他想。咦，馬拉當拿射的球竟給守門員輕易接住，糟糕，阿根廷要輸了，他想。〔……〕南美的球隊還不至於完全被淘汰。他高興地揮動巴西國旗，我發現我就是這個揮動巴西國旗的球迷。
>
> ——「西西看足球」，7月2日

直播鏡頭猶如眼睛，帶她走到地球另一端的比賽現場，還未夠，隔著熒幕，把眼睛和心偷偷附在那位巴西球迷上。他想其實是我想。支持同一支隊伍的共感連結如此強大，心連心。想起西西1986年在小說〈這是畢羅索〉裡，亦是此般想像其時三十三歲的巴西傳奇國腳薛高輸掉世界盃後的複雜心理。她最愛的一支國家隊。南美緯度的赤熱陽光溢滿街頭，黃與綠，不時奏起的森巴鼓樂配著巴圖卡達的嘉年華拍子，永遠澎湃，永遠自由 —— 她覺

得，那地孕育的足球是一種藝術，專欄也反反覆覆地寫，如〈苦守不輸波〉：

> 只有在南美，以至非洲，還殘存某些把足球當藝術，當表演的踢法。你看哥倫比亞的門將吧，他一直很享受足球，他可不是小丑〔……〕這是實用主義的世界，從做人到踢球。然則為何我們會批判巴西小小的妥協呢？巴西過去輸了球，舉世怪責它唯美；到它寫實了，又反過來抱怨，嫌它不再巴西。這是我們在現實主義之外，深層心理裡仍有一種對美麗嚮往嗎？

——「西西看足球」，6月23日

文學，某意義上從來是一份對美麗的嚮往。西西的文學之眼，使她從足球、從這項追逐與奔跑的運動中，看見夾縫裡一切盛爛的美好——人類肆意揮灑生命力的自由意志。（但，即便是不太喜歡的球隊，她也嘀咕著花了一整欄篇幅寫，如〈狐狸教練〉：「把西德和意大利稱為狐狸球隊，是因為兩隊都有一名足智多謀的教練。」）好的文學總是連帶深刻的人物，足球亦如是。

短短數百字，由足球到文藝，話題牽來扯去織成巨大的星圖，佈在三十二年前一份日報體育版的特刊裡，閃閃發亮。那專欄方格，是西西夜夜流連的球場，也是挑戰讀者的實驗場。熟知球圈又囤著如此豐厚學識的文壇作家，可遇不可求。現實裡，西西鮮少再闢類同的足球專欄。想當然，狂歡式看球是很累人的

事——她在收入「西西看足球」大部分文
章的《耳目書》序裡，提到那年世界盃幾近
掏空了自己：「什麼也不做，每天給報紙
寫五百字左右，這是我近來最愉快的一段
日子。結果，眼紅、耳痛、牙痛，耳裡彷
彿灌滿了水，休息了一個多月才恢復。居
然一口氣看了三十多天球賽，常常是一晚
看兩場，自認是小小的奇跡。」

《耳目書》書影

　　2022年的今天，沒有舊報紙，只可翻閱洪範書店出版的《耳
目書》。整齊地佔滿一版版書頁的文字，仍然有趣，但讀上來總
有種孤零零的感覺，就好似，失去了與其他人和事碰撞的聲音，
那玩耍著搶佔閱讀地盤的報刊趣味。

訪 1990 年「世界盃特刊」編輯石琪

吳： 為何會邀請西西寫世界盃球評？

石： 我以前在《明報》做編輯，會幫忙做世界盃、奧運的版面。
　　　1990年，我負責做「世界盃特刊」，想找幾個人寫專欄，其中
　　　一個就是西西。西西是陸離幫我聯絡的——陸離是我太
　　　太，她和西西是好老友，我們三人是很多年的朋友，年輕時
　　　因工作認識，大家都在《中國學生周報》寫東西。

至於為何請西西寫呢？因為她是足球迷，她父親是球證，她自小就好熟悉足球。

吳：那麼，「西西看足球」專欄當時評價如何？

石：她在《明報》寫世界盃的專欄，得到好多人稱讚，那時總編董橋還說：哇，搵到西西嚟寫，總之好讚賞她。西西的角度和普通球評不同。她是一個文藝人嘛，用文藝家的角度來寫，不是一般「波牛」。

吳：你作為編輯，有沒有和西西討論過專欄文章的方向？或者修改過？

石：沒有！當然是讓她自由發揮，一隻字不改。她很專業，寫作很嚴謹，對自己很嚴謹，對文章要求也很高。基本上沒出過什麼問題，她每晚都好準時用傳真機交稿。

吳：那個年代的報刊專欄，是不是較少女性評論足球？

石：是的，當時熟悉足球的女性不是那麼多。而西西不止感性，她真的熟悉足球知識，這一點相當特別。那次「世界盃特刊」，除了西西，我們還找了另外一兩個女性專欄作家，都寫得好好，好得意，與男性講波很不同。

其他男性作家——我知道有很多人是球迷，但不太清楚他們會否寫球評，或寫得好不好。那時找西西，也是因為她的家庭背景，她父親是上海和香港的球證，她自己有一直跟進南美波、歐洲波的情況。

吳儱桐

小小玩具，大大世界

　　西西紀錄片《候鳥——我城的一位作家》看第二次，目光抓住了藝術家梁美萍為西西做的一系列微型書。封面底依舊，輕輕捏著仍可用手指頭翻頁，但如衣服洗過一樣縮水的內文，已無法閱讀。在她看來，把猶如格列佛的迷你視點放進現實社會裡，是西西審視世界的態度和格局：「在當代文學裡是一種減法。」

　　這個減法極有意思。迷你化的世界，到底減走了什麼呢？看看那些虛構敘事。阿果和阿髮住在有十七道門的木馬道一號，肥土鎮是行客北上巨龍國時抖落鞋頭沙塵的一片爛泥，浮城既不上升也不下沉成為人類生存的奇跡——摘去苦硬的現實語言，西西的筆，讓成年人重新縮小如孩童形狀，避過現世的壓迫，得以鑽

吳儱桐，畢業於香港中文大學中國語言及文學系，現職《明報》編輯。

進夾縫下藏的生命內核，那命運，那悲劇，以至一切美好和良善。「二十七歲後，就停止長大了。」西西對記者說。然而，她沒有按停二十七歲的自己，反而不斷倒回，不斷變小，捉迷藏似地躲入不為人知的時空洞穴。

玩具之家　重組過去

　　當中的縮小法寶，是玩具。如同紀錄片開首，七彩繽紛的樂高積木模型放在桌上，西西指著那個依記憶砌成的上海舊家，逐一介紹，飛著鴿子的斜屋頂、本來種花的牆，以及很摩登的浴室，她笑笑說：「上面有花灑，旁邊圍著圓管，看上來像骷髏骨頭，很舒服，現在還是很令人懷念呢。」玩具之家，是西西重組過去的想像工程。法國論者布希亞在《物體系》裡寫：「我們所收藏的，永遠是我們自己。」掏空物品的實用功能後，將其移植入主體於現世失落的某份激情，那珍奇櫃裝起的情感、回憶、欲望，屬全然私己的一種擁有，無外人可干涉。正如，蒐集愛好者收藏的，郵票不是郵票，古董不是古董，黑膠不是黑膠──西西反覆袖珍重現的玩具之家，不單純是模仿現實的玩具，卻是她前半生的遷徙流離，是她的迷茫和眷戀。紀錄片內的手做積木，翻過十多分鐘的鏡頭後，不經不覺間由門外長著法國梧桐的上海大房子，變成九龍城區土瓜灣的擠密城市地景：消失的海心島廟、渡

去維多利亞海對岸的馬頭角和九龍城公眾碼頭、紅棉工業大廈樓下專修名車的車房……想起何福仁寫，西西曾為了「Made in Hong Kong」（香港製造）的作家身份而十分高興。內地十二年，香港七十三年。積木模型從一間屋擴展至整個社區，似乎也暗示著祖籍廣東中山、說廣州話的她，難以對成長地上海產生故鄉感，卻在1950年代移居香港後，迅速扎落這相同語言肌理之地的心理歷程。

娃娃屋藏起的大世界

　　垂直穿過生命記憶，西西的玩具之家實通往一個更為深邃而開闊的世界。喬治亞，是她多年做屋的結晶。Georgian，一二三四世，用以命名十八世紀流行的英國古典建築風格；喬治亞式娃娃屋，是她長篇小說《我的喬治亞》的實物原型。每當紀錄片畫面轉到西西的家，除了一整櫃架的書以外，就是玩偶、毛熊及精美玩具屋，而喬治亞，足足有半個西西那麼高，像冬眠的巨熊一樣沉默地佔著單位。小說裡，那個愛好娃娃屋的女子邊砌屋子、蒐羅家具，邊閒談著喬治亞時期種種，話題由各地玩具屋／娃娃屋的風格差異，繞轉至房子整體的設計佈局，與假想屋主喬先生對話時提到笛福《魯濱遜漂流記》、拉伯雷《巨人傳》、《馬可‧波羅遊記》等世界文學書目，搭建女主人沙龍房間時談到吳爾芙的獨立主張……為什麼喜歡喬治亞？很多原因攪雜在一起，或是因為

西西與她的喬治亞娃娃屋

　　兩面坡面的房子像上海小時候的家，或是因為香港九七前是佈滿英式建築的殖民地。問題歸根究柢：為什麼一把年紀，還要搭玩具屋？西西在《我的喬治亞》裡，以敘事者的嘴說得清楚：「喜歡什麼，喜歡就是了，毋須特別的理由。〔……〕我經營我小小的房子，無論好歹，我是在重建自己的記憶。」

　　假的玩具，修補著真的現實空隙。紀錄片《候鳥——我城的一位作家》快完結時，有那麼一幕：西西往牆上的圖案指一指，比大拇指，走走停停，翹手，原來是在模仿上面辛普森一家的卡通動作。縮得小小的一顆童心，放鬆了什麼，打開了什麼。時光始終無法倒流，那句我停止長大的解讀或者是：將童言童語獻給心中那永遠願意幻想與擁有的孩子，別疏離，且讓腳步停留的地方，變成親密有趣的大世界。

原載於《明報・世紀》，2022 年 12 月 31 日。

洛楓

西西的換衫遊戲

──《縫熊志》的工藝與文字

　　我和西西有許多故事，其中一個關於莊子。

　　西西說莊子是世上最多故事的妙人，充滿想像和吊詭，有時甚至讓自己也成為裡面的主人翁，最著名的是他一次做夢，夢見蝴蝶，於是從蝴蝶設想，到底是莊周夢見蝴蝶？還是蝴蝶夢見莊周？西西說這是人類最甜美的夢，而什麼時候我們失去了這種美夢？這是《縫熊志》的記述，隔了許多年之後，西西將「莊周夢蝶」的手造熊送了給我：白色的睡姿，穿上有透明條紋的衣袍，束著腰帶，鬢邊綴一隻透明絲網的蝴蝶。我將牠安放書架的頂端，睡在橫放的書堆上，但願夢中有書、書中有夢！

洛楓，原名陳少紅，香港詩人、文化評論人，現任教於香港中文大學文化及宗教研究學系。著有評論集《世紀末城市：香港的流行文化》、詩集《飛天棺材》、小說集《末代童話》等。曾獲香港中文文學雙年獎、香港藝術發展獎藝術家年獎（文學藝術及藝術評論）。

弗洛依德（Sigmund Freud）有一篇短文叫做〈創作者與白日夢〉（"The Creative Writer and Daydreaming"），開首第一段問有什麼活動跟文學創作最相似？那就是白日夢，因為夢能夠連接過去、現在與未來的時空！這彷彿為西西送我「莊子熊」而加添的美麗註釋，寫作如做夢，夢裡夢外都在找尋自己是誰？！弗洛依德的論述未完，而西西的故事才開始。

　　1980年代末西西患上乳癌，右手因治療後遺症而失靈，從此展開跟寫作平衡的手工練習，先是製作熊，然後製作猿猴，2009年和2011年先後出版《縫熊志》和《猿猴志》。這是兩本奇異的書，由兩項基本元素組成：西西的手作布偶和文字，前者以實物拍成照片，後者用散文體說故事。兩本書的建造材料不是單單的文字，還有一針一線的手作工藝，合起來逆反、也抗衡了當世講求速度、即食和大量生產的規律，在網絡無遠弗屆的世紀，或流水式生產玩具的全球化體系，西西堅持用左手寫字、做布偶，說是「笨拙」的方式，其實聯繫了最原始的技藝與初心。

　　弗洛依德說作家寫作是小孩子兒時遊戲的延伸與變身，孩子用遊戲方式建立自己的世界，作家把玩文字築起個人的堡壘；兩者都是認真而嚴肅地「玩」，都是為了對抗和補償現實種種不圓滿的事情，當中充滿樂趣而人也樂在其中；此外，無論遊戲還是寫作，都是以過去記憶連起現時的經驗，再推演將來的想像藍圖。這些論述，很能映照西西的信念與藝術實踐，她曾經在訪問中提

及《縫熊志》和《猿猴志》的創作情態，說「『縫』也是創作一部分」，而「寫作也是玩」，又說：

> 我停留在二十八歲，從此沒長大過。那年做了什麼？沒做過什麼……我之前造的熊是玩，玩著衫，但今次（造猴），我不是玩，是認真了……〔熊和猴〕是玩具，又比玩具多一點。我寫他們，介紹他們，到人們遇到他們時，多理解他們的需要。一切回到基本。

在西西這些看似斷裂矛盾的話語中，仍可窺見她以「遊戲方式」處理寫作和手藝兩項事情，而且是「認真的玩」；而「我停留在二十八歲，從此沒有長大過」的自述，顯示了以年歲留駐，永恆延續遊戲的基礎。然而，為什麼是二十八歲而不是十八歲或八歲呢？我認為在西西看來，二十八歲已經懂得世情而青春尚在，這是最好的年華！

《縫熊志》有兩個面向，第一是中國古代服飾史，第二是古代人物造像，當中有歷史真實存在的，也有傳統故事虛構的，兩者之間有一條暗線，就是一半以上皆為女子，寄寓了西西對中國古代女子生命圖景的建構，例如文武全才的婦好、醜女鍾離春、私奔的卓文君、凌波仙子洛神、在男俠客之間毫不遜色的紅拂女、舞蹈家公孫大娘、代父從軍的花木蘭等等（當然也有幾隻外國熊）。「玩著衫」屬於兒童遊戲，但西西融入服飾史和人物故事，從帝王將相、文人雅士、販夫走卒到英雄俠士和兒女情長，故事和衣飾都充滿細節。

弗洛依德曾經指出，同是兒童玩藝、遊戲，或成人的空想與白日夢，有人說來無味、沉悶、冷漠，令人厭倦和排斥，但有人說來引人入勝，即使是非常個人的技藝和渺小的想望，都充滿讓人愉悅的快感和動情的感知，端賴說故事的能力、語言的美感與鋪排。《縫熊志》的工藝與文字有兩個美學構成的層次：首先是作為「公仔書」，布偶當然是首要視點，特色有三：第一是骨架，熊能夠站立、躺平或坐下，皮毛以mohair為主要物料，上層是安哥拉羊毛，內藏棉花，以鐵枝支撐和活動關節，放入玻璃珠作為站立平衡。第二是布偶的眉目神態豐富多姿，充滿悲喜歡愁的各式臉容，通過表情道說身世──英雄人物總是身型挺立、英姿勃發，帶著豪邁氣概（水滸傳系列）；古代女子則面目端莊、姿容姣好，或沉靜溫婉（嫘祖和西施）；而一些雙人組合常有互相凝視的情深款款（司馬相如與卓文君），或風塵三俠的彼此關顧。第三是布偶的衣飾富麗清雅，每件根據不同朝代的特色和風格縫製，細節部分精巧，以上衣下裳或長袍做服飾基礎，綴以各式披肩、密褶裙、方巾、髮簪、花草、節杖、麻繩鞋、甲胄和香囊等飾物，配件有樂器（箏、月琴、竹笛）、兵器（佩劍、大刀、纓槍、盾牌）、道具（娃娃枕、織布機和妝奩）等，切合人物身份、性別、個性和形象的需要，而且從無重複，人物活靈活現而辨識度高。

　　其次作為「文學作品」，《縫熊志》有兩項寫作策略：第一是專業知識的運用自如，西西從中國服飾發展的歷史和風格變化中，糅合了政治、軍事、經濟、文化、技術演變的關連，架起雄厚的

脈絡，然後再擷取經書、史冊、詩詞、民間傳說來縷述衣服與人物的生平際遇；最後還有服飾的專有詞彙，像襦裙、深衣、筓、犢鼻褌、步搖、靈蛇髻、幅巾等等不勝枚舉，簡直是學習字詞和時裝術語的範本。第二是說故事的技巧，上面那些冷知識如果單是和盤托出、照字搬紙，一定枯燥沉悶而無味，如何將「知識」變成趣味，才是最大的考驗和關鍵。西西往往採取人物直接敘述的口吻，那是通過「擬人法」讓毛熊跟我們講故事，每個布偶不是玩具那樣存在，而是「生靈」，具有生命和靈魂。西西以身代入其中，代言講出「人話」的感官和感受，或以「角色」替他/她們建立身份和行動，從頭細說家族或族群的來處、個人的經歷與情懷。可以說，《縫熊志》內所有毛熊都是「角色扮演」或「臉譜」(persona)，穿上西西縫製的衣服，沾上那些時代風華，扮演歷代人物。當中的敘述有兩個層面，一個是客體的、旁觀的視點，介紹或解說一些歷史和人物資料；一個是主體的、主觀的視點，以第一身「我」跟毛熊對話，或以第三身變換其間言說種種遭遇。這兩種文本來來回回、進進出出的交錯，連起一份幽默或自嘲，語調輕鬆，看似散漫隨意，實則心思細密，無縫焊接。說到底，西西是將「知識」故事化，也將「故事」知識化，是「童書」和「說書」的結合。

《縫熊志》(還有《猿猴志》)是西西的動物伊甸園，具有三重人文價值：第一是體現她對歷史文物的尊重，用工藝和文字重構現代的觀點，反思歷史和人走過來的痕跡；第二是承載了她對英

雄的崇仰、對節義的追尋，她尤愛古代俠客、隱士和烈士，像后羿、荊軻、虯髯客和張騫；第三是為古代女子造像作傳奇，選擇的都是特立獨行、溢出常規和反世俗的女子，或學問淵博和貢獻後世的才女 —— 在病後古稀之年完成的兩本書，銘刻了屬於我城的強韌生命力和勃發精神，西西也讓自己開拓歷史！

2023 年 1 月 8 日

引用書目

西西：《縫熊志》，香港：三聯書店，2009 年。
黃靜訪問：〈答問西西：末世縫猴〉，《信報財經新聞》，2011 年 7 月 20 日，
　　第 37 版。
Freud, Sigmund. "The Creative Writer and Daydreaming," *The Uncanny*. London:
　　Penguin Books, 2003, pp. 23–34.

第五輯：西西的多元宇宙

惟得

夢熊有西西

「……原來連許多成年人也並不知九紋龍是何方神聖」，每令西西驚訝。不打自招，我也屬於無知的一份子。一百回的《水滸傳》，中學時代曾經虔誠地從頭翻閱一遍，多少日子沒有溫習，本來熟悉的臉孔都變作陌生人，這些年趨附潮流，寧願把新浪潮著作反覆吟詠成經典，認定富實驗興味的作品為文學革命的先鋒，懶得攀登紅樓吟風弄月，更別提臨近水之湄講打喊殺。浪子稍為回頭，西西用左手繡水滸五熊，對我們這些莽漢無疑是一場教化。我來到香港中文大學圖書館的香港文學特藏，參觀過西西的喬治亞微型屋，樓下的櫥窗現出水滸五熊，儼如從小人國逃逸的大男孩。

惟得，散文及小説作者，兼寫影評書評。著有短篇小説集《可以燎原》、《請坐》、《亦蜿蜒》，散文集《或序或散成圖》、《字的華爾滋》，電影散文集《戲謔麥加芬》，遊記《路從書上起》。

梁山泊一百零八名好漢，西西只圈點五人縫製泰迪熊，巧思圍繞英雄、浪子、蟻民、敵人、囚犯的概念打轉，取捨間可以窺見她慣常的創作意念。櫥窗最左邊的九紋龍史進，是書裡第一位出場的人物，西西只用黑白兩色來表示，著意突出胸膛和兩臂的紋身，繡了九條青龍，西西謙稱手工粗拙，本應流暢的線條活像甲骨文，就我所見，史進熊的皮膚宛如一塊白畫布，方便西西填上康丁斯基式的音樂符號。康丁斯基的龍暗喻死亡、罪惡、黑暗與冬天，西西的龍則象徵良善、光明和噴火的夏天，非常響鬧，設合史進的火爆脾氣和率直品性，西西的史進熊手握一枚棍棒，腰纏的布包更像多一隻手，助長他的武功。斜掛在頭上的黑帽和圍胸的黑布沉重地壓下來，像死亡的負荷，異常奪目，似乎比喻英雄恁是武功高強，到頭來擺脫不了壯烈犧牲的命運。史進熊身旁站著燕青熊，西西有一篇小說名喚〈浪子燕青〉，今次又想用一幅金線織成的黃金緯襯托他滿身花繡，益見她對燕青的偏愛，可惜織錦過厚，無法翻轉，只好作罷。燕青熊改換淺淡桃花上衣，下配燈草絨的褲子，更顯示他浪跡天涯的瀟灑，耳朵簪花，雙手捧著短笛，迫人的是靈氣。時遷熊在櫥窗裡站在正中，論梁山好漢，其實他排行倒數第二位，腿側藏一把匕首，大模大樣進行鼠竊狗偷的勾當，見不得光，素性惹事生非，投宿祝家莊，嫌飯菜不合胃口，竟去偷雞，污頭垢面上偏又粗心大意讓一根雞毛停駐，敗露了他的行藏。小說分明寫時遷偷的是公雞，西西卻讓時遷熊腋下夾一隻五顏六色的雞，流露她佻皮的一面，存心惡作劇，製造熱鬧和喜劇感。時遷也不是戰死沙場，只為

絞腸痧向人間謝幕，與「英雄」這個名堂絕緣，西西偏偏選中他，表示她對小人物的關懷。西西往往出人意表，選擇張清，原是梁山泊的頭號公敵，一次又一次攻伐水滸將領，被生擒後才歸順梁山。張清熊一身素衣，西西表彰他腰間常帶的一袋石子，那才是致命的武器，不用弓而發的箭，屢射屢中，贏得「沒羽箭」的稱謂。西西對小道具也費盡心思，盾牌本屬次要，難為她想到用兒童的虎頭鞋改裝，四周再親手繪出彩圖，盾牌妥善地留在張清熊手中，西西早已在牌後用橡皮筋紮緊。留守櫥窗最右邊是青面獸楊志，西西再一次向自己挑戰，楊志犯了「鬥毆殺傷，誤傷人命」的罪，臉上有「刺配北京大名府留守司充軍」的刺青，泰迪熊的臉龐素來窄小，西西分三行繡，還是要割愛幾個字。飄揚的金色戰袍上，西西為楊志熊佩戴弓、三枚箭和佩刀，少了寶刀，因為找不到愜意的，反為成全了楊志在街市變賣祖傳寶刀的一段軼事。

感謝西西，中國模樣的熊不只是熊貓，還有水滸五熊

意猶未盡，不如翻《縫熊志》，書頁像豐饒的土壤，西西是播種人，潑幾滴墨汁，一個個古中國的人物便活靈活現，西西不也像她筆下的莊子嗎？一個說書人，長短的句語像絲帶包裝想說的話，我們便想擺脫肉身的束縛，代入生態的性靈觀察萬事萬物。最趣緻是莊子熊嘴唇上的短髭，西西用黑線代表，想像莊子熊用手指彈撥，一個個有趣的故事便從他口中吐出來。國君派遣使節到來遊說莊子當宰相，他懶得理會，躺平在一叢樹籬的頂端，娃娃枕薦頭，一隻蝴蝶便飛過來，停在他的耳畔，陪他做夢，蝴蝶是透明的，霎眼間蝴蝶與莊子熊融為一體。莊子熊一身白衣，西西的文字不也是白色的嗎？到達透明的化境，讓讀者各自用色彩自由發揮。西西亦為荊軻和高漸離兩隻熊披上白衣，荊軻熊腰藏匕首，高漸離熊彈箏樣的筑在易水送別，行刺秦王是明知不可為而為之的壯舉，白衣戴孝，染有悲劇的鹹味。

西西往生，我依依不捨，起意仿她縫熊，然而我手腳笨拙，摺一隻紙船也對不到角，惟有憑空臆造。西西熊右手執筆，左手拿記事簿，錄下讀書心得、觀影觀畫隨想，與及生活見聞。我用小型紙板做一些西西著作的封面，放進西西熊的背囊，當然少不了〈瑪利亞〉（1965年《中國學生周報》第十四屆徵文比賽小說組第一名），另外還有〈像我這樣的一個女子〉（經《聯合報》轉載後瘋魔台灣讀者）、《哀悼乳房》（1992年台北《中國時報》開卷十大好書）、《飛氈》（2005年馬來西亞第三屆花蹤世界華文文學獎）、《西西卷》（第二屆香港中文文學雙年獎小說組雙年獎）、《時間的話題——

對話集》（第四屆香港中文文學雙年獎文學評論組推薦獎）。應該
怎樣為西西熊裝扮呢？先入為主是橙色綠鈕扣的 A 字裙，西西熊
一腳向後翹起，另一腳落在地面的一個四方格，代表西西童年，
1937 年西西在上海出生，1950 年隨父母「跳」飛機到香港。我又想
到為西西熊縫一套淺藍素淨長衫，鼻樑架一副金絲眼鏡，追念她
1979 年退休前在農圃道官立小學春風化雨。我還大膽構思一件泛
起肥皂味的泳衣，深棕色像曬黑的皮膚，外加米黃色的浴袍，這
樣想時完全沒有褻瀆的意圖，〈感冒〉裡的小魚兒不是入水能游
嗎？如果浮床是西西的上帝，手術後練太極劍就是她的挪亞方
舟，泳衣正好突顯她的體育精神。我還有一個私人的理由，1980
年一個夜晚，何福仁約我到灣仔一間酒樓飯聚，下班後趕到，已
經高朋滿座，都是前《大拇指》和素葉的好友，我為遲到尷尬，瞥
見一個空位，忙不迭坐過去，右邊的女史回過頭來，頷首招呼，
自我介紹是西西，隨即親切地說：「剛讀到你在《香港時報》的一
篇〈泳池〉，我也是公眾泳池的常客啊！」話題從運動開始。

　　縫西西熊，用夢的針線，紀念這一次奇逢。

原載《城市文藝》第 122 期，2023 年 2 月 20 日，略有增刪。

謝曉虹

象是笨蛋

我叫阿象，二十一歲。警察問我，我就這樣回答。為什麼到這裡來？我其實也不太清楚。我不應該再走上這條路的。這條我在動物管理局工作時，常走的路。辭職的時候，我便下定過決心。這倒不是因為，我有多麼討厭我的工作。只是，走在這條路上時，我不免聽到一些令人悲傷的聲音。警察拿了我的證件，低下頭在一本筆記本上抄寫，彷彿正在做著一件真正重要的事。我知道，他們什麼都沒聽見。

你回來了？坐在接待處的阿豆沒把他的臉從電腦熒幕前移開。我們從前非常要好，我以為看到我回來，他會更興奮一點。

——可以進去看一下麼？

——既然都離開了，為什麼呢？

謝曉虹，香港作家，《字花》雜誌發起人之一，著有小說集《好黑》、《鷹頭貓與音樂箱女孩》等。曾獲香港中文文學雙年獎、香港藝術發展獎藝術家年獎（文學藝術）。

我在阿豆面前找了一把椅子坐下來，想起了兔子——或者，其實是因為兔子，我才決意不再回來。我記得，有一天，兔子像往常一樣，給我買了貓糧，蹲下來，和我一起逗貓。她低著頭，專心地搔弄著綠綠的脖子。「你說，我們的孩子出生以後——」後面的說話，我沒有聽清楚。我知道兔子沒有懷孕。但我的腦裡剎時出現了一個畫面。背景是掛在露台上，一列正在等待晾乾的衣衫，前景是一個腹大便便的女人。那女人朝我露出一個太美好的微笑。一定是在哪齣電影裡看見過的畫面，而我竟嗅得到洗衣液的氣味。我估計，在那個地方裡，我和兔子應該可以養一到兩隻貓，最多三隻，但絕對不能是七隻。

　　是的，我養了七隻貓，綠綠只是其中一隻，就在一個不到三百呎的房子裡。每天回到家，我就會聽到此起彼落的叫聲，牠們一個個從暗處冒現。紅燈黃綠青藍紫。那是我幫牠們起的名字。如果再來第八隻貓，我應該給牠起個怎樣的名字？你這樣喜歡貓啊？兔子第一次到我家裡來時這樣問。我苦笑了一下，在動物管理局工作之初，我其實連一隻貓也沒有。在那裡，我的工作是點算每天被送進來的流浪貓狗，有時也會有野豬、猴子、蛇和不能飛的鳥類。我走近牠們，嘗試給牠們餵食，記錄牠們的反應，判斷牠們是否有攻擊性。對於受了重傷或患了重病的動物，獸醫很快便會來把牠們帶走。剩下來的，如果被判斷具有攻擊性，也就是不適合被飼養的話，在來到這裡的第四天，就會被「人道毀滅」。

什麼生物不會對陌生者抱有戒心？尤其那些在街上流浪，或曾經飽受殘酷對待的動物，除非失去了生存的意志，怎麼會不盡力顯示牠們的攻擊性——即使牠們本身早已不堪一擊？我沒有像其他同事那樣，急著向牠們餵食，要牠們立即馴服。那頭新送進來的芝娃娃，似乎兇得不得了。我只是蹲下來，伸出手掌，等牠來嗅。牠猶豫了好久，但嗅過我的氣味後，我餵牠什麼，牠都吃得津津有味。他們覺得很奇妙，以為我是什麼馴獸師。事實上，只要能交換互信，誰想要冒險進擊？只是，四天的時間實在太少了。

　　被判定具有攻擊性的動物，會被帶到另一個房間，由獸醫往牠們的脖子裡注射毒藥。那一次，不遲不早，那隻牧羊犬的主人剛好來到，看到了牠的屍體。牠那些金黃的毛髮也太漂亮了。那怎麼可能？她掩著面。我後悔沒有說，讓我來收養牠吧，就像我收養那些貓們，即使我只有一個不到三百呎的房子。如果你早來一步就好了。他們這樣對狗主人說。我走出房間，不想聽見她的哭聲，但那種悲傷的聲音，其實早已經刻進附近的空氣裡——或者，確實是因為不想再聽到這些聲音，我才決意不再回來的。

　　現在，我每天聽著冷氣房裡機器震動的聲音，同事們快速打字的聲音，偶爾有人伸個懶腰，問我們午飯吃些什麼才好？我很高興，吃飯的時候，我沒有想起那些動物變得冷硬的身體。而我的同事都說我太幸運了，剛好趕及在大流行前換了工作。那些流

浪貓狗會傳播病毒，動物管理局是高危的地方。是因為這樣，阿豆才生氣了的吧？在大流行的時候，我拋下了他。

阿豆似乎沒有打算和我談話，我終於起身，走進了那些動物被暫時囚禁的地方。甫踏進去，近門處籠子裡的兩隻狗就朝我狂叫起來。我沒有嘗試去安撫牠們，因為我注意到第二個籠子裡，除了三隻貓外，還有一隻黑色的龐然大物，縮在一個角落。我走近去，才意識到那是個穿著一身黑衣的女孩。有一刻，我以為她是職員，但她的手腕上，卻套著和其他動物一樣的號碼帶。

——噓——你——怎麼會在這裡？

那個女孩抬起頭來，但散亂的頭髮讓我無法看清楚她的臉。

我把阿豆叫進來，問他這是怎麼一回事，怎麼能把人關進籠裡？阿豆看了一下籠子，好像不明白我在說什麼似的。我不得不指著那個女孩說：她！我說的是她！她能是貓麼？阿豆臉上露出模棱兩可的表情。他偏了一下頭，彷彿在認真考慮。她確實是貓啊。如果你有看最近局裡推出的小冊子，你就知道，她是其中最危險的貓類之一。那一刻，我覺得阿豆或者在故意報復我。我不再跟他爭辯，而是回過頭去對那女孩說：你為什麼不自己開聲說話，如果你說話，他就知道你並非一隻貓。然而，那女孩只是搖了一下頭，我甚至不知道，在那些散亂的頭髮之下，她的眼睛有沒有張開來，有沒有在看我們。

回到家裡，我跟我的貓們抱怨這件事。在牠們喵喵的叫聲中，我心血來潮，到動物管理局的網頁上去查看，才發現那裡列

出受監管的流浪動物，種類多了不少。有許多動物的名字，我根本連聽都沒有聽過，那些簡介裡，對牠們的描述也很含糊。第二天我再到局裡去，女孩已經被判斷為具有攻擊性。阿豆那天並沒有當值，一個我不認識的，叫做小菇的職員伸出了手來，讓我看她手臂上的爪痕。這樣吧，把「她」交給我。我說。你看看紀錄，就知道過去我收養過不少具有攻擊性的貓。小菇狐疑地看了我好一陣子，又自言自語說了些什麼，但終於還是把「她」交給了我。臨行前，我要求小菇把「她」手腕上的號碼帶子解下來。小菇搖了搖頭，辦不到啊。師兄，你沒有回來太久了，一切都改了啦。在這樣的大流行時期，我們不能放棄追蹤。

有好幾天，我擔心如果兔子到我家裡來，我該怎樣向她解釋，但我同時很期待她的到來，如果她看見「她」，或者就能證明，「她」明明不是什麼危險的動物。

我讓「她」睡在我房間裡，跟「她」說明放衣服和毛巾的地方；廚房有些什麼可以吃的，熱水怎樣用，「她」既沒有點頭，也沒有以任何方式表示明白。廚房偶爾有被翻過的痕跡，餅乾盒子打開了，動物餅乾散落在盥洗盆裡；水滴滴的毛巾丟在地上，卻不確定是「她」，還是其他貓們。當我偶爾瞥進房間裡去，總是發現床鋪得好好的，似乎從沒有人在上面睡過。

兔子到我家裡來，已經是一整個星期以後。我們一面在廳裡吃著她外賣來的漢堡包，一面看著電影。那是一齣偵探片，在好幾個細節上我分了心，開始搞不清楚情節。我擔心兔子發現了會

生悶氣，不過過了一陣，卻是兔子先說對不起，她太累了，實在看不下去。我到你房間裡去睡一下。她說。我來不及，也想不到怎樣可以阻止她，只是任由她自己推門進去。

兔子再次從我房間裡走出來時，臉上果然有些不悅，但卻沒有說些什麼，還滿足地伸了伸懶腰，似乎睡了一個好覺。我給她泡了茶，端到她跟前，她才問我：這件事還有什麼人知道嗎？

——你看出來有什麼不妥了吧？

——當然不妥，這樣的大流行時期。你居然還領新的動物回來。

——動物？你看得出她是什麼動物？

就是新納入被監管的動物。兔子言之鑿鑿地說。我不知道該說些什麼才好。兔子臨行時還再一次吩咐我，千萬不能讓鄰居看見「她」。

兔子走了以後，我推門走進房間裡去。我看到「她」就坐在地上，手抱在胸前，冷眼看著我。我拾起地上那根釣魚竿似的貓玩具（它的一端吊著一隻毛茸茸的假老鼠），故意朝著「她」來回地揮動，表演著空中飛鼠。好一陣子過後，「她」果然伸出了貓掌，狠狠地撥打了它一下。看到我的玩具跌落在地上了，「她」終於笑了一下。此時，「她」站了起來，轉過身去，從我床頭那書架，挑了一本詩集，然後又重新坐在地上，似乎是津津有味地讀起來。

我本來想問「她」：所以，你現在並不是一頭貓了？但我沒有，只是打量著「她」白得泛青的臉，「她」的嘴唇脫皮，腳趾甲太

久沒有修剪了，藏了不少污垢。「她」看起來確實就像是一頭受過殘酷對待的貓。

第二天，我如常換上襯衣，穿上皮鞋到公司裡去。午飯的時候，同事們提議到附近一家新開的日式料理店去吃午飯。我想也沒有想便點了烤魚套餐。或者太餓了，我把每一根魚骨都舐得乾乾淨淨。有一刻，覺得自己比「她」更像一隻貓，或者有天也會被列為被監管的動物。回到家裡，我想向貓們發表我的看法。不過，這天牠們對我的興趣缺缺。「她」似乎終於洗了個澡，坐在沙發上時，看起來比我更人模人樣。貓們居然都在沙發上一排坐好。電視上正播放希治閣的《鳥》，「她」和牠們的臉上都有著驚訝的神色。

我回到自己的房中，只想好好睡上一覺，半夜電話卻突然響起來。

——你老爸不是有一輛可以跨境行走的貨車嗎？

——是又怎樣？阿豆跟我說話的語氣，居然又像是老朋友一樣。

——內部消息，明天市裡就要宣佈了——你新收養的那隻貓必須被「人道毀滅」。目前，只是提到要毀滅這個品種的，但誰知道之後會怎樣⋯⋯

我下了床，腳一下子被什麼硌痛了。我覺得自己的腦袋還沒有完全清醒，瞳孔卻漸漸適應了黑暗。地上散佈著貓的玩具和幾雙髒襪子，但貓們都不在房間。我走出廳，發現「她」在沙發上睡

著了。一大串的貓們伏在她的肚腹上大腿上，鑽到她臂彎裡，毛茸茸的一大團，難以分辨出彼此。電視沒有關掉，懸疑的音樂在斗室裡盤旋，我看到一片美麗的藍光，均勻地敷在這些昏睡的生物之上。

原載於《無形》第 58 期，2023 年 2 月。

樊善標

私念西西

　　紀念作家最好的方式是認真地讀他的作品。西西在學術界、在一般讀者中早有不能取代的地位，我的閱讀無助於再提高她的聲譽，而僅代表個人小小的心意，表達像我這樣的一個讀者，曾在西西那裡得到怎樣的啟發。

　　1984年夏天，大學一年級下學期，系裡的學生刊物《學文》要編一個「西西專輯」，那是我第一次聽到這個名字。上世紀七、八十年代的中學課程裡沒有「香港文學」，連「現代文學」的說法也不流行。教科書裡固然有不少白話散文，也有幾首新詩，小說好像只有魯迅的〈故鄉〉——這些都是「課文」，每篇獨立學習，完全沒有想過聚攏起來代表了什麼。我知道大二將修讀「現代文學」

樊善標，香港中文大學中國語言及文學系退休教授。著有《諦聽雜音：報紙副刊與香港文學生產（1930–1960年代）》、《清濁與風骨——建安文學研究反思》、《發射火箭》等。

科，但不曉得有什麼內容。那時《像我這樣的一個女子》剛由台灣洪範書店出版，《春望》和《交河》只出版了兩、三年，我都買回來了。一讀之下，困惑不已。理解文句沒有問題，困難在於那些「故事」都不完整，很多似乎發生在異國外地，但即使用上香港地名的，也不像我所知道的地方。總之就是與常見的報紙專欄、武俠科幻截然不同，弄不清楚作者要帶出什麼意義。努力了大半個暑假，寫出一篇〈南蠻〉的評論，投給《學文》。說是小說評論，其實不過是內容簡述和個人感想，根本不了解什麼是小說藝術。不過〈南蠻〉的寫法相對直接，主角又是一位退休小學教師，接近我的生活經驗，感覺還讀得懂。

　　練習之後似乎有些進步，一天我突然覺得明白了那篇〈染〉。〈染〉收於《交河》，寫「我」曾經長期穿著一件偶然買來的布衫，不知不覺地「我」的皮膚、慣常坐臥的地方，都變成了墨藍色。「我」發現是布衫掉色的緣故，嘗試浸泡洗滌，可是染料源源不絕地滲出，晾曬時甚至弄污了樓下商店的帳篷。過了一段日子，皮膚上的顏色終於洗淨，「我」重新把居處的牆壁髹上明亮的白色，換上素來喜歡的白衣，把布衫寄給在染坊資料室工作的朋友，供他參考。布衫顯然是個象徵：「我」在度假的小島買來應急替換，回到居處不分晝夜地閉門工作時仍披著它，「竟奇異地可以感知新季節的全面降臨，傾耳聽見夏日振翼而來的嗯哨」；工作完成，「我」開始清理沾染的顏色，到得成功時，「懷中飛揚著的風浪，嘩嘩的濤聲，鹽的氣味也隨之蕩然無存了」。這

無疑是告別一個階段的不捨，但轉瞬間明亮居所、潔白衣服這些似乎美好的事物就會令「我」忘記過去了。回頭再讀前面寫浸洗的衣服，「彷彿滿身都是赤露的傷口，淌出它整體詭異的血液」，以及居室的染痕，「一些關連著我身體的部分，瑣雜地分佈在室內的各處，似乎是我，藉著那件布衫，把自己緩漸地褪落」，這些超乎現實的描述暗示清理過程有似於自我殘害，那麼改造過的「我」真比以前更好嗎？原來人生的價值可以這樣思量，表達想法的方式可以這樣微妙，我感受到和以往閱讀其他作品不一樣的新奇。

　　〈染〉後來再收入《母魚》裡，《母魚》有一篇〈休憩公園的午後〉也帶給了我新鮮的興奮。開篇時「我」抱著牙牙學語的妹妹，坐在公園的洋紫荊樹下，看著周遭的植物和人。那是個晴暖的秋日，環境描寫漸漸延伸到公園之外，人物的活動也愈來愈多種多樣。突然「我」和妹妹從園門外進來了，妹妹已是附近小學的三年級學生，「我」則是那小學的教師。原來剛才的敘述不僅不動聲色地脫離了「我」的視線，更在時間中推進了好幾年。公園的洋紫荊樹下是個定點，鏡頭從這裡靈活地伸展，有時在空間裡移動，有時在時間中前行。妹妹繼續長大，結婚，移徙到異地，生下孩子，又從一列棕櫚樹後步出，回到「我」的面前，替「我」和手抱的嬰兒——她的孩子——在暖和的陽光下拍照。這篇小說不倚仗扣人心弦的情節，僅僅固定了空間，壓縮了時間，似乎就呈現了平凡人生的真諦，「我」和妹妹、母親的親密感情不落言詮，尤其令

人回味。我再次體會了，形式和內容的二分法用在出色的作品
裡，是十分無力的。

　　不少人稱讚西西的前衛實驗精神，但任何技法沒有感受或體
會在背後支撐都不會站得穩，反過來，讀者沒有相應的解讀能
力，也分辨不出前衛不前衛。西西有一首〈竹絲雞〉：

　　你送我一隻竹絲雞
　　希望我吃了
　　身體好
　　你所以要送我竹絲雞
　　是因為我的身體不好

　　竹絲雞
　　我煮來吃掉了
　　身體好像也好些
　　是真的
　　好了些
　　整整的一隻竹絲雞
　　我都吃掉了
　　剩下
　　一支支骨頭
　　我不會吃

　　一支支骨頭
　　過過清水
　　曬曬太陽

原來也可以蘸墨水寫字

那麼就用來寫字吧

寫幾個字

謝謝你

全賴杜杜的詮釋，我才明白這種寫法的不凡。杜杜先談論了杜甫、陸游、楊基等古人詠雞的句子，然後說，「中國詩彷彿就有這愛雞憐雞不吃雞的傳統，直至西西的〈竹絲雞〉，才石破天驚地開宗明義擺明車馬吃雞……全詩清簡自然，白描直述，沒有紅冠白羽毛，也沒有長鳴蓋四郊，純粹是吃雞寄情」（〈散步的母雞不要吃〉，《另類食的藝術》）。乍看簡樸得有點過份的寫法，放置在恰當的脈絡中，始能發現創新之處。然而這首詩也不僅是主題推陳出新。它拒絕了雞的種種傳統象徵意義，直指本質——當然是某種意義上的本質——，無異於提出了對事物的另類認識。這種認識正需要看似沒有詩味的文句才能夠傳達，這不就是一種前衛的寫法？

　　《石磬》裡有一首〈我想到的不是文字〉，後來《西西詩集1959–1999》刪去了。也許西西嫌這首詩有點「說教」，但我覺得最後幾行實在有助於了解西西：「因為我相信生命／永遠比文字超脫／比文字活潑／比文字／更看到時間的考驗。」這幾行可以把同樣在《石磬》裡的〈蝴蝶輕〉和很多年之後的〈看一青年舞劍〉連結起來。〈蝴蝶輕〉用袋鼠和蝴蝶來暗示兩種人生態度，「我」像袋鼠，心懷裡盛載了太多事情、記憶，愈來愈沉重，漸漸明白蝴蝶能夠飛舞，

是因為身輕，是因為沒有心。很顯然，儘管沉重，「我」並不準備捨棄遺忘口袋裡的東西，變作無心而逍遙的「他」，這是西西對我之為我的承擔和肯定。〈看一青年舞劍〉則寫一個在公園表演耍劍的青年，招式嫻熟，從容自信。但他以劍作刀，用的是道具，不然「這雙刃的／利器，他身上／起碼留下了／三十三道傷口」。孔融說過，「今之少年，喜謗前輩」，這首詩或可解作反譏無自知之明者，但西西在《西西詩集》的〈序〉裡特意說明：「刀屬單刃，刀背可貼身舞動；劍則雙刃，必需離身，否則輕易割傷自己。」我認為這是勸慰的語氣，西西說：應該與某些事情保持一定距離，不然就會令自己受傷。從當年對自我承擔的悲壯堅持，到後來對後輩處事的愛護提點，西西的作品追求前衛新鮮，但從不缺乏生命的溫度。

這麼多年來，我和西西只見過幾次面，說過很少很少的話，她給我的印象幾乎完全來自作品。然則我對她的「私念」，其實是一種閱讀。讀過的西西作品自然不止這些，這些也不算是重量級的。她大量重要的小說詩文說是形塑了今天的香港文學也不為過，這裡偏偏挑出在不同階段曾令我浮想不已的小品，是為了表達我私下的懷念。

原載於《城市文藝》第122期，2023年2月20日。

鄧小樺

怎麼可以這樣快樂

對於西西的作品閱讀，有些部分是需要時間的展開才能深入理解——不是指花在閱讀時間上的，而是指需要讀者自己生命的進程走到某處，才能真正理解到其中的價值。換一個說法是，事非經過不知難。而西西那麼隨和親切貼近我們，讓我們有時忘了她其實是在引領我們超升。

我沒有送過西西玩具，我已經缺乏玩樂好多年了，不好意思說自己是以看《我的玩具》來代替玩樂——如果這全然只是一篇西西《我的玩具》的書評，我會大講西西有多麼好玩，那些玩具顯得她多麼富於童真、多麼博學而又秉持萬物平等的眼光，正如此書的所有評論者一樣。但這是一篇悼文，某些西西文中本來隱晦的地方會因此而特別顯現。《我的玩具》固然是妙趣橫生天真可愛

鄧小樺，香港詩人、作家、文化評論人、策展人，出版著作十數種。「香港文學館」總策展人，「虛詞」、《無形》、《方圓》總編輯，「五夜講場·文學放得開」主持。

的一本書。但它有些輕描淡寫的地方一直讓我怵然而驚——那便是年老與病患、身體的障礙——這些在書中的比例非常低，只有幾處淡然提起。首次是〈散步〉，寫自己在公園晨運練雲手覺得天旋地轉，暈倒在石凳上，不知過了多久醒來，人來人往沒人理她，她自行勉力回家，此後不敢去晨運；再後來右手失去知覺，再也抬不起來。讀到這處霍然而驚，這樣的「街外經驗」，對一個老人家而言多麼驚險，頗可喚起許多慘情與憐憫；但西西筆鋒一轉，又樂滋滋去寫她的玩具。

讀西西，看她寫出來的知識與門道已經豐富到消化不來，但還要看到她沒有寫出來的。散文一般被認為與作者真實個人非常接近的文類，但西西在她的散文裡常常是相當隱身的，隱於她所陳述的現實細節與知識背後，負面情緒很少，永遠是對世界充滿好奇的孩童，只是非常偶然地流露出一點半點的驚心動魄。〈阿福〉中寫她有一年夏天去日本旅行閒逛電器店：

> 我一時頑皮，伸手去試血壓機。一次，沒有數目字出現，再試，仍是空白。連試幾部，都失敗了。售貨員幫我量，然後臉色一沉，說，see a doctor。以為我不明白，再說一遍，see a doctor。我馬上乖乖回到飯店，對大堂坐在旁邊獨立桌椅的經理說要看醫生。原來這位經理會說普通話，懂中文，姓有馬。他立刻陪我到幾幢酒店外的公立醫院就診，並且做起翻譯。量血壓時又爆燈了。我帶了藥回酒店，翌日連忙購買機票提早回港。幾年後，我再到日本看毛熊展，仍選新宿那酒店。

引述原文，是想展示這個驚心動魄的血壓暴走情節中，唯一涉及內心的形容是「頑皮」、「乖乖」，最多加上「連忙」，當是一個小孩頑皮闖禍受教訓般的事來寫，彷彿一切還是自己的責任。每當遇險，西西總是這樣帶過去，沒有怨天尤人，半分不自憐，別說沒有誇飾簡直是摒絕內心化，背後是順受天命之意——看來沒有經營，實則是節制到成為自然流露。

　　西西深諳言簡意賅，又常以孩童口氣說出普世真理，詩文中具宗教高度的啟示性筆法更是常見；但寫及自己現實中「遇險」時，則極度節制，留在現實的層面中，節制了象徵和推衍。像〈陀螺〉中寫自己在桌上玩陀螺，「多年來我已成為左撇子，左手沒有什麼能量，陀螺總是轉幾圈，意思意思，然後倒下，然後靜止。桌上陀螺，只能這樣了。」這明明是右手殘疾的後遺所致；倒下、靜止，當可指涉死亡；陀螺更可以象徵不由自主的生命。但西西把一切隱喻象徵之流截斷，回到最平實最基本的，「桌上陀螺，只能這樣」。

　　這在文學手法大概沒什麼好分析的，但當一個人面對衰老病殘，又有多少人能如此豁達？老去原是一個剝奪的過程，將你的形貌、身體、行動自由、能力一一拿走，一切是絕對的無可奈何。近年右手也不大舉得起來，久治不癒，遂有明白。當面對這一切受限，你還是否能忍得住，不把自己比喻為一枚不由自主旋轉且傷痕滿身的陀螺？很多人都知道，西西是反浪漫主義的，她不感傷，連自己的遭遇她都不感傷。是我覺得自己做不到西西這樣，才知道這有多麼難。

《史記‧留侯論》中論勇氣：「匹夫見辱，拔劍而起，挺身而鬥，此不足為勇也。天下大勇者，卒然臨之而不驚，無故加之而不怒。此其所挾持者甚大，而其志甚遠也。」經過2019年，我大概可以接近「卒然臨之而不驚」，但「無故加之而不怒」還是經常做不到。但想想，「卒然臨之」、「無故加之」，不也就是命運的挑戰與災難來臨時的狀態嗎？西西的豁達其實是面對命運的大勇，置生死於度外。但因不想親友擔心，活著又有好玩的事，於是又好好活下去。

《我的玩具》中唯一一次比較強烈的負面情緒是〈熊出沒〉中西西發現熊玩偶打理不善而「吽」出蟲來，「都怪自己愚蠢，明知香港氣候潮濕，又無能力維持一天廿四小時空調侍候，縫什麼熊呀。」西西把萬物當生物，又把自己置於萬物之下。又有一篇寫她坐著的溫莎椅散架，讓她整個人跌到地上：「我居然毫髮無損。於是也原諒了椅子，應該是，彼此彼此，因為之前對它的形容失敬。」這裡的擬人，是將物與自我齊平對待，寬容平等，當是自己得罪了椅子。「擬人」這種修辭手法，原來還可以幫人消化自己遭遇的意外和危險。

> 唯達者知通為一，為是不用，而寓諸庸，因是已。〔……〕是故滑疑之耀，聖人之所圖也。為是不用而寓諸庸，此之謂以明。
>
> ——《莊子‧齊物論》

關於身體衰病之事，《花木欄》後記有流露病弱時的低沉，集中全面開展的有《哀悼乳房》，收在《白髮阿娥及其他》中的〈解體〉

更以前衛文體極寫身體內部的爭戰與崩壞；其後，西西倒只寫外在的、趣味的、善良的那些玩藝。我從小「老積」，偏好結構性強或沉重高遠的文字，喜歡看死亡和疾病的書寫，連童真都要進行分析，自然也有覺得西西作品太過輕快的時候。西西過世後我和洛楓小姐做過一個 live，她提到一直有人嫌西西作品太輕，到西西過世了之後還在嫌。的確我有見過，我以前也一度有微言。是到自己老了限制多，才知道西西如何舉重若輕——她一直堅持著卡爾維諾的信條，繼續往「輕」的高處提煉，同時舉起了更多更多個人命運的重負。如果你覺得那輕是不合情理，其實要想到她舉起的那重也是極致。

特別要提醒的是，西西的「輕」並非浮淺，相反是承載愈來愈多的知識內容。大概也有人要抱怨西西是太正面、正能量了。我是在與洛楓做 live 時，突然明白這種正面傾向是一種知識份子及教育工作者的取向。西西博學讀書多是眾所周知，但知識份子不止是多讀了書而已。吳念真常提起他童年時村口代寫信的「條春伯」，覺得條春伯才是知識份子的代表。村子裡的大老粗請條春伯代寫信叫在外的大兒寄錢回家，本來是滿口粗言的訓罵，條春伯則將之改寫溫暖婉轉關懷有禮之語，並向大老粗複述一次，問「是不是這樣？」大老粗喜笑道：「是是是！就是這個意思啦！」知識份子的責任，是要把人間的粗暴情緒與紛亂輾壓，轉換成能夠普遍明白與接受的言語，勾現底層的善良，讓世間往好的方向發展。愈是面對叢林般粗礪兇險的現實，愈要這樣。至於教育者，

則是面對比你更弱勢更年輕的人，負起教育者的責任去為他們服務，那自身的 ego 也自然縮小，好把自己放低一點。

我記得《字花》第一期，有西西的一篇短文〈熊藝〉（不知算是散文還是小說），前段寫西西初學做熊的手藝細節，大概如日後多篇文章所見；特殊的是文末寫一個與西西一起學做熊的女孩，一邊用木棒塞棉花入毛熊肚子一邊喃喃道「死了吧，死了吧」。文章就在這裡結束，不吝可以發展成一部驚悚小說，又或用來抒發「世風日下現在的小孩好可怕」之類的老式言論；但西西沒有這樣做，這個短篇沒有收在任何集子中；當時間和體力都有限，西西選擇去做《縫熊志》，那麼多個精緻到超越想像的毛熊，細節承載著大量的歷史考察知識與創意。舉重若輕，是想把力氣花在美好的地方，把美好給予更多的人，讓世界再好一點。

我能夠這樣明白西西，也是因為亂世，面對外界與自身的許多災難，尤其會不想被壓倒、放負，因而把少年時的自怨自憐收起，多談美好的事物。吳靄儀說過，希望是一種責任。如果是太平盛世，西西的遊藝手作、晚年小說可能只是一些美好的消閒，儲藏給人間日後細味；但當世界日日出現壞事、連自己身體都是災難現場，我於焉明白了西西的美好之難、及難得。那不是壓抑，不是隱埋，不是為了呃 like 而只呈現美好一面，而是真正消化命運的巨大挑戰，以自己快樂的方式超越其上，同時俯身親近萬物，所謂舉重若輕。

原載於《無形》第 58 期，2023 年 2 月。

劉偉成

以石磬的清音作鈴聲
—— 為西西追思會選誦材

　　接觸西西風格，不始於她拿手的小說，乃始於中三時首次讀
到她第一本詩集《石磬》——那時我連石磬敲起來是什麼聲音也不
知道，我也對集子裡的詩沒有很大的感覺，只覺得詩很淺白易
明，節奏爽明。那時我對現代詩的涉獵不多，還覺得那是太散文
化，詩味不夠。隨著詩齡越長，便越想念那種清清爽爽像石磬一
樣的樂音，我有時會想如果將每次靈感到訪比喻為詩神的來電，
我大概會將石磬的清音設定為祂專屬的鈴聲……

　　從何福仁老師那裡聽說西西1963至1964年曾替《中國學生周
報》編過「詩之頁」，後來不再編下去，因她說許多投稿都看不明
白，所以還是不去編較好。原來西西一直堅持那石磬一樣的清

劉偉成，香港作家、詩人、資深編輯，香港浸會
大學人文及創作系哲學博士。近作有散文集《影
之忘返》、詩集《果實微溫》。曾獲香港中文文學
雙年獎、香港藝術發展獎藝術家年獎（文學藝術）。

第五輯：西西的多元宇宙

音。就像「金融海嘯」後，我們不時聽見人呼籲：「不要投資自己也說不明白的概念股。」對於詩，那是來自心底本質的聲音，所以抑是讓它繼續深埋，不然出土後便應秉持清脆的音調。有時當我開展一首詩，在某個骨節點寫不下去時，我便會提醒自己，就讓它像石磬一樣清脆爽直，原來白描非但不是筆力弱的表現，而是最好的過渡鈎扣，會讓表達的情感因自然流暢而顯得更直率果敢。

1982年，西西一口氣出版了三部作品，素葉叢書中的編號也是相連的

《石磬》是西西的第一本詩集，於1982年首刷，同年西西還出版了短篇小說集《春望》和長篇小說《哨鹿》，全是素葉叢書，一年內出版三本不同文類且水平堪稱代表作層次的集子，我想出版過自己著作的寫作人都會體會到這是何等驚人的創作能量。我即使很帶勁地寫，單單完成一本詩集也需兩年，更遑論還有餘勁去完成另外兩本，尤其是《哨鹿》，它是《欽天監》之前，我最喜歡的西西小說，此排名非關作品水平，

西西用左手的簽名略帶顫抖，跟規整的鉛印名字形成對比

純因《哨鹿》給那年紀的我帶來的震撼是深刻的。1982年，在我的文學閱歷地圖中，鎖定為西西創作生涯的一次重要的創作爆發。

為了紀念這個爆發，我特別帶著這三本書去給西西簽名紀念。那是由素葉同仁籌組拍攝的西西記錄片《候鳥——我城的一位作家》的私人播映會，那次除了可看電影外，還有豐富的酒水茶點。看得出那天西西很高興，滿有笑容。她也來跟我閒聊，我急不及待拿出三本書來討簽名。本來以為可以邊簽邊解説挑此三本的原因，怎料素葉的朋友便緊張地圍過來説：「不要再增添她左手的負擔！」我才驀地醒起：「對，西西的右手已不能用。」我正想撤回遞上的書，怎料西西卻溫柔地道：「就簽這本吧！」看著她在《哨鹿》頗費勁地寫上名字和日期——2019年，那時西西應該在寫《欽天監》，一筆一劃地寫，我真的很難想像整部書十六萬字，她是如何完成。我特別想記下這情景，因看過西西如此一筆一筆費勁地寫出有點抖的筆劃，是有濃重儀式感的記憶，如此將筆劃略帶顫抖跟規整的鉛印名字對照著看，便彷彿看見歲月艱苦奮進的行跡，我想以後自己再不會輕言寫作的艱辛；如仍覺艱辛，那只因愛得不夠。

1　第一本詩集《石磬》的代表作

2023年1月8日西西的追思會上，我負責其中一個朗讀西西詩作的環節，在選誦材時，我意欲從西西的三本詩集中分別選一首，試著呈現她詩歌不同時期的創作特點。在《石磬》裡，最為人傳頌的不是點題的詩作，可能由於〈石磬〉篇幅有點長，不便引述。集子裡最為人熟識的該是〈可不可以說〉，多數人都著眼於這首詩營造出來的諧趣戲謔效果，其中最能引人擊節叫好的莫過於「一頭訓導主任」一句——誠然這是將「權威人格」貶抑至「原始獸性」的巧思；但詩中亦有「一位螞蟻」和「一名甲由」中的「動物—人格」的逆向地位提升，我想這種「地位對流」才是〈可不可以說〉想帶出的「眾生平等」的省思。如此才能更透徹地讀通詩最末幾句的餘韻：「可不可以說／龍眼吉祥／龍鬚糖萬歲萬歲萬萬歲？」《石磬》裡有好幾首都寫到「皇帝」，例如〈奏摺〉收結處，即使皇帝知道天下間有著不同的隱患，民不聊生，但還是只顧狩獵活動：「恭請／皇上萬安／⋯⋯／朕今大安／七月盡間／即哨鹿起身」。又例如〈咳嗽的同志〉中強調了「龍骨」、「龍杯」和「龍珮」跟咳嗽的同志坐著「不停地抽煙／他實在瘦／瘦得露出了不少骨頭」。這些關涉皇帝家國的「大主題」，都是放在集子中〈石磬〉一詩之後，如此看來，這是詩人刻意的佈局。張香華曾歸納這批宏觀大主題的詩作，推論出《石磬》這部集子的主題乃「安心立命」（原載《中外文學》第27卷第5期〔1998年10月〕，頁160–189）。如果這真是詩

人創作的心思，與其逐首點出其中「安心立命」之處，我更想說的是詩人似乎是欲通過那種「地位對流」來推衍「安心立命」的命題，而命題的投射對象，並非那些分散的「眾生」，而是萬歲的「權威」該如何在民間找著立足點，如此「龍骨」、「龍杯」和「龍珮」才可以跟「龍眼」和「龍鬚糖」安然接軌。

在〈石磬〉中，西西指本來去博物館是看鼎，鼎本來就是權位的象徵，春秋戰國時代，只有王族諸侯方可擁有。但詩人說當遇見「石磬」後，便不再理會鼎、龍紋尊、白陶砵等尊貴之物，詩人的心可說給它「樸素的文舞」所吸引了。這種價值取向西西從第一本詩集一直保持到最後一部長篇小說《欽天監》——小說中「欽天監」和「國子監」就相當於「石磬」和「鼎」的存在，前者連繫「天籟之音」，後者則投奔「權力核心」。《欽天監》最後如此收結：「我們抬頭看天，天就是天了，天是沒有國界的，沒有國族，星斗滿天，叫星宿，可不是叫星族。」那是趙昌被抄家後託孤於若閎，若閎決定遠離朝廷，到民間好好生活的感言。我不禁想起《石磬》最後一首〈礫石〉的收結：「執天地之手／與天地偕老」，我想這就是《石磬》中所要表達的「安心立命」的路徑。於是我選了〈石磬〉作代表，除了因是點題之作，更由於它在詩集中發揮著上述「承先啟後」的作用，更清楚標示了詩人的價值取向。

2　第二本詩集《西西詩集1959–1999》的代表作

接著第二本詩集《西西詩集1959–1999》，我本來還猶豫該選〈土瓜灣〉還是〈一枚鮮黃色的亮麗菌〉，我結果選了前者，後來知道同樣會在追思會上朗讀的謝曉虹剛好選了後者為誦材，有種英雄所見略同的共鳴。為什麼〈亮麗菌〉會是我的候選？因為詩開首時便提及1984年，這是《中英聯合聲明》簽署的一年，當時令許多香港人心生「末日意識」，所以詩人安排類似原子彈爆炸的「蕈狀雲」一樣的「亮麗菌」出現在肥土鎮的史冊上，詩的第二節則直接提及廣島的原爆（只是詩中的年份該是「一九四五年」而不是詩中所記的「一九四八年」）。眾所周知，菌的色彩越亮麗，毒性越強。詩人特別點出這項常識，似乎是在暗示總有當權者無視警告，好生事端，往往給民眾帶來揮之不去的陰霾。事實上，在原子彈爆發或核試附近的區域，常會頻密地下著雨，在廣島和長崎原爆後更有所謂的「黑雨」的輻射影響區域，還會持續好一段日子，所以詩中也兩次表示了「二十年後會怎樣」的想望。1984年是香港第一個「末日情結」的標誌年份，同樣西西正處於一個創作爆發期。我總不禁作如此聯想：當香港陷入「末日情結」，西西便積極地以寫作沉著抵禦，這難道不就是「安心立命」的楷模嗎？

我認為〈亮麗菌〉和〈土瓜灣〉之間，存在著一種美妙的情感牽絆。〈土瓜灣〉開首便交代有一位外地學者問詩人：「你怎樣能夠住在這樣的地方？」最後詩人如此回應：

2000年，西西在家中書房準備寫作

抬起頭來我可以看見附近一幢沒有電梯的舊樓
四樓上有一個窗口打開了一線縫隙
那是牟老師狹窄幽暗的小書房
他老人家長年伏案瞇起眼睛書寫
長年思索安頓生命的問題
無論住在哪裡總是飄泊
但牟老師畢竟在土瓜灣住了許多許多年
土瓜灣就有了值得居住的理由

　　長年漂泊的牟宗三，即使香港多年來仍在「亮麗菌」的陰霾中
下著雨，他仍在土瓜灣思索「安頓」的問題，這似乎也是詩人的一

種生活取態。這集子中好像也少了提及「皇帝」形象的作品，多了日常生活中遇到的「普通百姓」，例如〈書寫的人〉記一位同是在土瓜灣居住了多年的「寫信人」，一位在資訊科技發達年代堅守行將式微本業的人，讓西西記下這樣的反思：

> 同為書寫的人，我永遠無法明白
> 造物者複雜的設計，安排
> 她獣在天橋下寫信，我呆在家中
> 偶然寫詩，書寫是她的工作，我
> 只是遊戲？她的抒情
> 永遠擊中企盼的眼睛
> 我的敘事只是瓶中的文本

這首詩就放在〈土瓜灣〉之後，我想這是作者或編輯刻意為之，兩首詩對讀，我們可以讀到牟宗三如此的大哲、西西這樣的作家，和某個天橋底的寫信人三個形象構成了巨大的思考漩渦：牟先生長期的「安頓」思考究竟是抵禦還是順應「造物者複雜的設計」？看到這裡，我便彷彿接收到西西傳來的一道思考命題。誠然，〈土瓜灣〉中說到因為牟宗三，土瓜灣便有了值得居住的理由，所以追思會上朗讀這詩，觀眾都會領會到西西在土瓜灣居住了這麼多年，土瓜灣（借代整個香港）值得居住的理由便更無容置疑了。

提到〈土瓜灣〉一詩，許多人都會拿《石頭與桃花》中的〈土瓜灣敘事〉來對讀，其實我想說同一本集子的第一篇〈文體練習〉

更不可忽略。這篇短篇是參照雷蒙‧格諾的《風格練習》來創作的，這個練習的模式是以不同形式書寫同一個原型片段，如西西所言「怎麼寫」和「寫什麼」只是一個銀元的兩面。「風格練習」的模式明顯是「怎樣寫」的選擇。西西在練習的第二則〈當下〉如此寫道：

> 遊客簇擁，來了又去，遮蔽了街道，行人都只好走到馬路上去。街道非常骯髒，滿地紙屑和煙蒂。空氣污濁，喧聲四起。樓下的管理處都貼上溫馨提示：請勿堵塞門口，給我們一條生路，讓我們通過。洗衣店的玻璃窗櫺上貼一告示：內貓甚惡，伸手弄牠，後果自負。

這似乎就是詩中訪問學人口中土瓜灣不宜長居的原因，但西西是愛貓之人，文中有意替「惡貓」平反：芝芝其實很乖，只是那些遊客惡意騷擾才會咬人，但店主卻因而給索償，所以才貼出這樣的告示。西西在最後一則〈後晚期風格〉中交代芝芝發現大腸有腫塊，不知是良性還是惡性。店主逗牠，「牠也不打開眼睛，只是喉頭呼嚕呼嚕，好像說，放心，我很好」。與其說是芝芝的話，不如說是西西想對朋友說的話，對所有覺得土瓜灣不值得住的外來者說的話。我不禁想像，芝芝的淡然大概近於牟宗三思考安頓生命問題時的取態；我想這亦是晚年西西對世態的回應，故曰「後晚期風格」。不錯，「看什麼」和「怎樣看」從來都是個人抉擇，要在「當下」吸引眼球者，當然會選前者，還會選具「話題性」的事物來看來放大，但後者往往是更適合思考「安頓生命問題」的

取態。我更想強調的是西西這篇〈文體練習〉其實是「看什麼」和「怎樣看」兼有的創作,感覺較原本《風格練習》更耐嚼。

如果說《石磬》中思索的「安心立命」,是「龍骨」如何銜接「龍鬚糖」,是宏觀「候鳥」視角尋找降落點;而《西西詩集》的卷二和三(卷一是整部《石磬》)中所思考的「安頓」,則是「龍鬚糖」如何保存「龍骨」精粹和尊嚴,可說是「織巢」的深耕細作:「安頓」就是「安心地整頓」,《西西詩集》中未必可以展示「整頓」的技法,但它是教人「安心釋然」的良方。

3　第三本詩集《動物嘉年華》的代表作

接著第三本詩集《動物嘉年華》,於2022年由香港中文大學出版社在七月的香港書展期間正式出版,這一年可說是西西的另一個創作高峰——我們一行人於香港會議展覽中心舉辦了一個名為「西西的多重宇宙」的發佈會,由何福仁、潘國靈、黃怡和我,一起導賞《動物嘉年華》(詩繪本)、《石頭與桃花》(短篇小說集)、《欽天監》(長篇歷史小說)三部西西的新作,這簡直是1982年第一個創作爆發期的相同格局,比第一次更教我震驚,因西西這時已屆八十五高齡,同年12月18日她便溘然長逝。之後我聽何福仁老師說,西西尚有遺作正在整理出版,這可說是貫注全部生命能量的一次超新星爆發,發出的光芒在多元宇宙中真的不知可遠及多少光年。

西西是愛貓之人，她手繪的貓兒，從《西西詩集1959–1999》封面
到《動物嘉年華：西西的動物詩》內頁均可找著牠的身影，
出版社將她的手繪貓製成襟針紀念品

　　在發佈會中，我負責導賞《動物嘉年華》，集內全部詩作都是中
英對照，英譯內容由費正華（Jennifer Feeley）操刀，發佈會中由黃怡
講述跟費正華商討的因語言和文化差異衍生的翻譯難題，為闡釋詩
作提供了新角度。詩集的配圖則是由何福仁徵集的本地年輕藝術創
作人貢獻，令詩集顯得高雅又饒有情趣。我在出版業任職逾四分一
世紀，一眼便感應到那是可遇不可求的出版選題，收藏價值甚高。
全本詩集都是「動物詩」，西西對動物的關注，在《縫熊志》和《猿
猴志》已表露了出來，兩書文字較傾向知性說明，如果談到西西對
動物的情感流露，則首推這本《動物嘉年華》，集內二十三首中，
可說沒有一首不打動我，要挑一首出來代表，可說相當為難。
　　像這樣的一部動物詩繪本，很快便引我掉入「尋找幾希（稀）」
的省思：「人之所以異於禽獸者，幾希。庶民去之，君子存之。

舜明於庶物，察於人倫，由仁義行，非行仁義也。」（《孟子·離婁下》）意思是人異於禽獸之處其實很少（幾稀），而這些稀有之處正是人性本質萌發的端倪，大概就是儒家中常説的「善端」，人該予以「擴充」：「凡有四端於我者，知皆擴而充之矣，若火之始然，泉之始達。苟能充之，足以保四海；苟不充之，不足以事父母。」（《孟子·公孫丑上》）我們常聽到「老吾老，以及人之老；幼吾幼，以及人之幼」（《孟子·梁惠王上》）便是「善端」的擴充，或曰「推恩」。西西在《石磬》最末道明了「執天地之手／與天地偕老」的宏願，在《動物嘉年華》中，我彷彿領悟到西西是通過這樣的「推恩」來「執天地之手」，是她「安心立命」的實踐。

從這本詩繪本中選一首詩，最是困難，因為每首，於我，都有具創意的「刺點」（punctum），我心目中的候選作品有三首：〈動物嘉年華〉中乃是以「肥土鎮」為背景，人物還有讀者掛念的「花可久」。須知「肥土鎮」、「浮城」這些概念已是西西給香港創造的文化資產，我想這可突顯西西對香港的發掘和貢獻，加上此詩是全書的「點題之作」。只是此詩寫到許多不同的動物，但詩人自身形象卻似乎不算鮮明，況且在追思會上讀一首「嘉年華」的詩，始終有欠莊重。可能會有人笑我迂腐，但對於西西的過身，我還不能如此釋然，儘管我算不上是西西十分相熟的文友。

另一首考慮的是〈暖巢〉，因為這首讓我想起小説《織巢》，小説是憶述自己和家人如何從上海來到香港，逐點逐點建立安身立命的家。〈暖巢〉則寫「我」擔憂一個在大廈高簷的暖巢會因大維修

而遭殃,幸虧最後巢是保住了,但城市不斷拆除過去之物,換成華廈,卻只推高了樓價,倖存的暖巢反而成了那些劏房最大的諷刺。只是在追思會上突顯香港的寒傖相,似乎有點考慮不周。

最後我選了〈長臂猿〉,因它較能突顯詩人「推恩」的心路歷程,從中我們可以回推出詩人的「善端」,這可讓我們明白為何西西的生前好友都說,「她是一個很好的人」:

> 我已經多次呼籲,希望
> 在你們的籠頂上蓋
> 搭一層明瓦,鋪一層樹葉
> 讓烈日不會灼傷你們
> 籠內的石灰地面散置枯木
> 讓你們有些停歇的驛站
> 但我人微言輕
> 哪有人聽得見?

她謙厚、細心、富同理心,在《猿猴志》中,西西如此描述「長臂猿」的性情:「長臂猿是一科很特別的動物,永遠露出一副憂鬱的面容,雙手抱膝而坐。牠們個性孤獨,不合群,幾時見過一大群長臂猿如同狒狒般集體行軍,或像獼猴般糾眾爭奪地盤和食物?牠們是樹林的隱者,只與至親相伴,通常是一父一母一幼仔,在深山密林中生活。而且一夫一妻終生廝守,失去伴侶者,往往抑鬱而歿。」大概是這種憂鬱隱逸的個性令西西明言自己「很喜歡長臂猿」。近日我們一行人協助何福仁整理西西的遺物,準備

為它們尋找一個恰當的安置地方，可以讓
喜歡西西作品的讀者來尋找激勵或慰藉，
發覺她家中的客廳放著一隻鱉大的白色長
臂猿毛娃娃，似乎西西是找到性情與自己
很相近的「移情對象」。記得在香港藝術發
展獎終身成就獎的得獎感言中，西西回應
某些獎項的「潛規則」時，很淡意地道：
「無所謂，這是遊戲規則」，跟長臂猿一樣
是不愛爭奪的個性，只低調地隱居於土瓜

在西西家中客廳的
白色長臂猿毛娃娃

灣。長臂猿的長臂，對於西西來說，可能十分適合當「天地之手」
的呈現意象，可能這亦是西西掛念動植物公園的長臂猿的原因。
在詩的結尾，我們更可見到長臂猿跟西西自身的形象疊合起來：

> 林立的是高樓，想見你已微茫
> 力不從心哪，親愛的長臂猿
> 你還安好嗎？等一個風和日麗
> 平安的日子，再上公園看你
> 我也嘗試運走迴旋，在輪椅上

長臂猿給籠囚困著，日灑雨淋；詩人則受制於疾病衰老，行
動不便，要坐在輪椅上。縱然如此詩人說自己即使在「輪椅上」也
會嘗試運走迴旋，表現出一種樂觀積極面對困塞的處世態度。每
次讀到末句心中升起一抹淡然哀愁的同時，我也會隱然感受到
「與天地偕老」的心聲像石磬的清音中繚繞。

好，那麼就選這首作第三本詩集的代表，我想參加追思會的朋友一定能從中感受到西西的處世態度，並且願意在她長臂猿的想像中一起「運走回旋」，甩開規限帶來的怨憤。在詩繪本的最後附有西西的拼貼畫，上面有她手書的旁白。看見那些略帶顫抖的筆劃，我便想起她勉力給我的簽名，感到自己的心像她的筆劃一樣微顫起來。旁白的字是從左至右橫排，那是因為她是以左手書寫，我不禁想像這樣的一位女子，如果沒有這些困阻，她會否達至更高的創作成就。但回心一想，可能正是這些崎嶇，每次克服，都是一個提供反作用推力的踏高階級。她的詩大概是她「安心立命」和「與天地偕老」宏願的最誠摯表現。如果能結合西西的生平來看，你便會感受到從中輻射出來的，不單是創作能量，更是沛然的生命能量。今次能為她的追思會選誦材，我彷彿受了一次生命能量的洗滌，我會感懷銘記：我想以後每當我感到沮喪時，腦中都會響起石磬的清音提示我來個「運走回旋」，甩開怨憤，如此才有望得見「天地之手」，至於能否執之，並與之偕老，則端看各人的造化。

定稿於 2023 年 3 月 23 日

節錄版載於《明報·星期日文學》，2023 年 4 月 30 日。

馮偉才

作為小說評論家的西西

　　西西逝世，悼念她和回顧她寫作生涯的文章不少。我則想起她對小說創作，以及對中國內地小說的評論。上世紀八十年代中期，她曾為台灣洪範書店編了四冊《八十年代中國大陸小說選》（以下簡稱《小說選》），其中的〈序言〉，就是一篇窺探她小說觀和評論觀的重要文章。[1]

　　《小說選》包括了當年傷痕文學、尋根文學、鄉土文學、科幻文學與魔幻現實主義文學的代表作，涵蓋了絕大部分當代中國小說家。西西1987年執筆的〈序言〉對一些作家表示出十分欣賞的態度，而且評論中肯，對不同類型作家的優缺點都說得十分準確。

從跳格子到坐飛氈

馮偉才，香港作家、資深編輯。曾任教於香港嶺南大學、嶺南社區學院。曾出版及主編書評雜誌《讀書人》月刊。出版著作包括評論集《遊方吟》、《大師們的小說課》、《香港文學半生緣》等。

八十年代中期，我也在為三聯版的香港小説選編選年度小説，知道這類工作不易為。那時候，我同樣十分關注中國當代小説的發展，曾寫過兩三篇有關評論文章，所以對西西〈序言〉中的評論觀點也曾留意並有所參考。今天重讀，舊的印象和新的看法交疊一起，對她的小説創作觀又有深一層的體會。

西西所編選的四冊中國大陸小説，分別為：《紅高粱 ——八十年代中國大陸小説選1》（1987），《閣樓 —— 八十年代中國大陸小説選2》（1987），《爆炸 —— 八十年代中國大陸小説選3》（1988），《第六部門 —— 八十年代中國大陸小説選4》（1988）。這套書共六冊，另外兩冊則由鄭樹森編選 —— 應該是西西在病中，由鄭接手。

文革之後的中國當代文學，基本是由傷痕文學開始的。之後到七十年代末至整個八十年代的改革開放時期，不少年輕作家吸收了外來（尤其是現代主義、魔幻現實主義和其他外國小説流派）的經驗，筆下作品可説是真正的百花齊放、各自爭鳴。

到1983年左右，出現一股探索潮。不少新起之秀，包括蘇童、馬原、余華、殘雪、葉兆言等，從大量翻譯過來的外國作品吸收和學習，寫出了他們那一時期的代表作。而這些作品，有別於七十年代末以來的傷痕文學和鄉土文學等比較主流式的寫法，向外國視為先鋒主義的新形式手法邁進。統而觀之，中國當代小説已呈現了完全不一樣的面貌。西西的閲讀和編選，就從這個巔峰時期起步。

西西在〈序言〉中，對那些年的中國內地小說發出讚嘆之聲。她一開始便寫道：「有人說選擇就是批評，我自薦選編這兩本《八十年代中國大陸小說選》，不敢說是批評，只不過是因為近年看了中國大陸的小說創作，跟以前的比較，完全是另一個樣子，非常驚喜。總想告訴朋友，也同時想聽聽朋友的意見，然而傳閱費事，而且想想，別的人，喜歡文學的人或者也有興趣看看，那就編選兩冊書吧。書在今年四月間大致選定。」

西西編選《八十年代中國大陸小說選》四冊

之後越選越多，有了四本。然後，西西接著說：「中國大陸的小說，浩如煙海，真是選不勝選，我只能選定一個斷層，一個較有代表性的階段，不能求全。批評非我所長，何況讀書未遍，豈可信口雌黃？可是作為編選者，我還是有一套自己的準則和想法的。我自己也是學習寫小說的人，我認為一篇好的小說，必須有扎實的思想內容，可也得重視藝術上的創新與探索。尤其是過去許多年來，中國大陸受政治運動的影響，主題每每先行，技巧往往殿後，甚至有過一段黑暗的日子，作者稍露一下對新形式的興趣也會成為罪證。」

在西西眼中，選了四本，還不能完全代表她看到的八十年代中國好小說的全貌。上文說明了她是如何界定一篇好小說的，就是「必須有扎實的思想內容，可也得重視藝術上的創新與探索」。這也是包括我在內的許多編選者的第一考量。像不少當代作品一樣，一味的追求藝術上的創新，但沒有扎實的思想內容的，都是有所欠缺，不能成為一篇好作品。西西特別加上「必須」兩字，也可見她對扎實的思想內容的重視。她也從客觀情況著眼：「結合中國大陸小說的發展，我選採的準則，主要除要求作品有深刻的思想內容，也同時要求藝術上有所創新，有所探索：一句話，總得要有新面貌。」

作品有深刻的思想內容和技巧創新，這是不少小說作者所追求的。但單純的技巧創新，卻不一定是好小說。西西說：「魚目混珠是不免的了，以為凡是新，就是好；結果就有人把文字顛來

倒去，花招層出不窮，新小說、弗洛依德、魔幻等等攪在一起，唬騙人，居然也出了名，成為新貴。這些，是任何革新運動都會出現的現象。不過，這些害群之馬卻害了真正探索的小說家，讓保守的勢力攻擊起來更加振振有辭。幸而嚴肅認真的人仍忠於文學藝術，為我們帶來甜美的果子，容或酸澀，卻是豐收。」

　　七十年代末至八十年代初開始，內地文學刊物不斷引入外國文學的創作和評論，尤其不少翻譯自原文或英文的西方當代文學作品和評論，這對中國內地新一代作家影響很大。西西自然也看到這一點。她指出：「帶動文學新浪潮的第二個原因是文學評論勃興。一九八五年是中國大陸文學理論爆炸的年代，新創作群固然在西方當代文學的衝擊下寫出了與前不同的好作品，但同樣重要的是，他們立刻得到了回應，甚至掌聲，再經輾轉介紹，終於萬人矚目。中國大陸的文評，當然良莠不齊，不過好的文評，已非教條，而能從藝術的角度看小說，也談魔幻寫實、結構主義、接受美學，他們也研究作品中的時空倒敘、跳接、多角度、多聲道的表現手法。他們對新創作群的確起了揚帆推波的功效。」

　　正如她自己寫的小說，西西在編選小說時也很重視小說文體運用和語言。她在評論張承志進行文體實驗的〈三岔戈壁〉時說：「小說寫一個人到三岔口的戈壁灘去，留在那裡，在烈日下工作，可他心中老是記掛著一名女子。小說以氣氛取勝，戈壁的炎熱、荒涼，襯托了人物內心的焦灼和無奈，作者細意編織文字，時時用極長的句子重點描述懷念的女子『其實從開始我就知道我

要開始犯傻那姑娘其實只是印象只是胡思亂想只是一個自己和自己過不去的夢可是這個夢我一年年地做了這麼多年』。小說的面目和傳統的很不相同。」

她還著眼於陳村的語言運用：「他每寫一篇小說，就選用適當的語言來配合，比如〈給兒子〉，完全是忠厚長者對孩子親切的啟導，是一篇毫無霸氣的家書。……到了〈一天〉就完全不同了。〈一天〉裡的張三不過是一個普通的工人，整日在工廠中過著沉悶、重複的工作，一生就平凡地過去。陳村為這小說還配了一套牽牽絆絆的語言，句尾不是『的』就是『了』，給讀者一種拖拖拉拉的感覺。陳村的確有許多套不同的筆墨，他的〈李莊談心公司〉又是一個模樣，語言又輕快又爽俐，人物嘩啦啦，不知多會說話。」

西西在〈序言〉中最讚賞的是莫言：「莫言有他自己非常主觀色彩的語言。這語言在〈紅高粱家族〉裡成熟了，那是一種緩慢的、充滿斑斕色彩、草木蟲魚聲音、視覺廣闊、彈性無比強韌的語言，一種伸縮自如，容許無限度擴展飛翔馳騁的文體。」

〈序言〉反映了西西的讀書興趣，剛好與八十年代中國小說作者步向新時代的步調相同。只是西西比他們更早讀了加西亞・馬奎斯等魔幻現實主義作家，以及歐洲的當代文學作品。她看出，「中國大陸扎扎實實地譯介了大量世界各地的文學作品，這方面的書刊極多，像《外國文藝》、《世界文學》、《外國文學》、《當代外國文學季刊》等等，再不止滿足於托爾斯泰、莎士比亞、巴爾扎克，而是推介研究當代的作家，像德國的伯爾、格拉斯，意大利的卡

爾維諾、夏俠，法國的新小說、荒誕劇，尤其是拉丁美洲的爆炸文學。」上述文學思潮和作家作品，都是西西在七八十年代關注的；在她捐給香港中文大學圖書館香港文學特藏的書籍中，便有許多關於拉美魔幻現實主義作家及其作品，以及有關科幻和機器人的書籍，由此形成了她的個人風格。而正因為她的這種閱讀經驗和脈絡，西西能夠看到八十年代中國小說家寫作技巧的學習對象，以及他們在運用外國理論和借鑑外國文學作品時的線索，並且發現其中一些不成熟的借來技巧。她還能從所選作品中，看到一個作家的進步。例如，她寫王安憶，對她的進步刮目相看：

> 王安憶成名雖早，給人的印象卻像是名實未必相副。可是，近年來，任何人不可以憑印象妄下判斷。寫糟透了的人忽然亮出一篇佳作，而成名的小說家又會寫出些令人十分沮喪的東西。〈小鮑莊〉是王安憶最大的轉變，雖然小說的結尾還是誇飾了。但小說分小節緩緩寫來，人物的陳設、感情的處理，都是出色的。然後，出現〈閣樓〉，這小說叫人吃驚了，年紀輕輕的王安憶，寫出了這麼深沉堅毅的小說，彷彿作者不該是她，而是林斤瀾、高曉聲他們。一如李杭育，這小說不能抹殺群眾的力量，更同時肯定個人的努力。這是探索小說裡的新聲音。

因為篇幅關係，不能把西西這篇序文作更詳盡的引述和分析，但從上面的例子中，可見西西讀書之認真，並且對作家的寫作脈絡也是做過不少研究才下結論。而她對一批今天已有頗高成

就的小說家及其作品，如後來得諾貝爾文學獎的莫言的〈紅高粱家族〉，以及韓少功的〈爸爸爸〉、張承志的〈三岔戈壁〉、鄭萬隆的〈老棒子酒館〉、賈平凹的〈雞窩窪的人家〉、劉索拉的〈你別無選擇〉、殘雪的〈山上的小屋〉等，都及時作了頗高的評價。

從西西的評論，可知她對小說寫作的要求，著眼點還是作品的內涵和技巧的創新，二者不可或缺，而內涵更居首位。至於技巧創新，則要跟隨作品的內容去發揮，而不能單純地以新為新，而忽略了作品的內涵（思想性）了。

註釋

1　西西這篇序言從沒單獨發表。引文均出自洪範版《八十年代中國大陸小說選》第1–4冊的序言。

韓麗珠

她們冰冷而柔軟的手

打從多年前開始，偶爾，我會想寫一封信給西西，告訴她，她的作品對我的影響，就像她寫在《傳聲筒》或《像我這樣的一個讀者》裡那些讀書札記那樣。我想到的是書信的形式，讀者只有她。

我從來沒有寫過這樣的一封信，也從不曾見過西西。當然，我也從不曾主動把書遞到作家的面前要他們簽名。如果跟一個人最接近的距離，就是全神貫注，整個人臨在當下地聽他說話，那麼，跟一個作家最親近的接觸，就是一遍又一遍讀他寫下的文字，那時候，作家和讀者的呼吸和頻率會處於非常相近的節奏。

那個隆冬早晨，我剛從一個夢醒來，又想到，要寫一封信給西西，否則就會來不及。就像以往每次浮現這個念頭，我並

韓麗珠，著有散文集《半蝕》及《黑日》，小說集《人皮刺繡》、《空臉》、《縫身》等。曾獲香港藝術發展獎藝術家年獎 (2018)，《黑日》獲台北國際書展非小說類大獎 (2020)。

沒有真的這樣做。那天的中午，就在社交媒體上看到她過世的消息。

▰▰▰

　　我對西西的認識，始自十七歲那一年，在位於二樓的樂文書店，把《傳聲筒》帶回家之後，從她的目光，瀏覽了眾多歐美和南美文學作品。她不止是個作家，也是個專業讀者。或許，自那時開始，我就種下了，作為作者，也必須同時是個具質素的讀者的認知。後來，這也成了我的自我要求——作為一個有話語權的寫作者，關注他人的聲音，幾乎就是一種義務。

　　早在《傳聲筒》之前，我已讀過她的《我城》。就像許多被關注和盛讚的作品，在雜沓的讀者之聲下，當時的我無法判斷，是我在讀《我城》，還是我不自覺地挪用了他人的看法來解讀它。之後的許多年，我一再重讀《我城》，在城市的主權移交之後，在 H 城人的身份焦慮湧現的時候，在城市一再崩塌又重整過來的時候，在人們紛紛入獄和離散之年……我終於透過自身的觀察和體驗，從不同的層次，撿掇到它對我所說的各種充滿意義的話。《我城》裡人物眾多，每個人物的生命片段互相交錯。眾多微觀的個體，拼貼出宏觀的世界。城市在那裡，是群像組成的世界。與其說，《我城》是個語調輕快的小說，不如說，《我城》的敘事者舉重若輕，似乎是個經過多生多世，歷盡災劫和甘苦的老靈魂。因此，寫六七暴動時，土製炸彈炸開了一對小兄妹的身體，只是寫：「曾

經有一次，大街上有許多人說：『那邊有菠蘿呀。』幾個小孩子聽見了立刻說，我們喜歡吃菠蘿，我們去吃菠蘿去。於是，他們一起跑到菠蘿那裡。誰知道，那個奇怪的菠蘿卻把小孩子的嘴巴吃掉了，又把小孩子的手指也吃掉了。」要不是「我城」人，沒有仔細去看，還看不到看似童稚語氣之中藏著的恐怖。那個敘事者似乎在小說的背後，隱隱地表達，一切都會過去，如夢幻泡影。

西西的文學世界，手法多變，總是在實驗不同的敘事形式，似乎每個人，都可以從中描到自己喜歡的一個切面，推開門，進入那個世界，取得自己所需要的訊息，而我偏好的是，她筆下的女性處境。

譬如說，寫於 1996 年的短篇小說〈家族日誌〉，以一個家庭內的七位成員，一個接著一個說出一段內心獨白，營造一種戲劇張力。表面上什麼都沒有發生的平凡家庭，其實各人心裡都有各自的困擾和對彼此的不滿，處處都藏著暗湧。小說最核心的問題直指向「人為什麼需要家人」、「家人於人的意義是什麼」。其中，在家裡排行第二的姊姊的獨白一再提示生存的虛無——她每天辛勞地工作，然後把每月的薪金花在滿足家中各人不同的需要之上。因為自她的大哥結婚後，她就是家裡的經濟支柱。在資本主義剛剛建立的城市裡，女性不再守在家裡，而要外出工作，可是還是會被期待犧牲自己的一切，奉獻給家人和家庭。

在西西的小說裡，總是可以看到不馴的女性。在〈像我這樣的一個女子〉中的殯儀化妝師，選擇了一種令大眾忌諱的職業，那是

她營生的方式，而這方式甚至不是完全取決於她，而是由家族（姑母傳下的衣鉢）和性別身份（身為知識程度不高的女性，在弱肉強食的社會，這幾乎是唯一能讓她衣食無憂的行業）驅使她做出的決定。她選擇了自己的志業，而這工作又形塑了她的作息行為膚色個性。小説提出的詰問是：如果一個女子，沒有服膺於社會加諸於其身上的性別角色的期待，也沒有被主流價值觀所左右，她是否也能得到他人的愛？女子的絮絮不休的獨白，反映了對於這個問題的懷疑和不確定。小説的開放式結局，是留給讀者填充的空白。

到了〈感冒〉，純粹又純真得不想隨波逐流的小魚兒，其實只渴望一輩子留在父母的家裡，做一個女兒，而不必是人妻或人母。小魚兒被父母安排結婚之後，就患上了無法痊癒的感冒。馬奎斯的《愛在瘟疫蔓延時》形容愛情是一種發高燒的狀況，而西西筆下的感冒則生於無愛而違背自我意願的婚姻。真正的第三者並不是小魚兒重遇的中學同學楚，而是由楚激發出的她心裡的擁有熱情和自主性的那一面。那導致她後來離家出走，除了楚給她寫的信，什麼也不帶。

作為一個女子，而且是，寫作的，獨居的，當我在生活中被不同的聲音絆倒、質疑和批判時（有時來自他人的嘴巴，但更多是自我的投射），我都會隱隱地想到她們——西西筆下的二姊、殯儀化妝師和小魚兒，彷彿在如盲的漆黑中，有一雙冰冷而柔軟的女子之手，緊緊地握著我。因此我可以一再說：「不要怕。」對自己，也是對每一個她說。

我其實還很喜歡西西寫於 1981 年的〈抽屜〉，這個只由內心獨白交織而成的小說，充滿對資本主義城市裡，過度追求物質之後，人只依賴身份證去證明自己的身份，而失去了身份本身。事物失去了本質、心失去了熱情、關係也失去了真正的連結。當我在 2020 年的香港，進入大學校園、商場、食肆和戲院等公共場所，要先掏出手機裡的「安心出行」程式在機器上掃描，讓機器檢查我是個沒有確診的人，而且留下我的行蹤紀錄，也讓機器驗證我注射了政府要求的疫苗，因此我可以得到行動的自由和權利。如果那天我忘了帶手機，或，手機內沒有安裝那個應用程式，將不能證實我是健康而不帶新冠病毒的。我再次想起了〈抽屜〉。那實在是個超越時間的抽屜。也有可能，在某個層面，世界不曾往前邁進過。

　　這幾年來，人們常說：「在這個時代，文學和寫作還有用嗎？」我不知道，他們所期待的用處是什麼，只知道，如果一個人專注在腳下的土壤，不要太容易被他人和外在環境改變，持續地以自己的方式寫作，種子終會長成大樹。在西西身上，我看到的是這樣一種近乎自然的寫作定律。

原載於《文訊》第 448 期，2023 年 2 月。

凌逾

我城浮城欽天監，候鳥織巢化飛氈

　　西西仙逝了，八十五高壽的她，飄去了天堂……魂是柳綿吹欲碎，繞天涯。像父親一樣癡愛足球的西西，在1990年意大利第14屆國際足聯世界盃足球賽時，每天觀戰並為《明報》寫專欄，內行地道，不遜於足球專家，又有小說〈這是畢羅索〉描述與其父齊看世界盃的見聞。可是，在2022年卡塔爾第22屆世界盃閉幕、阿根廷球隊的梅西歷經無數次挫敗後終於成為球王的這一天，西西「西去」，永遠地離開了人間，明月不歸沉碧海，白雲愁色滿蒼梧。

　　2022年12月18日上午11點34分突然接到雷淑容編輯的微信，轉發素葉工作坊發來的噩耗：「西西今晨8時15分因心臟衰竭，在醫院安詳離世，西西一生，精彩、愉快，並且有益，有意

第五輯：西西的多元宇宙

363

凌逾，華南師範大學文學院教授、博士生導師，國家重大計劃首席專家。出版《中國當代文學思潮》、《跨界網》、《跨媒介香港》、《跨媒介敘事》等七篇論著，發表學術論文150餘篇，主持公眾號「跨界經緯」。

義。我們都會懷念她。」殘寒正欺疫陽，黃泉急路似雷驚，瞬間覺得心慌，手抖了許久⋯⋯飯後午休時依然淚流不止，於是就發朋友圈，訴說無盡的哀悼，再次推出自己寫的〈西西：永動式融界大師〉，這是《粵港澳大灣區文學評論》賀仲明主編於今年3月5日約寫關於西西的綜論文章，剛發表於2022年第6期，我自己主持的「跨界經緯」公眾號於12月5日推出，只不過十來天，誰想就成了永遠紀念西西的文章。[1]

　　隨後，看到陳子善教授微博也發佈了消息，2010年陳教授為內地初次出版西西作品寫推介辭：「西西是尚未被介紹的境外最後一位文學大家。」艾曉明教授也連發四條論西西文，慨嘆「當年，我帶著研究生一超去廣州天河站，接西西、何福仁一行，心裡想告訴所有人：西西要來了！這麼有趣又深邃的作家，怎會沒人知道呢？」艾師早在2001年7月31日《南方周末》發表〈我喜歡西西〉就斷言：西西可得諾貝爾文學獎，給予至高的評價。劉俊教授中午在群裡發佈消息後，中國世界華文文學學會、華文文學與中華文化、世界文學與華人作家等各大微信群紛紛表達哀思，「敬悼傑出作家西西」的資訊鋪天蓋地。樊洛平教授云：「一代大家，遠行不歸，天地同悲，英名永存。」錢虹教授說：「上世紀80年代末就讀過西西〈像我這樣的一個女子〉等小說。對這位在狹小的住房內堅持文學創作的香港女作家很是敬佩。她是香港純文學的一面旗幟。願西西一路走好，天堂不再逼仄。」梁燕麗教授說：「我想起莫言坐在北京一個能望見故宮的屋頂讀西西的《飛氈》，說要讓列祖列宗聽到子孫創

作的作品……這是我對莫言最崇拜的一刻。我要向西西學習！今生今世，不能像她那樣有創造力，也要像她那樣做一個真正的文學家，一個赤子之心的好人！」其後，中新網發佈西西去世消息。公眾號更是不斷有悼文推出，如譯林出版社推出〈再見，西西〉，豆瓣讀書推出〈香港有文學嗎？梁文道：有，西西〉，奇遇電影推出〈香港作家西西：帶走一段最美好的文藝時光〉，跨界經緯推出孫會軍等的〈西西小說《我城》多聲效果在英語譯本中的傳遞〉，此外還有孫凌宇〈西西的啟示〉、羅昕〈西西是一座孤島，但鬱鬱蔥蔥〉、董子琪採寫的〈西西：什麼是生命呢？星宿也經歷生老病死的過程〉、劉俊〈西西向西〉等，越來越多悼文，湧現出來。

　　時間造化人與文。西西生於 1937 年 11 月 9 日，1950 年十三歲時從上海遷往香港。居港七十二年，是典型的香港製造作家，「西西」筆名起自小女孩穿裙子跳房子的畫面形象，作品總飽含輕盈的赤子之心，《候鳥》、《織巢》以少女視角寫遷徙成長經歷，從候鳥變留鳥後，壯年《我城》有自豪感，晚年《我的喬治亞》有物哀感，《我的玩具》有童心感。她寫人，一個細節就讓人難忘：「走起路來，像剪刀生鏽的人。」她敏於世，感於時，刻寫當下，執著不已寫香港，命名為「我城、浮城、肥土鎮、非土、飛土、否土鎮」等，百變其名，塑千面之態。其寫女性，寫生態，寫天文，寫科幻，深思人類生存、歷史教訓、遠景未來，悲憫情懷力透紙背；興趣盎然看房子、布偶、玩具、電影、足球、繪畫、音樂，每看必有個人心得，釀成趣文。雷編輯說：「西西是屬於未來的，或者說是屬於文

學史的,她太寫意了,基本抽離了文學作為商品的屬性,這是她的選擇。」誠哉斯言。筆者認為,西西作品內容千變萬化,從不自我重複,敘事形式新穎,奇思妙想豐富,思想先鋒超前,風格前衛多元,精品精緻,可是,曲高和寡。然而,西西是作家的作家,其精彩靈動的創意也完全可以作為時下熱門的文創設計的靈感源泉。

「我城浮城欽天監,候鳥織巢化飛氈」,筆者將西西重要作品集成此句,為像金庸的「飛雪連天射白鹿,笑書神俠倚碧鴛」一般便於記憶。截至2022年,西西出版了作品單行本45部,各地版本累計78部;外譯書9部,被譯為英文、法文、日文、荷蘭文、意大利文等多國語言。筆者重新整理西西作品,清單如下:

西西作品45部(截至2022年)

長篇小說	《我城》、《美麗大廈》、《哨鹿》、《候鳥》、《哀悼乳房》、《飛氈》、《我的喬治亞》、《織巢》、《欽天監》9部
中篇小說集	《東城故事》、《象是笨蛋》2部
短篇小說集	《春望》、《像我這樣的一個女子》、《鬍子有臉》、《手卷》、《母魚》、《家族日誌》、《故事裡的故事》、《白髮阿娥及其他》、《石頭與桃花》9部
散文集	《花木欄》、《剪貼冊》、《耳目書》、《畫/話本》、《旋轉木馬》、《拼圖遊戲》、《看房子》、《羊吃草》、《縫熊志》、《猿猴志》、《試寫室》、《我的玩具》、《牛眼和我》、《西西看電影》14部
詩集	《石磬》、《西西詩集》、《動物嘉年華》、*Not Written Words*（《不是文字》）4部
閱讀筆記	《像我這樣的一個讀者》、《傳聲筒》、《看小說》3部
詩文合集	《西西卷》、《交河》2部
訪談錄	《時間的話題——對話集》、《西方科幻小說與電影:西西、何福仁對談》2部

後學自1995年起研究港澳台文學，自2003年寫博士論文起，專門研究西西作品。人生第一部論著是2009年10月由人民出版社出版的《跨媒介敘事——論西西小說新生態》，六年熬成三十萬字心血，獻給了西西。西西雖不是授業導師，但卻是晚生心中永遠的恩師。追隨西西的海量閱讀而看書，受益終身。由研究西西出發，可以走很遠，從此泅渡於「跨媒介、敘事符號學、香港文學乃至世界華文文學」的汪洋大海，就像駕著小小的馬車走向沒有盡頭的遠方。晚年西西的照片依然瘦小，然而簡樸淡定、堅毅倔強的氣場卻更加穿透螢幕、穿透歲月撲面而來。她的作品最美，勞模級創作讓人肅然起敬，著作等身，影響後世。她的才華最美，創意無限，啟人智慧。她執著堅守的文學精神永遠有鼓舞人心的力量，賜予人精神的支柱。

直至2012年，後學才有機會第一次見到西西。這是因為江蘇文藝出版社的雷淑容老師於2011年1月編輯出版西西的《縫熊志》後，東莞莞城圖書館的王珥館長慧眼識珠，主動聯繫雷編輯，於2012年7月聯手舉辦了西西的原創布偶展。最神奇的是，雷編輯她們竟然請動了深居簡出、低調神秘的西西出馬。視自己的文學作品和布偶作品為子女珍寶的西西，一聽說為服飾熊、生態猿猴辦展，就少有地爽快答應了。七十五歲高齡的西西不僅罕有地露面，還親自佈展，因為布偶之間眼神的對白、空鏡頭的佈局等細節都是極具符號意義的，別有韻味暗滋生。圖書館特意派車去香港接了他們一行。是次，我終於見到了久聞大名的

西西及素葉前輩何福仁先生、許迪鏘先生、洪範書店子承父業的新任老闆葉雲平先生、朱崇科教授等。我們都做了簡短的發言討論，我的演講稿〈為什麼要讀西西？〉發表於香港《城市文藝》2012年8月總第60期。此前，我的〈跨藝術的新文體——重評西西的《我城》〉已刊發於《城市文藝》2008年5月總第28期。多謝梅子主編支持，已在《城市文藝》發表了十篇拙文，每次刊文都彷彿一次加油充電，賜予後學在香港文學研究道路上繼續前行的動力。

　　遺憾的是，那次展覽會我們碰面的時間很短，只匆匆拍了幾張照片，說了幾句話，我們甚至都未曾參與聚餐吃飯，就各自返程了。原來，那僅有的一次晤面就已是最後一面。穗港相隔不過一兩個小時的車程，總以為會有機會去拜見，誰想遙遙無期。曾經多少次夢想去香港拜訪西西，如今再也不可能。2021年5月，花城出版社推出我的第六部書《跨界創意訪談錄》，五年間訪談了十多位海內外知名的學者和作家，得文十九篇，但就是訪談不到西西，因不敢貿然開口。初寫博士論文時，曾去香港中文大學找資料，找到以《哀悼乳房》作為碩士論文對象的徐霞老師，她早就告訴我，西西幾乎不接受訪談。我知難而退，不敢驚擾前輩，不強人所難，是至高的尊重。

　　後學研究西西的論著於2009年出版，此後西西又出版過不少作品。僅2011–2022年而言，西西七十四高齡後仍然有十二部作品問世：

1. 《動物嘉年華》（中英雙語），費正華（Jennifer Feeley）譯，香港中文大學出版社（2022年7月）

2. 《西西看電影（上）》，中華書局（香港）（2022年7月）

3. 《石頭與桃花》，中華書局（香港）（2022年4月）

4. 《牛眼和我》，中華書局（香港）（2021年7月）

5. 《欽天監》，廣西師範大學出版社（2021年2月）、洪範書店（2022年2月）

6. 《我的玩具》，洪範書店（2019年12月）

7. 《看小說》，洪範書店（2019年12月）

8. 《織巢》（《候鳥》姐妹篇），洪範書店（2018年8月）

9. 《試寫室》，洪範書店（2016年8月）

10. *Not Written Words*（《不是文字》），費正華譯，MCCM Creations（2015年12月）

11. 《羊吃草》，中華書局（香港）（2012年5月）

12. 《猿猴志》，洪範書店（2011年8月）

正如阿多諾論述貝多芬作曲的晚期風格一般，西西作品的晚期風格值得研究，這是筆者還有待用心、用力之處，目前已分析過其後期長篇小說，《我的喬治亞》論述已經刊發，但《欽天監》等論述尚未刊發，整體綜論也還未完成。如今手上任務繁重，不知何時才能實現。當年寫博士論文時，實是從西西報刊專欄文字起步的，花費了很多心力查找資料。最近西西大批早年專欄作品終於如珍寶般被挖掘被出版，省卻了研究者多少時間精力。如《西

西看電影》分三冊出版，由趙曉彤從1960年代《新生晚報》、《中國學生周報》、《真報》、《星島晚報》、《香港影畫》等報刊中輯錄。其實，幾十年來，何福仁先生是西西創作的重要推手、幕後高人，兩位作家呼應對話，互相提攜，彼此成就。筆者看何先生的〈西西的幾本新書〉、〈西西：其人其事〉得知，西西還有三個改編外國作品的電影劇本，為《黛綠年華》寫過十多首歌詞，自創《小孩與狗》、《寂寞之男》、《瑪麗亞》等劇本。西西作品應還有不少遺珠。晚生一直想整理西西創作年表，未知何刊可發。《西西研究資料》四冊已問世，但《西西全集》尚未見，這功德無量的大業亟待慧心人完成。

西西得諸多名家讚譽，如王安憶論其是「香港的説夢人」；余華説她是極具獨創性的作家；王德威説，因為西西，文學足以成為香港的驕傲。譚孔文改編《我城》為話劇《天橋上的美人魚》，還導演過參與式劇場《與西西玩遊戲》。吾因寫西西研究的博士論文和論著，陸續又認識了大批知名前輩，如陶然、樊善標、曹惠民、趙稀方、劉俊、袁良駿等，西西像無形的磁吸，自然而然就能吸引志同道合者走到一起。對作家最好的懷念，是經由其文字看見更廣闊的世界。年輕有為的彭佳教授説，「特別喜歡西西《哀悼乳房》，太強大了」。該書與病魔抗爭的日常敍事、無限韌勁，在全球抗疫三餘年的語境中，和今人的心境尤為契合，最讓讀者感動。近年，西西將自己的諸多著作、信件、藏書、親手製作的原創服飾熊、猿猴布偶等一一捐贈給圖書館。西西已在告別。西

西作品一直以來獲獎無數，2022年5月香港藝術發展局為西西頒發終身成就獎，10月中華書局主辦《我城女子 ── 西西專題展》。西西象徵著一代香港文學。告別西西，實是告別一個時代。

註釋

1　〈西西：永動式融界大師〉隨後在《新華文摘》2023年第9期轉載。

原載於《城市文藝》第122期，2023年2月20日。

第六輯

我城以外

Tiffany May

作家西西去世，
用詩意寫作記錄香港被忽視的意識和困境

　　香港 —— 西西的作品以幽默和辛酸的方式描寫了香港的邊緣生活，以及這個城市夾在英國和中國統治之間的困境。她於週日在香港去世，享年八十五歲。

　　她在醫院去世的消息由她參與創立的作家團體「素葉工作坊」對外宣佈。該團體的另一位創始人何福仁表示，西西的死因是心臟衰竭。

　　作為城市生活的敏銳觀察者，西西專注於弱勢群體的安靜力量和香港本身遭到忽視的意義，而她精闢而富有詩意的寫作鞏固了這座城市在華語文學和世界文學中的地位。

Tiffany May 自 2017 年加入《紐約時報》(*The New York Times*)，主力採訪亞洲新聞。

第六輯：我城以外

375

西西的語言看似簡單、近乎孩童，她的小說和詩歌中融合了文學、電影、藝術、建築和童話故事。在她最著名的作品之一〈浮城誌異〉（1986）中，她將香港描述為懸浮在時空中的一座充滿活力的城市，同時探索這座城市即將被移交給北京的問題。「南瓜變成馬車，老鼠變成駿馬，破爛的灰衣裳變成華麗的舞衣。不過，到了子夜十二時正，一切都會變成原來的樣子，」她寫道。「浮城也是一則『灰姑娘』的童話嗎？」

在香港 1997 年從英國移交給中國二十年之後，她表示這個問題遠未解決。

「1997 年臨近，人們在身份問題上苦苦掙扎。」2019 年，她在成為首位獲得紐曼華語文學獎的香港作家時說道。「許多年輕人至今仍在糾結這個問題。不要以為改變治理方式就能輕鬆解決。」

香港詩人何麗明在提名西西為該獎候選人時，形容西西的詩歌「陰柔、纖細、機智、敏銳，動人心弦」，並說，她的詩「道出了這座城市及其居民的品格」。

1989 年，西西被診斷出患有乳腺癌，之後，她還發表了中國最早的關於乳腺癌的文學敘述之一《哀悼乳房》（1992）。她說，她寫這本書是為了支持其他病人，在某種程度上，也是為了挑戰社會對談論疾病的禁忌。

作為一名前公立學校教師，她寫了一些關於動物和兒童的詩，這些詩經常充斥著對貧富差距，以及大衛與巨人式的權力平衡問題的討論。在〈蝴蝶輕〉中，沒有心的蝴蝶自由飛翔，袋鼠則

被袋中收集的煩惱和擔憂拖累。在另一首詩〈蝴蝶與鱷魚〉中，一隻蝴蝶用「溫柔的、芬芳的」花粉讓鱷魚閉上眼睛，打敗了牠。

「她就像那隻蝴蝶，用的是『溫柔的、芬芳的花粉』」，費正華（Jennifer Feeley）說，她曾翻譯過西西的一些作品，包括詩集《不是文字》和《動物嘉年華》。「她非常擅長展示人們可能會忽視的東西——那些看起來非常輕盈、有時非常女性化、溫柔和異想天開的東西——它們實際上非常重要而且強大。」西西原名張彥，1937年出生於上海，父母都是廣東人。她的父親張樂是英國船務公司 Butterfield & Swire 的職員，母親陸華珍負責照顧這對夫婦的五個孩子和年邁的父母。

西西在世的親人包括兩位兄弟，張勇和張堯。

1950年，他們全家搬到了香港，張樂在那裡找到了一份巴士督察的工作。家裡缺錢，張彥每月的學費總是晚交兩天。學生時代，她就開始向報紙投稿詩歌和散文，賺取零花錢。

1957年至1960年，她在葛量洪教育學院（現為香港教育大學的一部分）接受教師培訓，後來在小學教授語文、英語和數學超過二十年。

她在教書期間進行大量創作。她以「海蘭」這個筆名為香港邵氏電影製片廠創作劇本，包括1967年對《小婦人》的改編，並執導了一部實驗電影《銀河系》。

1970年，她起了筆名「西西」，因為這兩個漢字讓她聯想到玩跳房子的女孩從一個方塊跳到另一個方塊的動作。不久後，她開

始寫連載小說〈我城〉，小說聚焦香港工人階級居民視角，以及被忽視的世俗物品的價值，比如被丟棄的一頁詩。1979年，她從教職退休，全身心投入寫作。

第二年，她寫了〈玻璃鞋〉（1980），這是第一批間接提及香港即將移交給中國的文學作品之一。這篇短篇小說描述了香港居民的適應能力，包括他們如何擠進越來越小的公寓。

1992年，在賈佩林（Linda Jaivin）與白傑明（Geremie Barmé）合作翻譯成英文的〈浮城誌異〉中，西西質疑香港表面上的堅固是否像超現實主義畫家雷奈·馬格列特筆下的蘋果那樣，是一種空想。

「圖畫中的蘋果只是假象，」她寫道。「靠奇跡生存的浮城，恐怕也不是恆久穩固的城市。然則，浮城的命運難道可以掌握在自己手中？」

她的作品經常強調兒童和年輕人以及工人階級的聲音有多麼重要。在1986年的〈瑪麗個案〉中，她質疑為什麼一個孩子在爭奪監護權的鬥爭中不應該有發言權。在1997年的一首詩中，她把矛頭指向香港的教育系統。在詩中，她寫了一個女孩為了增加進入一年級的錄取機會而謊報地址的故事。

1983年，西西憑藉〈像我這樣的一個女子〉獲得台灣《聯合報》小說獎，在華語世界贏得了廣泛的讀者。〈像我這樣的一個女子〉講述的是一位殯儀館化妝師即將向新男友透露自己職業的全部真相。另一個故事〈感冒〉講述了一場足球比賽，它緩和了一段令人困惑的三角戀。1989年被診斷出乳腺癌後，她寫了《哀悼乳房》

（1992），記錄了她與自己身體隔離和疏離的感覺，對文學和藝術中如何描繪疾病的觀察，以及癌症患者保持健康飲食的挫折感。她描述了自己跑去有錢人住的街區，在超市貨架上尋找不含致癌添加劑的食品的經歷。

癌症治療損傷了她右手的神經，迫使她學會用左手寫字。作為一種物理療法，她開始製作木偶和馬海毛泰迪熊，把它們打扮成中國神話、文學和歷史中的人物。2009年，泰迪熊的照片和她對其靈感來源的筆記結集為《縫熊志》。

她的作品啟發了作曲家盧定彰和編劇黃怡的歌劇《兩個女子》，以及智海的漫畫《左撇子漫畫之貓來了》。

對西西來說，城市生活給了她無盡的靈感。

「香港的經歷實際上是寫作的寶庫，」她在紐曼華語文學獎頒獎典禮上說。「由於我們獨特的文化背景、視角、思維方式和表達方式，香港作家與其他華語作家不同，不可否認，這對華語世界是一種福音。」

Faye Bradley

The Wonder Years

On March 12, friends, family, and fellow writers will gather at the Fringe Club in Central to celebrate the life and legacy of the iconic Hong Kong writer Xi Xi. The Hong Kong International Literary Festival (HKILF)–hosted bilingual event—*Remembering Xi Xi: Her Life, Her Work, Her Hong Kong*—will see novelists Dorothy Tse and Wong Yi and poet and literary editor Louise Law Lok-man pay tribute to a beloved literary predecessor.

Xi Xi died on December 18 last year. She was 85. The news was announced by her friends from Su Yeh Publications, a now-defunct enterprise cofounded by the writer.

Faye Bradley 是常駐香港的記者，曾於 *China Daily*、*Design Anthology*、*SCMP Style*、*Sixth Tone*、*Travel Weekly Asia*、*Time Out*、*Travel + Leisure Asia*、*Drift Magazine*、*maize*、*SUITCASE*、香港旅遊發展局等刊物發表專題文章。

從跳格子到坐飛氈 ——

In 2019, Xi Xi made history as the first Hong Kong recipient of the Newman Prize for Chinese Literature. She also won Sweden's Cikada Prize the same year. Other recognitions include the Commitment Award at the Hsing Yun Awards for Global Chinese Literature in 2014; and the Ba-Fang Literary Journal Award for Creative Writing, back in 1990. She was tipped to win the Nobel Prize in Literature in 2022, according to *The New Republic* magazine.

"Xi Xi is probably Hong Kong's most beloved author," says Jennifer Feeley, the writer's friend and translator. "I have no doubt that Hong Kong writers, scholars, and artists will ensure that her legacy lives on."

Hong Kong Calling

Born Cheung Yin in Shanghai in 1937, Xi Xi migrated to Hong Kong with her family in the 1950s. That same decade, she began writing about the city's cultural and historical complexities, combining lyrical and poetic styles in a humorous, playful manner. Her stories explored themes of identity and cultural memory, with Hong Kong's vibrant streets, crowded alleys and bustling neighborhoods frequently providing the backdrop.

Some of her best-known works include the novel *My City: A Hong Kong Story* (1979), which inspired the Fruit Chan movie *My City* (2015); and *The Teddy Bear Chronicles*, a series of essays about the soft toys Xi Xi began making in 2005 to improve the mobility of her right hand, after cancer treatments left her with nerve damage.

Feeley started translating Xi Xi's poetry into English when she was a PhD student at Yale University. At the outset, she was doing it "for fun,"

第六輯：我城以外

enjoying the thrill of translating between cultures. Some years later, her translations came out under the title *Not Written Words: Selected Poetry of Xi Xi* (2016), published jointly by Boston's Zephyr Press and the Hong Kong–based MCCM Creations. Feeley met Xi Xi only after the book of translations was out. "The fact that Xi Xi trusted me with her words is one of the greatest honors of my professional life, and being able to call her a friend is one of the greatest honors of my personal life," she says.

Such translations have helped put Xi Xi on the global literary map. The digital literary magazine *Words Without Borders* (WWB) also played a role in giving the writer an international platform. WWB has published two of Xi Xi's short stories, *Davin Chan Moves Out*, translated by Steve Bradbury; and *Apple*, translated by Feeley.

"*Davin Chan Moves Out* is a deadpan, darkly funny portrayal of felines and family discord, and the other depicts an alternate Hong Kong in search of a fairy-tale solution to urban malaise," notes the journal's editorial director, Susan Harris.

Great Adaptations

Xi Xi's massive fan base includes many writers, both aspiring and well-established. Law, who is cohosting Sunday's event in honor of Xi Xi, says: "She provided a unique perspective on Hong Kong. Through metaphor and a surrealist perspective, she was able to untangle complex identity issues, reveal the beauty of Hong Kong's cityscape, and address the city's cultural hybridity and fluidity."

Law's fellow panelist Wong first encountered Xi Xi's work at secondary school. "She looks at life with humility, dignity and childlike wonder, electing to be gentle and caring while being aware of the suffering in the world and one's limited capacity to change things," she says.

In 2021, two of Xi Xi's short stories, *The Cold* and *A Girl Like Me*, served as the base for a Cantonese-language chamber opera called *Women Like Us*. Wong was the librettist. Later this month those same stories appear in a newer iteration, as the dance opera *Love Streams*, staged as part of the Hong Kong Arts Festival (HKAF).

Tammy Ho Lai-ming, founding co-editor of the Hong Kong–based *Cha: An Asian Literary Journal*, names Xi Xi as one of her biggest influences.

"Xi Xi had a way of creating a world that was both relatable and also uniquely hers. You want to immerse yourself in that world," she says. "Having grown up reading her work, it was such a wholesome experience to finally meet her and talk to her."

Award-winning composer Daniel Lo Ting-cheung adapted Xi Xi's short story *A Girl Like Me* into the chamber opera *A Woman Such as Myself*. The work premiered in 2018 at the New Opera Days Ostrava festival in Czech Republic. Following its success, the HKAF commissioned Lo to score *Women Like Us*.

"There are poems inserted in between the story to punctuate the emotions of the protagonist," notes Lo about the structure of *The Cold*. The poems remind him of a Greek chorus.

"Xi Xi's stories touch on such soul-searching themes as the meaning of love; courage and cowardice; destiny and choice," Lo adds. "These are themes that transcend time and culture."

Lasting Legacy

The Hong Kong Poetry Festival Foundation has put together its own program, comprising five online and offline events, in honor of Xi Xi. Ho, together with Feeley, is preparing a special feature for *Cha*, titled *Xi Xi: Can We Say*. Writers are invited to submit creative pieces and personal reflections in response to Xi Xi's works. New Xi Xi–inspired pieces will continue to appear on the journal's website on a rolling basis until the end of June.

Feeley's fondest memories of Xi Xi have to do with the latter's capacity for childlike wonder. Once they were at the University of Oklahoma, where Xi Xi was to receive the Newman Prize. The writer was so excited to see squirrels on campus, she stopped to watch them play. "She loved toys, and even wrote a column about them for *Ming Pao*. Her essays about toys were later collected into a book," Feeley notes. She had gifted Xi Xi a pair of Amish cloth dolls.

Left devastated by the unexpected passing of her mother in 2021, Feeley was touched when Xi Xi sent over two of her handmade teddy bears to her.

Xi Xi's legacy will live on as fans continue to share their love and passion for her work. Wong reveals that a new volume containing some of Xi Xi's hitherto un-anthologized works is due out soon. She believes as long as Xi Xi's works continue to get adapted for the stage and discussed in reading groups, the writer will continue to hold a place in the hearts of the book lovers of Hong Kong.

原載於《中國日報》網，2023年3月10日。

Brigitte Duzan

Xi Xi 西西 1937–2022 Présentation

Xi Xi (西西), ou Sai Sai en cantonais, est l'une des grandes écrivaines contemporaines de Hong Kong, célèbre autant pour ses nouvelles et ses romans que ses poésies, ses essais et même ses scénarios. Elle n'a cessé de dépeindre dans son œuvre l'espace urbain de cette métropole en constant bouleversement, partagée entre tradition et modernité, de même qu'entre mandarin et cantonais. Son décès, le 18 décembre 2022, est comme le sombre symbole de la fin d'une époque à Hong Kong.

De Shanghai à Hong Kong

Zhan Yan ou Cheung Yin (張彥) pour l'état civil, elle est née en 1937 à Shanghai, dans une famille d'origine cantonaise partie en 1950

Brigitte Duzan 是中國文學和電影研究者以及中文譯者，研究與翻譯興趣主要在中國女性文學、短篇小説以及改編自這些文學作品的電影。

s'installer à Hong Kong. Elle a douze ans, deux frères et deux sœurs. Son père trouve un emploi de contrôleur de bus à Kowloon. Elle va au collège Heep Yunn (協恩中學) de Kowloon, une école fondée en 1936 par des missionnaires anglicans où les cours sont en cantonais.

Elle commence à écrire des poèmes encore au collège. Le premier est publié dans le journal « Everyone Literature » (《人人文學》) au milieu des années 1950. Puis elle continue ses études au Grantham College of Education, du nom du gouverneur de Hong Kong en poste lors de sa création en 1951. C'est l'un des établissements dédiés à la formation des enseignants qui sera ensuite intégré dans The Education University of Hong Kong. Elle devient donc institutrice à sa sortie de l'école.

Scénarios et poésie

Dans les années 1960–1970, Xi Xi écrit des poèmes, des nouvelles et des contes, mais aussi des scénarios pour le cinéma et la télévision. À partir d'avril 1966, elle publie aussi des critiques de films dans la rubrique « Camera Eye » (開麥拉眼) de la revue cinématographique « Hong Kong Movie News ». Puis, en août, à la demande de Stephen Soong, elle écrit le scénario « The Dark Green Age » (《黛綠年華》) du film qui sortira en 1967 sous le titre « The Splendor of Youth » ou « A Tender Age » ; c'est elle aussi qui a écrit les paroles des dix chansons du film. Puis, en octobre 1968, elle écrit le scénario du film « The Window » (《窗》), réalisé par Patrick Lung (龍剛).[1]

Pendant cette période, elle publie des poèmes dans de nombreux journaux et revues : d'abord dans la rubrique poésie du « Chinese Students' Weekly », puis, à partir de sa création en 1975, dans l'hebdomadaire « Thumb Weekly » (《大拇指》周報). En 1981, elle participe à la fondation de la revue « Plain Leaf Literature » (《素葉文學》) publiée par les éditions Su Yeh (素葉出版社) qui, grâce à leurs publications de recueils de poèmes et d'essais, contribueront par ailleurs à faire connaître de nombreux auteur.e.s de Hong Kong.

En juin 1982, Xi Xi publie chez cet éditeur son premier recueil de poésies : « Pierres musicales » (*Shí qìng*《石磬》),[2] mais aussi son premier recueil de nouvelles : « Dans l'attente du printemps » (《春望》).

Nouvelles et romans

Le tournant de 1983

La fin des années 1970 marque un tournant dans ses publications : en mars 1979 paraît aux éditions Su Yeh le roman « My City » (《我城》), initialement publié en feuilleton dans le journal « Hong Kong Express », avec des illustrations de sa main. Elle y dépeint le monde hongkongais vu par les yeux des jeunes, montrant une ville surpeuplée, et des étudiants sous pression. C'est devenu un classique de la littérature de Hong Kong, classé 51ème parmi les cent meilleurs romans chinois du 20e siècle par l'hebdomadaire « Asia Weekly » (*Yazhou Zhoukan*《亞洲週刊》).

Son deuxième roman, publié en juin 1982 chez le même éditeur Su Yeh, « Deer Hunt » (《哨鹿》), est inspiré de l'histoire d'une tentative d'assassinat de l'empereur Qianlong des Qing. Mais c'est son recueil de nouvelles « A Woman Like Me » (〈像我這樣的一個女子〉), d'abord publié aux éditions Su Yeh puis en 1983 à Taiwan dans le supplément du « United Daily News », qui l'a rendue célèbre. Ces nouvelles, écrites entre 1976 et 1982, sont primées par le journal. Elles sont publiées en avril 1984 aux éditions Hongfan (洪範書店) de Taipei. C'est un tournant pour Xi Xi : elle décide alors de se consacrer exclusivement à l'écriture.

L'épreuve de 1989

En 1989, atteinte d'un cancer du sein, elle doit subir une opération suivie d'une chimiothérapie dont les suites sont lourdes ; elle perd l'usage de la main droite et doit désormais écrire de la main gauche. Mais elle écrit quand même.

En septembre 1991, elle publie à Taipei, aux éditions Hongfan, le premier volet de son autobiographie, « Oiseaux migrateurs » (《候鳥》), dont le deuxième volet paraîtra en août 2018. Puis elle écrit un roman inspiré de son cancer, « En deuil d'un sein » (《哀悼乳房》), publié en septembre 1992 à Taiwan. Le roman a inspiré le film réalisé en 2006 par l'assistant de Johnnie To, Law Wing Cheong (羅永昌) : « 2 Become One » ou « Perfect Match » (《天生一對》).

En 1993, elle commence la publication d'une série d'essais *sanwen* (散文作品) initialement intitulés « Amusantes boutiques » (〈有趣的店〉), puis simplement « Boutiques » (〈店鋪〉). Elle y exprime de la nostalgie pour la disparition des vieux magasins de son enfance victimes de l'impitoyable modernisation de la ville.

1999 : l'histoire de Hong Kong comme un tapis volant

Elle revient ensuite vers le roman tout en restant dans la thématique de l'histoire de Hong Kong : commencé en 1996 et publié en 1999,

« Tapis volant » (《飛氈》) retrace cent ans de cette histoire sous couvert de l'histoire fictive de la croissance sur trois générations d'une ville nommée Fertilia (肥土鎮), située aux confins du Pays du Dragon (巨龍國), où l'on devine bien sûr un avatar de la Chine continentale.

Peluches, poèmes, contes etc

C'est comme thérapie pour sa main droite qu'elle commence en 2000 à apprendre à coudre des poupées et des petites peluches. Elle fabrique ainsi singes et nounours et, en 2005, cinq personnages du roman « Au bord de l'eau ».

En 2009, ses peluches lui inspirent les « Chroniques des Nounours » (《縫熊志》) [littéralement « Chroniques des nounours cousus »], illustrées de photos. En 2018, elle donnera les peluches et les photos à la bibliothèque de l'Université chinoise de Hong Kong.

On n'en finirait pas de citer ses publications : elle a publié plus de trente livres, dans les genres les plus divers, y compris des contes.[3] On n'en finirait pas non plus de citer les prix qui lui ont été décernés. Mentionnons les derniers, en 2019 : le Newman Prize for Chinese Literature et le prix Cikada, prix littéraire suédois récompensant des poètes d'Asie de l'Est qui lui a été décerné pour son recueil de poèmes « Not Written Words » publié en 2016.

Elle a en outre inspiré cinéastes et dramaturges, y compris dans le genre rare de l'opéra de chambre cantonais.

Cinéma et opéra

Hommage cinématographique : « My City »[4]

Le roman de Xi Xi « My City » (《我城》) a été l'inspiration première du documentaire éponyme réalisé par Fruit Chan (陳果) en 2015. Il y retrace la carrière de Xi Xi en partant de son roman, en superposant des lectures d'extraits de ses textes sur un fond de photos de la ville en plein bouleversement et en insérant des personnages pris dans l'œuvre de l'écrivaine. Le film comporte en outre des interviews et des analyses de son œuvre par un grand nombre d'écrivains, de chercheurs, de critiques et d'amis, mais aussi des séquences d'animation de ses créations en stop-motion, des photos de ses nombreux voyages, ainsi que des séquences de films dont elle a écrit le scénario.

Inclassable, le film est un véritable hommage à Xi Xi et à son œuvre, film protéiforme de plus de deux heures utilisant différentes techniques cinématographiques et un montage à un rythme rapide pour rendre l'atmosphère de la ville, en miroir de celle du roman.

Adaptations en opéra de chambre cantonais

En 2021 a été créé à Hong Kong un opéra de chambre cantonais commissionné par le Hong Kong Arts Festival : « Women Like Us » (《兩個女子》), adapté de deux nouvelles de Xi Xi, « Un rhume » (〈感冒〉) et « Une femme comme moi » (〈像我這樣的一個女子〉).

Le livret a été confié à l'écrivaine Wong Yi (黃怡). Les deux nouvelles de Xi Xi évoquent les difficultés et les conflits intérieurs de deux femmes luttant pour affirmer leur identité et rechercher un espace de liberté ; elles datent des années 1980, mais sont toujours aussi actuelles.

Wong Yi s'est efforcée de traduire en images le langage poétique de Xi Xi, en particulier dans « Un rhume » où abondent les références à des poèmes anciens pour illustrer les sentiments de la femme au centre du récit.

Selon le principe retenu pour cet opéra de chambre visant à préserver la qualité littéraire du texte – « paroles d'abord, musique ensuite » (〈先詞後曲〉) – son texte a impulsé un rythme qu'il est revenu ensuite au compositeur Daniel Lo Ting-cheung (盧定彰) de mettre en musique. Il a donné la primeur au chœur, les voix solos représentant les « démons intérieurs » des deux femmes. Mise en scène par Olivia Yan (甄詠蓓), la pièce devait être représentée en 2020, après des répétitions de janvier à mars 2019 au village d'artistes Cattle Depot Artist Village à Kowloon ; en raison de l'épidémie de covid, le programme a été repoussé au printemps 2021, et la première a eu lieu lors de la 49ème édition du festival.[5]

Daniel Lo poursuit là ses recherches sur l'adaptation en opéra cantonais d'œuvres littéraires de Hong Kong. En 2017, il avait déjà composé une pièce pour chœur adaptée d'une autre nouvelle de Xi Xi : « Le cas de Marie » (〈瑪麗個案〉) ; une autre composition pour chœur, adaptée d'une nouvelle de l'écrivain Leung Ping-kwan alias Ye Si (也斯), « Le banquet d'Abel » (〈艾布爾的夜宴〉), a été mise en scène en novembre 2019.

Traduction en français

Trois poèmes de Xi Xi, trad. Coraline Jortay, Jentayu, hors-série n° 5 Hong Kong, septembre 2022.

Principales traductions en anglais

Romans et nouvelles

My City: A Hongkong Story [《我城》], tr. Eva Hung, Hong Kong Renditions Paperbacks, 1993.

"A Woman Like Me" [〈像我這樣的一個女子〉], tr. Howard Goldblatt. *The Chinese Pen*, Spring 1984, pp. 1–19. Republished in Michael S. Duke ed., *Worlds of Modern Chinese Fiction*, M.E. Sharpe, 1991, pp. 163–173. Also trans. as "A Girl Like Me" by Rachel May and Zhu Zhiyu. In Stephen C. Soong and John Minford eds., *Trees on the Mountain: An Anthology of New Chinese Writing*, The Chinese University of Hong Kong Press, 1984, pp. 107–114.

Marvels of a Floating City [〈浮城誌異〉] *and Other Stories*, ed. Eva Hung, Hong Kong Renditions Paperbacks, 1997.

Flying Carpet: A Tale of Fertilla [《飛氈》], tr. Diana Yue, Hong Kong University Press, 2000.

"Sunday Morning",[6] in *Loud Sparrows: Contemporary Chinese Short-Shorts*, selection and tr. Aili Mu, Julie Chiu, and Howard Goldblatt, Columbia University Press, 2006, pp. 36–37.

Mourning a Breast [《哀悼乳房》], tr. Jennifer Feeley, New York Review Books, 2024.[7]

Interviews, essais et poèmes

"Chatting about Fairy Tales: Excerpts from a Conversation with Xi Xi (Interview by Ho Fuk Yan)", tr. Tammy Lai-Ming Ho, *Chinese Literature Today* 2019/8, 1, pp. 18–25.

Newman Prize for Chinese Literature Acceptance Speech, 2019, tr. Jennifer Feeley, *Chinese Literature Today* 2019/8, 1, pp. 10–13.

"Stone Chimes" [〈石磬〉], tr. Jennifer Feeley, *The Taipei Chinese Pen* 172, Spring 2015, pp. 22–24.

Not Written Words, recueil de poèmes, tr. Jennifer Feeley. St Paul, MN: Zephyr Press, 2016.

The Teddy Bear Chronicles [《縫熊志》], tr. Christina Sanderson, ed. John Minford, The Chinese University of Hong Kong Press, 2020.

Sélection de traductions en ligne[8]

"The Body's Language" [excerpt from *Mourning a Breast*], tr. Jennifer Feeley, *Cha Journal*, October 24, 2020.

"Apple", tr. Jennifer Feeley, *Words Without Borders*, June 2018.

"Davin Chan Moves Out", tr. Steve Bradbury, *Words Without Borders*, February 2011.

Notes

1   Source : https://xixicity.org/zh-hant/timeline-posts/%e9%99%a4%e4%ba%86%e7
      %82%ba%e3%80%8a%e9%a6%99%e6%b8%af%e5%bd%b1%e7%95%ab%e3
      %80%8b%e5%af%ab%e7%a8%bf%ef%bc%8c%e8%a5%bf%e8%a5%bf%e4%b9
      %9f%e7%82%ba%e9%9b%bb%e5%bd%b1%e6%8f%92%e6%9b%b2%e5%a1
      %ab%e8%a9%9e/

2   Du nom des très anciens instruments de musique à percussion ou bianqing constitués
      d'une série de pierres produisant des notes différentes.

3   Quelques publications parmi les plus populaires : https://weread.qq.com/web/search/
      books?author=%E8%A5%BF%E8%A5%BF

4   Le documentaire « My City » (sous-titres anglais) : https://www.youtube.com/
      watch?v=0lsqArk7lOc

5   Voir le blog du festival : https://blog.artsfestival.org/2021/women-like-us-and-
      journey-to-the-west-rewind-attempts-at-writing-new-life/

6   Un texte amusant de 1975 qui se présente comme un QCM dont les réponses aux
      questions ne sont pas cochées, ce qui laisse donc l'histoire ouverte à toutes les
      possibilités sans que soit précisé ni la date ni l'heure ni le temps qu'il fait etc...

7   Extrait de la traduction en cours « The Body's Language » : https://chajournal.
      blog/2020/10/24/mourning/

8   Traductions complètes sur le site du MCLC : https://u.osu.edu/mclc/bibliographies/
      lit/translations-aut/u-x/#X

第六輯：我城以外

原載於當代華文中短篇小說網，2022 年 12 月 21 日。   393

西西追思文章篇目

（2022年12月至2023年9月）

篇次	篇目	作者	出處
1	西西的啟示	孫凌宇	《南方人物周刊》，2022年12月18日
2	西西逝世——終生以文學關懷「我城」		德國之聲中文網，2022年12月19日
3	場邊西西	馬家輝	《明報》，2022年12月20日
4	西西的未來文學備忘錄：「政治不要管文學，文學可以管政治」	廖偉棠	「端傳媒」，2022年12月20日
5	敬悼西西 想到的不止是文字*	鄭政恆	《明報‧世紀》，2022年12月20日
6	西西再見	劉健威	《信報財經新聞》，2022年12月20日
7	"Xi Xi 西西 1937–2022 Présentation"*	Brigitte Duzan	當代華文中短篇小說網，2022年12月21日
8	古老的事	陳子謙	《明報》，2022年12月21日
9	像她這樣的一個女子	韓麗珠	《明報》，2022年12月21、22日

篇次	篇目	作者	出處
10	如何吸引孩子讀西西?	馬家輝	《明報》,2022年12月22日
11	理想主義者無愧於人世的一生	顏純鈎	「虛詞」,2022年12月22日
12	可不可以説一朵西西	關麗珊	《明報》,2022年12月22日
13	作家西西去世,用詩意寫作記錄香港被忽視的意識和困境*	Tiffany May	《紐約時報》中文網,2022年12月23日
14	西西的疑惑	馬家輝	《明報》,2022年12月23日
15	孤寂與自由,本是「天生一對」*	凌越	《北京青年報·藝春秋》,2022年12月23日
16	那穿裙子的女孩在跳格子——紀念西西(1937–2022)*	陳宇昕	新加坡《聯合早報》,2022年12月23日
17	西西,精彩的一生*	何福仁	《明報·星期日生活》,2022年12月25日
18	西西看足球　迥異的文學之眼　這是用腳踢出來的書*	吳騫桐	《明報·星期日文學》,2022年12月25日
19	西西已完成*	塵翎	《明報》,2022年12月25日
20	記異托邦的奇異女俠,或撥一通N次元電話給西西*	謝曉虹	《明報·星期日生活》,2022年12月25日
21	香港「我城」作家西西逝世跨界文字創意超越生死	王可心	《亞洲週刊》2023年第1期,2022年12月26日
22	別了,西西!*	余麗文	《明報·世紀》,2022年12月26日
23	接近西西	區仲桃	《澳門日報》,2022年12月26日
24	西西有星空	區聞海	《明報》,2022年12月28日
25	小小玩具,大大世界*	吳騫桐	《明報·世紀》,2022年12月31日

篇次	篇目	作者	出處
26	西西的圖畫展覽會	彭依仁	《明報》，2022年12月31日
27	知識份子的乳房	吳靄儀	《明報》，2023年1月2日
28	悼念西西：她象徵著一代香港文學	凌逾	《北京晚報》，2023年1月5日
29	像你這樣跳呀，跳呀跳的女孩 —— 約定再見*	蔣曉薇	「虛詞」，2023年1月5日
30	記西西追思會：相聚於西西扎根的土瓜灣，懷念像她這樣的一個人	黃靜美智子	《明周文化》，2023年1月9日
31	西西追思會母校舉行 好友憶從不討好媚俗、堅持過「有趣又有意義的生活」		獨立媒體，2023年1月9日
32	看足球·看朋友	張灼祥	《星島日報》，2023年1月9日
33	多開一扇窗	張灼祥	《星島日報》，2023年1月10日
34	再見白日再見，再見草地再見 —— 西西追思會紀錄*		「虛詞」，2023年1月10日
35	西西：為香港文學，多開一扇窗	張灼祥	「灼見名家」，2023年1月12日
36	我問西西*	范俊奇	《星洲日報·文藝春秋》，2023年1月13日
37	怎麼，西西也走了*	蘇燕婷	《星洲日報·文藝春秋》，2023年1月13日
38	西西仍在*	旺旺	《明報》，2023年1月14日
39	致敬我城像她這樣的一個女子		香港文學評論學會網，2023年1月14日
40	沒有人說	區聞海	《明報》，2023年1月15日
41	遠去	塵翎	《明報》，2023年1月15日
42	邁步前進：生活啟示*	潘金英	《文匯報》，2023年1月16日

篇次	篇目	作者	出處
43	西西在台灣：西西，謝謝*	馬世芳	《明周文化》第2828期，2023年2月3日
44	西西在內地：在香港大街遇上西西	凌越	《明周文化》第2828期，2023年2月3日
45	翻譯西西：像我這樣的一個譯者*	費正華	《明周文化》第2828期，2023年2月3日
46	雪花玻璃球——悼念西西*	陳麗娟	「虛詞·悼念西西詩輯」，2023年2月3日
47	掛網——「吾愛美斯，尤愛美斯擁躉」(懷西西)*	飲江	「虛詞·悼念西西詩輯」，2023年2月3日
48	懷念西西*	關夢南	「虛詞·悼念西西詩輯」，2023年2月3日
49	我城浮城欽天監，候鳥織巢化飛氈*	凌逾	《城市文藝》第122期，2023年2月20日
50	城市寫實和城市寓言——西西筆下香港這座城市*	梁燕麗	《城市文藝》第122期，2023年2月20日
51	夢熊有西西*	惟得	《城市文藝》第122期，2023年2月20日
52	作為小說評論家的西西*	馮偉才	《城市文藝》第122期，2023年2月20日
53	「好的作家也不是這個樣子的！」	曾憲冠	《城市文藝》第122期，2023年2月20日
54	永遠不能忘卻的——給西西*	蔣芸	《城市文藝》第122期，2023年2月20日
55	「遇見」西西：記一點初始和背後*	潘國靈	《城市文藝》第122期，2023年2月20日
56	私念西西*	樊善標	《城市文藝》第122期，2023年2月20日
57	西西的換衫遊戲：《縫熊志》的工藝與文字*	洛楓	《無形》第58期，2023年2月

篇次	篇目	作者	出處
58	與西西從容出入於浮城*	陳智德	《無形》第 58 期，2023 年 2 月
59	夢境·時間·記憶——念西西*	葉秋弦	《無形》第 58 期，2023 年 2 月
60	怎麼可以這樣快樂*	鄧小樺	《無形》第 58 期，2023 年 2 月
61	象是笨蛋*	謝曉虹	《無形》第 58 期，2023 年 2 月
62	望春——懷我城的一位作家*	羅貴祥	《無形》第 58 期，2023 年 2 月
63	西西：多聲道，多元宇宙*	李欣倫	《文訊》第 448 期，2023 年 2 月
64	寒夜悼西西*	葉步榮	《文訊》第 448 期，2023 年 2 月
65	她們冰冷而柔軟的手*	韓麗珠	《文訊》第 448 期，2023 年 2 月
66	"The Wonder Years"*	Faye Bradley	《中國日報》網，2023 年 3 月 10 日
67	可不可以不説*	周天派指導裕廊先驅初級學院學生集體即興創作	《字花》第 102 期，2023 年 3–4 月
68	腦霧小熊——協助整理西西故居有感*	劉偉成	「虛詞」，2023 年 4 月 28 日
69	以石磬的清音作鈴聲——為西西追思會選誦材*	劉偉成	《明報·星期日文學》，2023 年 4 月 30 日
70	人世匆匆，有什麼可怕的*	何福仁	《人·情·味》，匯智出版，2023 年 7 月
71	訪問西西的家務助理：阿芝眼中的「大家姐」*	黃怡	《明報·星期日生活》，2023 年 9 月 24 日
72	藍子與我*	王無邪	未公開發表
73	送別*	田泥	未公開發表
74	任白雲舒卷——淡彩西西*	辛其氏	未公開發表
75	追想西西·保育西西*	羅樂敏	未公開發表

*收錄於本文集。